LYKKA ROMANCE

Playlist auf Spotify

Alle Songs der Kapitelüberschriften
mit Werbung kostenlos anhören

Für Peti

Dein Lachen fehlt. Dein herzliches Necken fehlt. Du fehlst.
Das Leben stand dir besser zu Gesicht als dein Grab im
Ruhehain an Baum N47

Katlyn S. Coen

Stürmer mit Superzahl

Eine Single-Mum-Lovestory

Impressum

ISBN 978-3-384-20001-3
1. Auflage 2024

c/o Block Services Stuttgarter Str. 106 70736 Fellbach

Kapitel 1:

Walking on Broken Glass (Annie Lennox)

Clara

Obwohl es erst früh am Vormittag ist, knallt die Augustsonne unbarmherzig auf den kleinen, menschenleeren Platz. Wie aufs Stichwort erklingt ein grollendes Donnern, begleitet von einer Sturmböe, die durch die schachbrettartigen Straßen pfeift und mir Strähnen meiner langen, braunen Locken vors Gesicht weht.

Meine Bad-Hair-Day-Beanie fest auf den Kopf gepresst haste ich quer über den Platz, um Schutz vor dem Regen zu suchen.

Gerade, als die ersten Tropfen vom Himmel fallen, streift mein Blick das Kino, in dem ich arbeite, und mich trifft schier der Schlag:

Parkt da nicht ein schweineteurer Sportwagen direkt vorm Eingang?

Mit dem Handy mache ich eine erste Beweisaufnahme, ehe ich fotografierend den Boliden umrunde – nur, um wie angewurzelt vor der Fassade des Kinos stehenzubleiben:

Wieso parkt dieser Volldepp seine Protzkarre nicht gleich im Kinofoyer?

Das darf doch wohl nicht wahr sein! Meine Hand passt kaum zwischen den auf Hochglanz polierten Autolack und die Glasfront mit der Eingangstür!

Die Regentropfen, die auf die lächerlich langgezogene Motorhaube fallen, verdampfen mit einem leisen Zischen, und mit einem Blick aufs Display checke ich die Uhrzeit: 10:14 Uhr.

Verdammter Mist! Verdammter, verdammter, verdammter Mist!

Weshalb bin ich nicht eine Station früher aus der Straßenbahn gestiegen und direkt zum Kino gelaufen? Das Auto kann erst vor wenigen Minuten abgestellt worden sein. Wäre ich nicht zum Paradeplatz weitergefahren und hätte wertvolle Zeit verbummelt, wäre ich rechtzeitig hier gewesen, um den Fahrer zu verscheuchen.

Warum? Wieso muss ich jeden Montag und Donnerstag diesen Umweg nehmen?

Ich kenne die Antwort viel zu genau.

Zwanzig Minuten früher:

»*Walking on …*« Lautlos singe ich den Ohrwurm in meinem Kopf mit, stehe auf und hangele mich von Haltestange zu Haltestange zum Ausstieg. »*Walking On Broken Glass …*«

Die anderen Fahrgäste und ich schwanken vor und zurück, als die Straßenbahn zum Stehen kommt, ich drücke auf den Türöffner und springe hinaus auf die Plattform der Haltestelle.

Staubgeschwängerter Wind, der nicht wirklich Erfrischung bringt, wirbelt leere Take-away-Behälter und Papiertüten über den Paradeplatz, der im bissigen Morgenlicht des Sommertags noch fast menschenleer daliegt.

»*… Broken Glass …*« Leicht verärgert ertappe ich mich dabei, den altbackenen Hit leise mit zu trällern. Das kommt davon, wenn man mit Ende zwanzig mitsamt seinem kleinen Kind wieder bei den Eltern einziehen muss, weil das Geld vorne und hinten nicht reicht.

Für Mama ist die Welt – zumindest auf ihren Musikgeschmack bezogen – leider in den 90ern stehengeblieben. Und sie lässt ihre Umwelt zu gerne an ihren Lieblingshits teilhaben.

»*Walking On Broken Glass* …«, singt Annie Lennox' kristallklare Stimme wie zum Hohn hinter meiner Stirn.

In Gedanken vergleiche ich die großgewachsene Statur der Sängerin mit meinem Spiegelbild in den Schaufensterscheiben, an denen ich vorübereile. Obwohl ich Körbchengröße Doppel-A trage und auch sonst eher schmal gebaut bin, käme niemand auf die Idee, mich ebenfalls als androgyn[1] zu bezeichnen. Trotz meiner Ranger-Stiefel mit Plateausohle und hohem Absatz fehlen mir dazu gut und gern zehn, fünfzehn Zentimeter Körpergröße.

Böiger Wind trifft mich, als ich vom Paradeplatz in die Kunststraße abbiege. Geradezu fluchtartig stoße ich die Tür zur Postagentur mit Lottoannahmestelle auf.

Würziger Geruch von Pfeifentabak und Zigarren hängt in der Luft, im Vorbeigehen schnappe ich die Schlagzeilen der Klatschblätter auf, die ziemlich unisono über eine Rückkehr von Harry und Meghan ins britische Königshaus spekulieren. So früh am Morgen ist im TÜTÜN natürlich noch nichts los, und so dauert es eine ganze Weile, bis der nette Inhaber nach vorne kommt. »Ahh, da ist ja meine Lieblingskundin!« Das breite Lächeln des gebürtigen Türken blitzt dank eines entblößten Goldzahns im Oberkiefer. »Die Herrin der Kinosäle!« Wie immer spielt er auf meinen Job als Theaterleiterin des ARTHOUSE THE SIX drei Häuserblocks weiter im Quadrat O6 an. Dann schiebt er seinen Hemdsärmel zurück und schaut auf das Zifferblatt seiner massiven Taucheruhr. »So früh an einem Montagmorgen unterwegs? Bist du etwa aus dem Bett gefallen?«

»Ganz im Gegenteil.« Beim Gedanken an mein Bett muss ich gähnen. Blinzelnd tauche ich in meinen Rucksack ab und fummele die Lotto-Quittung hervor. »Nachher ist Sondervorstellung. Irgendeine noble Ballettschule hat die Damen ihres

---

[1] Männliche und weibliche Merkmale aufweisend

Fördervereins eingeladen. Sie wollen ihnen eine Aufzeichnung vom Bolschoi-Theater vorführen lassen und danach Spendengelder eintrommeln.«

»Ballett?« Herr Sükan nimmt den Zettel entgegen, wackelt mit seinen buschigen Augenbrauen und lacht. »Versprich mir, dass du das nicht meiner Frau gegenüber erwähnst! Sonst schleppt die mich noch dorthin!« Mit einer Handbewegung deutet er an, wie er am Hemdkragen gepackt und weggezerrt wird.

Ich muss kichern. »Keine Sorge. Ist, wie gesagt, nur für die Mitglieder des Fördervereins.« Dann deute ich auf das Lesegerät, das Herr Sükan mit der Quittung gefüttert hat. »Und …?«, frage ich und überspiele das heftig klopfende Herz in meiner Brust.

Er schaut nach links, schaut nach rechts und beugt sich über die Theke. »Gewonnen«, raunt er mir zu.

Mir wird fast schwindlig. Ich zwinkere und halte mich vorsichtshalber an der vorderen Kante fest. »Wieviel?«, bringe ich mit einem Krächzen hervor.

»Vierundachtzig Euro und siebenunddreißig Cent«, sagt Herr Sükan. »Herzlichen Glückwunsch!«

»Danke«, sage ich und weiß nicht, ob ich mich freuen oder losheulen soll. Mein Sinn stand eigentlich nach einer etwas höheren Gewinnsumme. Eine, die mir ein modernisiertes Zweifamilienhaus mit großzügigem Garten in einem kleinen Ort entlang der Bergstraße ermöglichen würde: ein Stockwerk für Mama und Papa, eins – am besten das Gartengeschoss – für Lina und mich.

»… auszahlen oder komplett für ein neues Spiel einsetzen?« Herr Sükans Worte reißen meine nomadisierenden Tagträume in die Realität zurück.

»Ähh, bitte, was?«

»Du spielst doch jede Woche«, erklärt er. »Und jetzt sind …« Er deutet auf einen quietschgelben Thekenaufsteller neben sich. »… 43 Millionen im Jackpot. Deshalb dachte ich, ob du deine Gewinnchancen nicht steigern willst, indem du mehr als nur ein Kästchen spielst.«

»Ach so.« Klar, das würde schon Sinn machen. Allerdings gibt es da ein Problem. »Ich weiß gar nicht, welche Zahlen ich tippen soll.«

»Stimmt.« Herr Sükan lächelt väterlich. »Du gehörst zu den Kunden, die immer die gleichen Zahlen spielen.« Er nimmt die Quittung zur Hand. »Vier, fünf, elf, zwölf, siebzehn, einunddreißig«, liest er ab, legt dann den Kopf schief. »Lass' mich raten: Geburtstage?«

Ich lache ertappt. »Ja, stimmt. Am 4. Mai 2017 ist Lina geboren. Und ich am 31. Dezember '92.«

»Zweiundneunzig?« Herr Sükan zieht die Augenbrauen hoch.

»Dafür steht die elf«, erkläre ich. »Das ist die …«

»… Quersumme«, vervollständigt er und schlägt sich mit der flachen Hand an die Stirn. »Natürlich. Wie konnte ich so dumm sein?« Dann schenkt er mir das gewinnendste seiner Lächeln. »Also, wie sieht es aus? Willst du zur Abwechslung auch die Geburtstage von deinen Eltern und Großeltern spielen?«

Eins muss man ihm lassen, geschäftstüchtig ist er. Ich grinse still in mich rein. »*Never change a winning team*«, sage ich mit Verweis auf den – verhältnismäßig – üppigen Gewinn. »Aber, wenn ich es mir so überlege«, schränke ich ein, nachdem sich gespielte Verzweiflung auf seinem Gesicht abzeichnet, »könnte ich ja zehn Spielscheine mit unterschiedlichen Endziffern der Spielscheinnummern verwenden!«

»Gute Idee!«, stimmt er mir zur. »Mit zehn unterschiedlichen Superzahlen verzehnfacht sich deine Gewinnchance!« Voller Engagement schnappt er sich den Aufsteller mit den Lottoscheinen und beginnt, passende auszusortieren. »Drei, fünf, acht, neun, eins, drei …« Er sucht meinen Blick. »Hatte ich schon die drei?«

Es dauert nicht lange, dann sind mit vereinten Kräften zehn Spielscheine mit den Endziffern null bis neun mit ›meinen‹ Zahlen ausgefüllt und eingelesen.

»Magst du noch einen Kaffee?«, fragt Herr Sükan, als er mich abkassiert.

»Leider nein«, antworte ich nach einem Blick auf das Display meines Handys. »Die Zeit ruft. Ich muss nicht nur aufschließen, sondern auch Server und Kasse hochfahren.«

»Du brauchst dich nicht zu entschuldigen«, meint er. Dann hebt er beide Hände mit gereckten Daumen hoch. »Ciao-ciao! Ich wünsche dir viel Glück!«

»Vielen Dank, ciao-ciao!« Die Hand schon auf der Türklinke halte ich inne. »Und bis Donnerstag, dann!«

Kapitel 2:
Scared to be lonely
(Martin Garrix & Dua Lipa)

Paul

Steiger, der Idiot! Wofür bezahle ich den überhaupt? Jeder kickende Vollidiot hat einen Berater, der ihm sogar den Po abwischt, ausgerechnet ich muss an einen geraten, der sich zur Lebensaufgabe gemacht hat, seine Spieler *ganzheitlich* zu betreuen. Also *ganzheitlich* aus seiner Sicht. Damit seine Spieler sich im wirklichen Leben noch zurechtfinden können, damit sie die Realität noch erleben, damit sie nicht abheben. Dass ich nicht lache, kommt es mir in den Sinn. Ausgerechnet bei mir muss Steiger seine Mission auf die Spitze treiben.

›Nee, Paul, da fährste jetzt mal alleine hin und dann weißte gleich mal wie's in Mannheim so aussieht‹, hat Steiger gesagt. ›Nee, Paul, wirklich, ich komme nicht mit.‹ Zuletzt hat er mich noch ermahnt: ›Und, Paul, fahr rechtzeitig los! Mannheim hat eine ein wenig merkwürdige Innenstadt, was den Autoverkehr anbelangt.‹

Merkwürdige Innenstadt. Verdammt nochmal, das ist der reinste Wahnsinn! Lernen die hier in der Schule schon, welche Straße in welche Richtung führt? Kennen die in Mannheim überhaupt Straßen mit Gegenfahrbahnen?

Nein, Paul, lass' es. Jetzt nicht diese Gedanken! Es war dringend nötig, dass du mal aus deiner Wohlfühlblase in Dortmund herauskommst. Der Clubwechsel war überfällig. EINTRACHT KÄFERTAL wollte dich unbedingt, denke ich mir. Seit dem letzten Trainerwechsel bei der Borussia kam ich nicht mehr weiter. Das wurde mir irgendwann klar. Mit dreiundzwanzig Jahren stehe ich jetzt an einem entscheidenden Punkt in meiner Karriere. Sportzeitungen sahen mich schon in der Premier League. Wäre da nicht dieses verdammte Corona gewesen, wo sie in England monatelang, noch länger als bei uns, den Laden dichtgemacht hatten. Daher war ein Wechsel nach England in diesem Jahr noch nicht drin. Das brauchte mir Steiger nicht zu erzählen, schließlich wusste keiner, wie es überhaupt mit dem Profifußball weiter gehen konnte. Die Pessimisten unter den Beobachtern sagten sogar eine jahrelange Spielpause voraus. Nicht wenige sprachen von dem Untergang des Profifußballs, des gesamten Profisports! Die konnten einem wirklich Angst machen. Gott sei Dank war Steiger damals an meiner Seite. Das muss ich schon sagen. Als mir diese Gedanken kommen, legt sich mein Ärger ein wenig. Sei froh, dass du überhaupt noch spielen darfst, sage ich zu mir selbst.

»Nach zwanzig Metern rechts abbiegen in die Kunststraße«, sagt die automatische Stimme des Navigationssystems. »Jetzt – rechts abbiegen!« Ob ich dem Ding jetzt trauen kann? Dreimal hat mich das Teil schon in die Irre geführt. Ich schüttle den Kopf, schaue mit einem flüchtigen Blick auf die Uhr in der Ecke des Geräts, das Steiger mir extra besorgt hat, damit ich mich nicht ›verlaufe‹, wie er sagte. Ich, mich verlaufen? Seitdem ich Auto fahre, habe ich fast noch nie so ein Ding gebraucht. Diese Teile verschandeln das ganze Cockpit. Erst recht das von meiner *Katze*. So nenne ich mein Auto, das ich mir von meinem ersten guten Vertrag gekauft habe. Vor vier Jahren habe ich alles stehen und liegen gelassen und bin direkt nach meiner Unterschrift bei Dortmund zum Händler gefahren und hab' sie mir gekauft, die *Katze*. Einen silbernen Jaguar E-Type, Baujahr 1961. Mein Traum seit Kindesbeinen. Unerschwinglich kam sie mir die ganze Zeit vor. Vor jedem

Auswahlspiel, bei jedem Kaderturnier. Jedes Mal hatte ich ein Foto von meiner *Katze* dabei. Das war mein Antrieb. Und meine *Katze* sollte ich mit so einem Navi-Ding verschandeln? Puh, ich tat es für diese Fahrt nur, um Steiger den Gefallen zu tun. Ich machte mich über ihn lustig, den Technik-Hörigen. Keine eigenen Sinne mehr, sagte ich ihm. Aber er behielt recht. Wer kann sich in Mannheim zurechtfinden ohne so ein Ding?

Ich hau' den Blinker rein, biege ab und seufze, weil ich auf der Suche nach einem Parkplatz nun schon zum dritten Mal ums Karree fahre. Wer auch immer sich dieses völlig verwirrende System aus nummerierten und durchbuchstabierten Quadraten ausgedacht hat – er wollte die Leute um den Verstand bringen!

»Das Ziel befindet sich in hundert Metern auf der linken Seite«, informiert mich das Navi, während ich auf einen kleinen, baumbestandenen Platz hinausrolle.

Ja! Super! Mit der Faust schlage ich aufs Lenkrad, was mir im nächsten Moment sofort leidtut. Trotzdem verschwindet der Ärger nicht. So viel habe ich inzwischen auch schon mitgekriegt! Nur wo ich parken kann, weiß ich immer noch nicht! Kann man hier überhaupt irgendwo parken? Ich drücke verzweifelt auf dem Navigationssystem herum, auf der Suche nach Sonderzielen. PARKHAUS, mir wird eins angezeigt, 800 Meter entfernt. Ich schäume vor Wut, das dauert viel zu lange! Da ist der Makler wieder weg! Und ich will dieses Penthouse. Jetzt. Ich will diese Wohnung, will das Thema abgehakt haben, bevor nächste Woche der Spielbetrieb nach der Sommerpause anläuft. Ein Penthouse mitten in der Stadt, unweit von den angesagten Clubs und Restaurants, das ist genau das richtige für mich. Ich bin schließlich noch jung! Fußball ist das eine, aber man wird sich ja noch amüsieren dürfen! Wie aufs Stichwort klingelt das Telefon. ANRUF VON: IMMOBILIEN ASCHBACH wird auf dem Display angezeigt, völlig entnervt nehme ich das Telefonat dieses Mal an.

»Ja?«, frage ich knapp und mit deutlich genervter Stimme.

»Sinn-t Sie das-s, Herr Lindt?«, zwitschert eine weiche Altstimme im vergeblichen Bemühen um Hochdeutsch. »Kann es sein, dass Sie unseren Termin verschwitzt äh … vergessen hamm? Ich tu' nämlich schon seit gut einer Viertelstund' hier im Penthouse von THE SIX auf Sie war…«

»Sie haben das Ziel erreicht«, wird sie von der Navi-Tante unterbrochen. »Das Ziel befindet sich links.«

Verdammte Kacke! Wenn dieses blöde Gerät noch einmal sagt, ich sei am Ziel, dann schmeiße ich das Ding aus dem Fenster. Kann Steiger mir auf die Rechnung setzen. »Ich bin sofort da«, pampe ich die arme Immobilienmaklerin an. Was die wohl denken muss? Dann drücke ich sie weg, ignoriere sämtliche Verbotsschilder und biege ab. Sollen sie mich doch aufschreiben. Ich bin Paul Lindt, kommender Stürmerstar der EINTRACHT. Sollen die mich doch einfach in Ruhe lassen!

»Durchfahrtsbeschränkung!«, keift die Navi-Stimme, ehe ich auch ihr den – akustischen – Hals umdrehe. Ruhe jetzt, mir alles egal. Der Stress treibt mir den Schweiß auf die Stirn.

Wohin jetzt mit dem Auto? Während ich über den schmalen Platz krieche, scanne ich die Fassaden der beiden Blocks rechts und links vor mir. Überall Ladengeschäfte, die demnächst öffnen – bis auf das Eckgebäude. ARTHOUSE THE SIX, lese ich von einer ausgeschalteten Leuchtanzeige ab. Jackpot! Da ist ein Kino untergebracht! Und die erste Vorstellung ist … Ich les' die Schilder ab. Montag, 14:30 Uhr! Das ist es, interessiert keine Sau, ob ich hier mal kurz stehe. Kriegt gar keiner mit, bin mit meiner *Katze* schneller wieder weg, als die Mannheimer »Rubbel die Katz'« sagen können. Erleichtert parke ich meine *Katze* möglichst nahe an der Fassade, dann steige ich aus und renne fast über den kleinen Platz zum Eingang des modernen Wohnkomplexes.

»Herr Lindt?«, höre ich, schaue mich in der leeren feinen Lobby um. Heller Stein, dunkelsilberner Teppich auf hellem Parkettholz, sehe einer jungen, hellblonden Frau hinter dem Concierge-Bereich direkt in die Augen und denke, dass diese Stimme niemals von ihr stammen kann. »Sie müssen bestimmt der Herr Lindt sein.«

Nein, sie ist es nicht, die kratzige dunkle Frauenstimme könnte original aus einem Alfred-Hitchcock-Film stammen.

Die alte Witwe, immer gut gekleidet, viel zu viel Make-up auf der gealterten Haut, die Schminke so dick aufgetragen, als müsse sie von etwas ablenken, eine Stimme, die von zu viel Zigaretten und zu vielen Sekt-Empfängen geprägt ist. Ich drehe mich um und muss grinsen. Nicht nur die Stimme hört sich derartig an, die Frau kleidet sich auch fast genauso wie mein Klischee.

»Ja, Paul Lindt. Wir hatten telefoniert. Bitte entschuldigen Sie die Verspätung, aber dieser Verkehr hier ...«

»Der Verkehr in Monnem ist füüüürchterlich!« Sie streckt mir ihre klapprige Hand entgegen, mustert mich von oben bis unten ohne eine Miene zu verziehen und erst dann erinnere ich mich, dass ich auf sie nicht wie einer ihrer typischen Kunden wirken muss.

Sie wird direkt von einem abgeschlossenen Deal über eine Villa in der Mannheimer Oststadt mit einem alten, fetten Millionärs-Sack kommen und wer steht dann vor ihr? Ich! Ich lache immer intensiver in mich hinein, versuche mir nichts anmerken zu lassen. Vergeblich, wie ich hören muss.

»Hab-b ich ebbes Falsches gesagt? Ich muss wirklich versuch-en, mehr Hochdeutsch zu sprech-en. Oder was ist so lustich gewesen?«

Ich merke, dass sich mein Grinsen ausgeweitet hat und reiße mich zusammen. »Neinnein! Alles gut! Ich verstehe Sie wirklich hervorragend. Es war nur ...« Ich verkneife mir meine Gedanken und schaue an mir herab.

An den Füßen die neuen Fußballschuhe mit Nocken, die extra für mich vom Hersteller mit meinen Initialen P.L. an der Seite angefertigt und gestern geliefert wurden. Fußballschuhe sind für mich wie meine Freunde. Wenn sie neu sind, muss ich sie immer und überall tragen. Auch wenn man mit diesen Schuhen sehr schwer läuft, wenn der Boden kein Rasen ist. Über meinen Spleen hat sogar schon mal die BILD berichtet, was mir Tausende neue Follower in den sozialen Netzwerken und tausende Liebesnachrichten von Frauen eingebracht hat.

Über den Schuhen meine abgewetzte Jogginghose, die ich immer dann trage, wenn ich etwas Neues angehe und dabei etwas Vertrautes brauche, bestimmt schon hunderte Male gewaschen.

Darüber mein Lieblings-Kapuzenpulli von meinem Lieblings-Football-Team aus der NFL. Wie ich diesen Sport und den *American Way of Life* liebe ...

Dann schaue ich die Maklerin an, die mich immer noch gleichsam gierig wie irritiert anschaut. »Ehrlich, mir tut es leid. Diese Parkplatzsuche hat mich fertig gemacht.«

»Unn-t wo tun Sie jetzt steh-en?«, fragt die Maklerin recht uninteressiert, während sie mir den Weg zu den Fahrstühlen deutet.

»Ach, äh, keine Ahnung. Also, einfach hier direkt um die Ecke irgendwo. Irgendwie vor so einem Kino, das aber um die Zeit geschlossen hat. Also, äh ...«

»Des-s Kino um die Ecke? Heidernei! Na, hoffentlich lassen die Sie in Ruh. Ich hab' gedacht, dass ich ebbes über eine Matinee gehört hätte, aber ich kann mich auch täusch-en.«

Ich stutze, schaue noch mal auf den Platz, während sich die Fahrstuhltür öffnet, verrenke meinen Hals, weil dämliche Designerbäume im Blickfeld stehen, sehe da irgendwas, irgendwie, irgendwen. Bildhübsch. Kess. Ich schüttle den Kopf, denke, Paul, geht's noch? Dann steige ich in den Fahrstuhl und denke an Steiger.

Steiger, du Penner, schick mich noch einmal alleine auf so eine Besichtigung. Du wirst gut bezahlt. Sehr gut. Ich habe Besseres zu tun. Viel Besseres. Die ganzen Frauen, die sich immer an mich ranschmeißen, nur wegen meines Berufs und meiner Kohle. Die können mich mal.

Ich bin keine 18 mehr, ich will die Frau fürs Leben. Die Richtige. *Sie* muss ich finden! *Sie*!

Verdammt. Die Hitchcock-Maklerin drückt auf den Knopf ganz oben, steckt einen Spezialschlüssel ins Schlüsselloch, dreht ihn und die Fahrstuhltür schließt sich. Paul, Alter, reiß' dich zusammen. Erst mal brauchst du eine Wohnung, kein Bock auf Hotel. Dann kannst du dich um die Liebe deines Lebens kümmern. Wenn sie denn irgendwann überhaupt mal kommt. Steiger, dieser Idiot!

Kapitel 3:
Killing Me Softly (Fugees)

Clara

Nach der heimeligen Atmosphäre im TÜTÜN trifft mich die stickige Großstadtluft noch härter, als ich zwei Quadrate weiter östlich von der Kunststraße auf die Kapuzinerplanken hinaustrete. Auf dem kleinen Platz, wo jeden Freitag ein Bio-Bauernmarkt abgehalten wird und je nach Jahreszeit trubelige Kunsthandwerkermärkte, harren vereinsamte Plastiken aus Bronze und Stein unter niedergeschlagen wirkenden Bäumen aus, die ihre Blätter nach wochenlanger Trockenheit hängen lassen. Ein dumpf dröhnendes Donnern lässt mich zusammenzucken, und ich presse mir meine Beanie fester aufs Haar, damit die heftigen Windstöße sie mir nicht vom Kopf reißen.

Was für ein unerträglich wechselhaftes Wetter! Dieser August führt sich auf, als wäre er ein um fünfzehn Grad wärmerer April! Ich hetze rüber zum ENGELHORN, um unter den stylishen Flügel-Vordächern Schutz vor dem Regen zu suchen, der jeden Moment aus den tief hängenden Wolken fallen muss.

Aus dem Augenwinkel bewundere ich die originell dekorierten Auslagen. Leider überfordern die präsentierten Markenklamotten mein beschränktes Budget – solange nicht mindestens ein Fünfer oder Sechser mit Superzahl den Anblick meiner Kontoauszüge aufgehellt hat.

Doch gerade, als ich meinen Blick vom Inhalt der Schaufenster losgeeist habe, trifft mich schier der Schlag:

Steht da nicht ein schweineteuer aussehender, silberner Oldtimer-Sportwagen direkt vorm Eingang zum ARTHOUSE THE SIX?

Ich schaue nach rechts, scanne die Kapuzinerplanken, sehe nach links, spähe die Straße zu den Planken entlang. Niemand zu sehen.

Wer hat das Auto abgestellt und wohin ist der Fahrer verschwunden?

Ich zücke das Handy und nehme Beweisfotos auf.

Während der Regenguss so schnell endet, wie er eingesetzt hat, sehe ich mich immer noch dem Sportwagen-Oldtimer gegenüber, der den Eingang zum Kino blockiert.

Hilfesuchend drehe ich mich einmal um mich selbst – und erspähe einen Farbdreiklang aus Neongelb, Silber und Blaulichtblau, der von ENGELHORN SPORTS kommend, auf der Kunststraße langsam näher rollt.

»Halt!«, schreie ich und renne los, quer über die Kapuzinerplanken. »Halt! Stehenbleiben!«

Meine Oberschenkel brennen wie blöd, als ich die Fahrbahn der Einbahnstraße erreiche. Immerhin, Zehntelsekunden, bevor der Streifenwagen vorüberrollt. Ich unterdrücke den Reiz, mir die Lunge aus dem Leib zu kotzen, richte mich stattdessen auf und winke mit letzter Kraft mit beiden Händen.

Der Polizist am Steuer verdreht übertrieben deutlich die Augen, und ich will mich gerade auf die Oberschenkel abstützen, um wieder Luft zu bekommen, als er mich mit einem kurzen Aufheulen der Sirene zu Tode erschreckt.

Ist der von allen guten Geistern verlassen? Mir liegt schon das Nötige auf der Zunge, als seine Kollegin die Scheibe auf der Beifahrerseite runterlässt.

»Gehen Sie bitte kurz zur Seite, damit wir die Fahrbahn freimachen können«, informiert sie mich. »Wir kümmern uns dann gleich um Sie.«

Wirklich? Ich hoffe es und schleppe meinen ausgepowerten Leib hinter die Absperrpoller am Straßenrand.

Kurze Zeit später stehen wir zu dritt vor dem Sportwagen, der natürlich immer noch vor der Eingangstür zum Kino parkt.

»Mindestens fünf Minuten haben Sie schon gewartet?«, will der Polizeibeamte wissen. »Sicher?«

Er wird mir nicht glauben, wenn ich es nur sage, also hole ich das Handy raus und zeige ihm wortlos die Metadaten des ersten Beweisfotos.

»1. August 2021, 10:14 Uhr«, liest er ab und seine Kollegin vergleicht es mit ihrer Armbanduhr.

»Knapp zehn Minuten«, stellt sie fest, während sie sich Notizen macht.

»Zudem soll um elf Uhr die Sondervorstellung für die Ballettschule Lefebvre starten«, rufe ich zum inzwischen dritten Mal in Erinnerung. Eigentlich. Denn mittlerweile ist dieser Termin nicht mehr einzuhalten.

»So schmal wie Sie sind …« Der Beamte lässt seinen Blick mit gerunzelter Stirn an mir runter und hoch gleiten. »…, können Sie sich nicht zwischen Auto und Fassade durchquetschen?«

»Und dann?«, frage ich zurück. Auch wenn ich das könnte: »Die Tür geht nach außen auf – beziehungsweise höchstens einen Spalt, weil er viel zu eng davorsteht.«

»Oder durch einen Notausgang? Sie haben doch sicher einen Schlü…«

»Sag mal, spinnst du, Daniel?«, unterbricht seine Kollegin ihn aufgebracht. »Das hier ist ein klarer Fall von Nötigung. Wenn du jetzt nicht den Abschlepper rufst, tu' ich das.«

»Ja, schon«, argumentiert er herum. »Aber wie oft ist der Fahrer exakt in dem Moment aufgetaucht, wo das Abschleppauto angekommen ist?«

»Und? Selbst wenn, ist's sein Pech. Hätt' er sich halt vorher überlegt, wo er seinen Wagen hinstellt.« Sie dreht sich um, läuft zum Streifenwagen. »Ich lass' den jetzt kommen«, ruft sie uns im Gehen über die Schulter zu.

»So ein schöner Jaguar E-Type«, sagt der Polizist mit einem leisen Seufzen und geht vor der Motorhaube in die Knie, um ein Selfie von sich und der Angeberkarre zu machen. »Baujahr '60? Oder '62? Hach, dazu tät ich ned nee sagen.«

Während ich mit den Polizisten auf den Abschleppdienst warte, fängt es an zu schütten – und zu graupeln!

Das hat mir gerade noch gefehlt! Genervt trete ich von einem Fuß auf den anderen. Meinen Schirm habe ich natürlich zu Hause vergessen. Echt, als ob sich das Schicksal gegen mich verschworen hätte!

»*Here Comes The Rain Again* …«, höhnt Annie Lennox' Stimme in meinem Kopf, denn Mama hört natürlich nicht nur ihre Solo-Alben hoch und runter, sondern auch Lennox' *Eurythmics*-Songs.

Fast könnte ich meinen, dass die Graupelkörner mir vom Gewitter im Takt des Lieds ins Gesicht gepeitscht werden. Toll! Nicht. Zu allem Überfluss spüre ich, wie mein Koffein-Pegel unter das tolerierbare Maß sinkt. Ich verfluche mich dafür, Herrn Sükans Einladung zum Kaffee ausgeschlagen zu haben. Doch im gleichen Moment, wo ich mir das Heißgetränk vorstelle, meldet sich meine Blase. Na super, Clara. Wenn der Himmel sich vorgenommen hat, seinen Jauchekübel über dir auszuleeren, dann aber den ganz, ganz großen.

»… du mit ins Auto?«, schnappe ich die Frage der Polizistin an ihren Kollegen auf. »Ist doch Blödsinn, hier in dem Unwetter herumzustehen.«

»Mhm.« Sein Blick streift mich, drückt seine Unschlüssigkeit aus.

»Sie können ruhig mitgehen«, sage ich tapfer, doch als er ohne Zögern hinter ihr herläuft, könnte ich mich schütteln für meine bekloppte Höflichkeit. Im vergeblichen Versuch, Schutz vor den Elementen zu erlangen, drücke ich mich an die Glasfassade des Gebäudes. Wann trifft

endlich der Abschlepper ein? Müssen die den Wagen erst zusammenschrauben? Oder haben die Beamten einen aus Ludwigshafen gerufen? Dann kann ich hier überwintern, eh der kommt.

In der Jackentasche stoßen meine klatschnassen Finger gegen den Schlüsselbund.

Was, wenn ich einen der Notausgänge aufschließe und durch den Entsorgungsraum ins Kino gehe? Oder durch die Tiefgarage und den Technikraum vom privaten Swimmingpool des noblen Wohnkomplexes? Wobei ich mir nicht ganz sicher bin, ob ich den umgekehrten Weg durch das unterirdische Labyrinth finde. Dann lieber die Variante Müllraum.

Meine Blase jubiliert förmlich bei der Vorstellung von Erleichterung, und auch die triefenden Locken sehnen sich ein improvisiertes Föhnen unter dem Händetrockner herbei.

Also gut. Im Loslaufen ziehe ich den Bund aus der Tasche, suche mit glitschigen Fingern nach dem passenden Schlüssel und gerade, als ich um die Gebäudeecke biege …

»*Mademoiselle* Clara? Was machen Sie hier? Suchen Sie uns etwa?«

Im letzten Augenblick vermeide ich die Kollision mit einer überschlanken Dame im Pelzmantel. »U-ups.«

Sie hebt ihre aufgemalte Augenbraue, streift mit perfekt manikürten Fingern ihren Ärmel zurück und späht auf das von Brillanten umrahmte Zifferblatt ihrer Armbanduhr. »Wir sind zeitlich perfekt. Wie immer.«

»*Madame* Lefebvre.« Die Leiterin der Ballettschule legt größten Wert auf die französische Anrede, mehr fällt mir im Moment aber auch nicht ein. Ich zwinge die Mundwinkel zu einem angespannten Lächeln, mit dem ich auch die Schar ihrer gutgekleideten Begleiterinnen beglücke. »Sie … sind schon da?«

»Wo sonst sollten wir sein, *ma chère*[2]?« Sie streckt mir ihren Arm hin, damit ich die Uhrzeit ablese. »Es ist 10:44 Uhr. In sechzehn Minuten beginnt unser Film!«

---

[2] Meine Liebe

»Ich … Das …« Mist, wieso verfalle ich gegenüber Frau Lefebvre ständig in verschüchtertes Stammeln? Ich bin doch sonst nicht auf den Mund gefallen!

»*Allez, hop*[3]!«, fordert Frau Lefebvre mich auf, und als sie dabei in die Hände klatscht, wird mir unvermittelt klar, weshalb sie mich derart einschüchtern kann:

Alles an ihr erinnert mich an die schreckliche Ballettlehrerin, die es in nur drei Stunden schaffte, einer enthusiastischen Fünfjährigen jegliche Freude an Tutu, Ballettschläppchen und Stulpen auszutreiben.

»Der Vorstellungsbeginn um elf Uhr wird …« Angesichts ihres Gesichtsausdrucks verkneife ich mir das ›ausfallen‹. »… sehr knapp. Jemand hat die Eingangstür zugeparkt.«

»Bitte?« Voller Entrüstung schiebt sie mich zur Seite und marschiert, gefolgt von den Damen des Fördervereins, um die Hausecke. »Und dagegen unternehmen Sie nichts?«

[3] Auf geht's, los!

Kapitel 4: Places (Martin Solveig & Ina Wroldsen)

Paul

Nach wenigen Sekunden Fahrt spuckt der Aufzug uns aus.

»Unn-t, was-s sagen Sie?«, fragt die Maklerin mit ihrem seltsamen Singsang. Sie deutet auf die sich öffnende Fahrstuhltür und lässt mich vorangehen.

Ich mache drei Schritte. Bleib dann doch ziemlich überwältigt stehen und dreh mich einmal um mich selbst.

Ein lichtdurchfluteter Raum breitet sich vor mir aus: In der vorderen Hälfte zum oberen Stock geöffnet. Weiß gestrichene Wände, große Fensterflächen, kontrastierend dazu ein Boden aus dunklem Eichenparkett und vereinzelt verteilte, cremefarbene Teppiche.

»Nicht schlecht.« Ich gehe noch ein Stück vor. Wende mich dann nach links und bestaune die Wendeltreppe, die in die zweite Etage der Maisonette führt.

Wie eine Skulptur aus weißem Beton schraubt sie sich zu einer Empore hoch, die den Luftraum auf drei Seiten umschließt.

»Die Einrichtung ist selbstverständlich im Kaufpreis inkludiert«, erläutert die Maklerin. Sie deutet mit ihrer ringgeschmückten Hand auf einen XXL-Esstisch und die darum gruppierten Designer-Stühle. »Ein wirk-lich namhaftes

Büro für Innenarchitektur hat die Zusammenstellung übernommen.«

In der polierten Tischplatte aus dunklem Holz spiegelt sich ein rundes Dutzend kugelförmiger Glaslampen.

»Falls die Möbel oder Geräte Ihnen nicht zusag-en sollt-en, können wir jede, aber auch wirk-lich jede Änderung arrangier-en«, plappert die Maklerin weiter. Sie weist auf einen gut fünf Meter langen Küchentresen, der die unter einer der Emporen eingeschobene Küchenzeile vom übrigen Raum trennt. »Sozusagen im Handumdrehen. Für den Fall, dass Ihnen ebbes Anderes vorschweben täte.«

Vor der niedrigen Theke laden Barhocker dazu ein, der geschäftigen Tätigkeit der Hausfrau zuzuschauen, die mir kesse Seitenblicke schenkt. Sich die braune Lockenmähne hinters Ohr klemmt, ehe sie etwas in die Spülmaschine räumt. Bildhübsch. Kess. Ich schüttle den Kopf über die Sinnestäuschung und wende mich irritiert dem Wohnbereich zu.

»Die Elemente von der Lounge könn-en Sie ganz nach Belieben arrangier-en«, schwatzt die Maklerin ohne Punkt und Komma, während sie über die Rückenlehne des Sitzmöbels streicht. »Selbstverständlich ist alles Made in Germany.«

Um die Qualität der Federung zu testen, lasse ich mich auf die Récamiere fallen. Zufrieden nicke ich, lasse dann meinen Blick über die bodentiefe Fensterfront auf der rechten Seite und die blendend weiße Wand vor mir schweifen.

Ein halbhohes Sideboard in schwarzem Hochglanzlack zieht sich über die ganze Breite des Raums. Oberhalb davon hängt ein modernes Gemälde in poppigen Farben an der Wand: ein auf dem Rücken liegender weiblicher Akt.

Nett. Wirklich nett anzusehen. Aber etwas stört mich. »Mir fehlt der Fernseher«, gebe ich zu bedenken. »Allein aus beruflichen Gründen benötige ich einen. Spielanalyse. Sie wissen?« Und natürlich für meine heißgeliebten NFL-Spiele. Aber das muss ich der Maklerin nicht aufbinden.

»Ein Fernseher? Kein Problem.« Sie nimmt eine Fernbedienung aus einem Halter auf dem niedrigen Couchtisch und richtet sie auf die Wand. Unter leisem Summen klappt die obere Abdeckung des Möbels hoch und ein riesiger Bildschirm fährt in die Höhe.

»Nicht schlecht«, kommentiere ich. Auch wenn ich mich damit wiederhole. Aber irgendwie geht sogar mir langsam das Vokabular aus.

Die Maklerin schenkt mir ein selbstzufriedenes Lächeln, ehe sie über den cremefarbenen Hochflorteppich zur Fensterfront stöckelt. »Von hier aus kommt man raus auf die Veranda, die an zwei Seiten umlaufen tut.« Sie öffnet eine Schiebetür und weist nach draußen. »Wollen Sie ...?«

Draußen auf der Terrasse trifft mich der gleißende Sonnenschein eines Augustmorgens, der die letzten Regentropfen des ebenso kurzen wie heftigen Gewitters von den Holzdielen saugt.

Ich blinzel'. Leg den Kopf in den Nacken und saug' die Lichtstrahlen förmlich auf. Positiv überrascht registriere ich, dass man hier oben kaum etwas von den typischen Großstadtgeräuschen hört.

»... nicht zusag-en sollte«, erläutert die Maklerin irgendein Detail.

Ich grinse. Den Spruch kenne ich jetzt schon auswendig. »Die Terrasse ist okay.«

Sie gibt ein erleichtert klingendes Schnaufen von sich, das aber auch von der Sommerwärme kommen kann.

Ich wusste gar nicht, dass Mannheim so weit im Süden liegt. In den Himmel blinzelnd, fühle ich mich fast an norditalienische Breitengrade erinnert. Wobei die Intensität der Sonne hier oben, auf dem Dach des Gebäudes, auch höher sein kann. Gerade, nachdem das Unwetter die Luft gereinigt hat.

»Das-s Holz von der Pergola ist ebenfalls zertifiziert«, quasselt die Maklerin weiter und zeigt auf die Konstruktion über uns.

Quadratische Leisten ruhen auf mächtigen Pfosten und Balken. Das Sonnenlicht, das durch sie dringt, wirft ein streifenförmiges Muster auf den Boden, die Gartenmöbel und die Fensterfront.

Schön. Das gefällt mir wirklich. Hat was von Hazienda.

»Die zwei Ebenen von den Terrassen sinn-t natürlich auch im Außenbereich miteinander verbund-en«, kommentiert die Maklerin eine Treppe, die nach oben führt. Dann weist sie nach rechts. »Wenn Sie woll-en, könnten wir uns als Nächstes den *Master-Bedroom* ansehen. Nicht?« Unter ihren dunkelrot lackierten Fingernägeln gleitet eine gläserne Schiebetür beiseite. »Auch hier: Etwaige Umgestaltungswünsche Ihrerseits sinn-t jederzeit möglich.«

Auch im Schlafzimmer breitet sich dunkles Parkett auf dem Boden aus. Darauf die gleichen cremefarbenen Hochflorteppiche wie im Wohnzimmer.

Ich verkneife mir ein Grinsen. Die hat das ›wirk-lich namhafte Büro für Innenarchitektur‹ augenscheinlich in Großmengen günstig abgestaubt. Aber mir soll's recht sein. Mit der Hand prüfe ich die Matratze des Boxspringbetts, das mindestens *King-Size*-Maß besitzt.

In der Decke, genau über dem Bett zentriert, wölbt sich ein *Skylight* von gut eineinhalb Metern Durchmesser.

Den Sternenhimmel über sich. »Perfekt«, stelle ich fest.

»Die Kleiderschränke sinn-t selbstverständlich im Ankleidezimmer untergebracht.« Die Maklerin kichert wie ein alberner Backfisch, während sie eine Tür aufstößt und gleich darauf eine direkt danebenliegende. »Wenn Sie mir folg-en wollen? Natürlich verfügt der *Master-Bedroom* auch über ein eigenes Bad.«

»Wo wir gerade davon sprechen«, setze ich an. »Wie schaut es mit einem Whirlpool aus?«

»Auf der Terrasse befindet sich die von den Architekten eigens verstärkte Fläche.« Mit flinken Fingern wischt sie über das Display ihres Handys. »Mit Zugang zu einem Raum, den Sie wahlweise als Home-Office oder Fitnessstudio ausstatten lassen können.«

Was braucht es mehr? Keine Ahnung.

»Wollen Sie sich jetzt die obere Etage ansehen?«, zwitschert die Maklerin vergnügt und lotst mich zurück ins Wohnzimmer. »Einmal die Wendeltreppe hinauf.« Sie geht mir voran, lässt ihr ausladendes Hinterteil wackeln. »Von der dreiseitig umlaufenden Empore …« Sie läuft ein paar Schritte, stößt dann eine Tür auf. »… erreicht man das-s zweite Schlafzimmer.«

An ihr vorbei sehe ich in einen komplett leeren, aber dafür lichtdurchfluteten Raum. Auch hier das dunkle Eichenparkett und ein warmes Lichtgrau an den Wänden.

Die Maklerin wuselt schon weiter. »Vom hinteren Abschnitt der Galerie wird das-s zweite Bad erschloss-en. Plus der Haus-Wirtschaftsraum!« Sie betont das Wort, als würde es mit Bindestrich geschrieben.

Ulkiger Dialekt. Ich schüttle den Kopf.

»Ist die Wohnung nicht das-s, was Sie sich vorgestellt hatten?«, fasst die Maklerin mein Kopfschütteln falsch auf.

»Neinnein!« Ich winke ab. »Alles wunderbar.«

»Ach so.« Sie lässt ihre übertuschten Wimpern klimpern. »Wenn Sie mir weiter folgen möchten …« Sie scharwenzelt die Empore entlang. »… zeige ich Ihnen noch das-s dritte Schlafzimmer, gell?«

Der Raum ist exakt seitenverkehrt geschnitten wie der andere im oberen Stockwerk.

Die Maklerin durchquert ihn, schiebt die bodentiefe Glastür beiseite und deutet auf das zweite Terrassendeck. »Von hier aus können Sie den Odenwall-t seh-en.« Sie weist nach links. »Unn-t bei Fernsicht sogar den P-älzer Wall-t auf der anderen Seite.«

Vor allem kann mir niemand auf die Pelle rücken. An den Türrahmen gelehnt, bemerke ich erst jetzt, dass sich die gesamte Maisonette ein gutes Stück höher als der oberste Stock des benachbarten Gebäudes befindet. »Gefällt mir richtig gut.«

»Das-s habe ich mir doch gleich gedacht. Immobilien Aschbach eilt der Ruf voraus, stets alle Wünsche der Kund-en zu erfüllen.« Die Maklerin reibt sich die Hände, sodass die Ringe aneinander klicken.

Das Geräusch. Ich muss zu meiner *Katze*. Irgendwas sagt mir, dass ich zu meiner *Katze* muss.

»Unn-t? Was sag-en Sie?«

Ich gehe durch den Raum, hinaus auf die Empore. Schaue hinab zum riesigen Wohn-Ess-Kochbereich. Nicht nur angesichts der nahezu vollständigen Einrichtung stellen die aufgerufenen eins Komma zwo Millionen für die 225 Quadratmeter einen absoluten Schnäppchenpreis dar. Ich nicke der Maklerin zu. »Ich kauf's.«

Kapitel 5:

Ella, elle l'a (France Gall)

Clara

Frau Lefebvres Vorwurf trifft mich hart. Die Polizei und den Abschleppdienst zu alarmieren, ist also ›nichts‹? Doch aus Erfahrung weiß ich, dass eine Diskussion mit der Leiterin der Ballettschule zu nichts führt. Also trotte ich mit einem Achselzucken der aufgeregt schnatternden Schar ihrer Fördervereinsdamen hinterher, die aufgrund der übervorsichtig im Freien getragenen FFP2-Masken ein bisschen an Wasservögel erinnern.

»Das ist ja unmöglich!« Frau Lefebvre stemmt die gespreizten Hände auf Höhe der Oberschenkel gegen ihren Pelzmantel, ehe sie mit einer dramatischen Bewegung auf den Sportwagen zeigt. »Eine Unverschämtheit, *Mademoiselle* Clara! Sorgen Sie auf der Stelle dafür, dass der Wagen verschwindet! Sofort!«

Kann ich zaubern? Mein professionellstes Job-Lächeln ins Gesicht gezimmert, weise ich auf den Streifenwagen. »Die Polizei ist längst eingeschaltet und der Abschleppwagen muss jeden Augenblick eintreffen.« Hoffentlich!

»Jeden Augenblick?« Sie reckt den Hals, der an eine faltige Schildkröte erinnert, aus dem flauschigen Kragen des Pelzmantels hervor. »Wann denn? Ich kann ihn nicht sehen?« Ihr Blick bohrt sich förmlich in mich. »Sie etwa?«

»N-nein«, gebe ich zu.

»Und jetzt?« Sie schnaubt. »Sollen wir hier in der Nässe warten? Uns den Tod holen?« Theatralisch reißt sie die Augen auf. »Oder gar Corona?«

»Nein, natürlich nicht!« Ich gehe in die Defensive. Alles, nur das nicht! »Sobald wir reinkönnen, serviere ich Ihnen Tee, Kaffee oder heiße Schokolade. Was immer Sie wollen! Selbstverständlich aufs Haus!« Und die Rechnung dafür soll dieser kriminelle Falschparker übernehmen!

»'nnten 'ir 'icht …?«, nuschelt eine der Damen vom Förderverein völlig unverständlich in ihre Maske. Dann merkt sie selbst, dass keiner den Sinn ihrer Worte erfasst und zieht das Vliesteil ein wenig runter. »Könnten wir nicht durch den Notausgang reingehen?« Sie sieht mich fragend an. »Jedes öffentlich zugängliche Gebäude braucht nämlich einen.«

Denkt sie wirklich, ich hätte das nicht längst mit der Zentrale in Stuttgart abgeklärt? »Nach Auskunft der Firmenleitung ist dies aus versicherungstechnischen Gründen leider nicht erlaubt.« Ich weise auf den bescheuerten Protz-Boliden. »Da die Karre den Haupteingang versperrt, bleiben nicht genügend Fluchtwege übrig.«

»Und, wie stellen Sie sich das nun vor, *Mademoiselle* Clara?« Frau Lefebvres Augen schießen förmlich Blitze auf mich ab.

»Wie gesagt, der Abschleppwagen kommt gleich.« Aus dem Augenwinkel nehme ich einen orangefarbenen Farbfleck wahr und als ich zur Kunststraße schaue … Hurra! »Sehen Sie! Da ist er!«

»Wurde ja auch Zeit«, bemerkt Frau Lefebvre säuerlich, und ich kann ihr leider nur zustimmen.

Hinter dem langsam – verdammt langsam! – heranrollenden Abschlepper schlendern die beiden Polizisten herbei.

»Wie ist das eigentlich?«, wende ich mich an die Beamtin, weil die einen verständnisvolleren Eindruck auf mich gemacht hat. »Meine Kunden sind, wie Sie hören können, ziemlich verärgert darüber, dass sich ihre Sondervorstellung verzögert und sie warten müssen. Um sie zu besänftigen, habe ich ihnen Freigetränke in Aussicht gestellt. Meinen Sie, die kann ich dann dem Halter des Wagens in Rechnung stellen?«

»Puh«, macht die Polizistin. »Da fragen Sie mich was. Probieren sollten Sie es aber auf jeden Fall, wenn Sie mich fragen. Wer sich einen so teuren Wagen leisten kann, der müsste eigentlich solvent genug für eine ganze Kiste Schampus sein.«

»Schampus?« Ich lache halb verzweifelt. »Erwähnen Sie den Sekt nicht zu laut, ich hatte eher an Kaffee und Cappuccino gedacht. Denn wenn die Damen auf Umdrehungen kommen …«

»Oh, haben Sie einschlägige Erfahrungen?« Leise giggelnd, verpasst die junge Polizistin mir einen verschwörerischen Ellenbogenstoß. »Das klingt unterhaltsam. Wobei ich gestehen muss, dass ich noch nie bei Ihnen im ARTHOUSE war. Wenn ich mit meinem Freund ins Kino gehe, will der Blockbuster sehen und nicht …«

»… Autorenfilme, Dokumentationen, Theater- und Konzertübertragungen«, ergänze ich. »Es stimmt, unser Schwerpunkt liegt woanders. Aber wir haben auch Mainstream-Filme im Angebot. Schauen Sie doch mal im Internet nach der Programmvorschau. Ich würde mich freuen, jemand so Nettes wie Sie als Kundin zu begrüßen.« Ich zwinkere ihr konspirativ zu. »Und wenn Sie es mir nicht als Bestechung auslegen, spendiere ich Ihnen sogar einen Piccolo. Dafür, dass Sie mir hier beistehen.«

»Piccolo?«, quäkt eine der Fördervereinsdamen hinter ihrer Maske hervor.

»Hat irgendjemand Sekt erwähnt?«, fragt eine andere.

»Also ich finde ja, ein Glas Schampus wäre nichts anderes als der gerechtfertigte Ausgleich dafür …« Eine Dritte ist so gesprächig, sie nimmt sogar ihre Maske ab. »…, dass wir hier in der brütenden Hitze herumstehen müssen.«

»Oh, Mist«, raunt die Polizistin mir zu. »Sie haben es gehört.«

Ich zucke die Achseln. »Ist auch egal, zur Not nehme ich die Auslagen auf meine Kappe.« Auch wenn ich mein Konto gerade erst aus den Miesen rausbekommen habe. Erwartungsvoll beobachte ich, wie der Fahrer den Abschleppwagen vor der bescheuerten Karre abstellt und aussteigt. »Mir ist, ehrlich gesagt, jetzt auch nach einem Glas Blubberwasser. Denn endlich kommt das blöde Ding weg!«

Doch der Heini des Pannendienstes macht keine Anstalten, den Sportwagen an den Haken zu nehmen. Stattdessen umrundet er das Auto und … macht Fotos.

Sind etwa alle Männer solche bekloppten Autonarren? Schon der Polizeibeamte hat vorhin ein Selfie von sich und dem Sportwagen gemacht. »Hallo?«, schnauze ich den Fahrer an. »Was soll das werden? Aufnahmen fürs Familienalbum? Die können Sie auch noch machen, wenn Sie die Karre weggeschleppt haben. Meine Kundinnen warten auf ihre gebuchte Vorstellung. Beeilen Sie sich!« Notgedrungen zwinge ich mir ein flehendes Lächeln aufs Gesicht. »Bitte!«

»Seh' ich so aus, als ob ich Luscht hätt', Zeit zu verplembere?«, schnauzt er mich an. »Uffm Herweg bin ich scho wiedda dreimol oog'funkt worre.«

»Warum machen Sie dann Fotos, wenn Sie längst zu den nächsten Aufträgen unterwegs sein müssten?« Langsam verstehe ich gar nichts mehr.

»Versicherung«, klärt er mich auf. »Wenn doo hinnerher ee Macke im Lack isch, muss ich beweise' könne, dass ich des ned gwese bin. Unn jetzd: Alla Hopp, aus'm Weg, Mädle!«

Also gut. Ich gebe mich geschlagen und lächele achselzuckend zu Frau Lefebvre hinüber. Sie kann nicht behaupten, dass ich mich nicht bemüht hätte, oder? Oder?

Ihr missbilligend verkniffenes Gesicht sagt mehr als tausend Worte. »Ich werde das nicht vergessen!«, zischt sie mir zu. »Das wird eine Google-Rezension geben, die sich gewaschen hat, *Mademoiselle* Clara!«

Schlagartig ist mir zum Heulen zumute. Nach den Lockdowns ist es so verdammt schwer, wieder auf die Füße zu kommen. Nicht nur für mich, sondern für die ganze Firma. Als ich letztes Jahr allen Mitarbeitern auf 540-Euro-Basis die Kündigung aushändigen musste, wurde mir so schlecht, dass ich mich hinterher auf der Personaltoilette übergeben musste. Ich meine, für mich waren sie keine x-beliebigen Angestellten, irgendwelche gesichtslosen Nummern in der Lohnbuchhaltung. Mit diesen Leuten hatte ich teilweise jahrelang zusammengearbeitet, hatte darüber Freundschaften geschlossen. Ich – an der Stelle muss ich tief seufzen – hatte mich sogar ein kleines bisschen verliebt.

Jan, der BWL-Student aus Pinneberg … Bevor ich ihn kennengelernt habe, hatte ich von der Existenz dieser Stadt, irgendwo droben bei Hamburg, noch nie etwas gehört. Aber mit seinem trocken-nordischen Humor hatte Jan mit seinen lustigen Geschichten nicht nur seinen Heimatort lebendig gemacht, sondern auch ›Das Tor zur Welt‹, die Hansestadt.

Ich … Puh, bei der Erinnerung verwandeln sich meine Beine plötzlich wieder in Kaubonbon-Stangen, wie unsere Nachbarin sie Lina immer schenkt. Woraufhin meine Tochter, die diese Süßigkeiten nicht mag, sie mir auf dem Weg zum Kindergarten in die Hosentasche stopft, wo sie von meiner Körperwärme ganz weich werden und zerfließen.

Es war nämlich so, dass ich mir wahrhaftig eingebildet hatte, Jan hätte ein Auge auf mich geworfen. Oder sogar zwei. Trotz unseres Altersunterschieds – er war zwei Jahre jünger als ich – und obwohl ich ja schon ein Kind hatte.

Nein, im Rückblick war es wahrscheinlich noch die beste Lösung, dass allen Kräften auf Stundenbasis aufgrund der wirtschaftlichen Lage gekündigt werden musste. Denn nach Abschluss seines Bachelors wollte Jan für seinen Master-Studiengang an eine andere Universität wechseln, womit es für uns so oder so keine gemeinsame Zukunft gegeben hätte.

»… kein Grund, derart mit den Augen zu rollen, *Mademoiselle* Clara!« Frau Lefebvres Vorhaltung reißt mich aus meinem, ebenso hoffnungs- wie heimatlos herumirrenden Hirngespinst.

»Ich? Mich? Was?« Erbost über mein Herumstottern, schließlich bin ich keine verschüchterte Grundschülerin mehr, schüttele ich den Kopf. »Meine Güte, beziehen Sie doch nicht alles auf sich, Frau Lefebvre! Denken Sie etwa, ich habe nichts anderes im Kopf als Sie und Ihren …« Den ›schnatternden Entenhaufen‹ schlucke ich in letzter Sekunde runter. Uff. »… schwatzhaften Chor?« Mit einer energischen Handbewegung halte ich mein Handy hoch, schalte es ostentativ ab und lasse es in der Gesäßtasche meiner hellblau ausgewaschenen Lieblingsjeans verschwinden.

»Das. *Moi, je …*« Frau Lefebvre stammelt etwas halb Französisches, halb Deutsches herum und ringt sich sogar ein »*Excusez-moi*« ab, einen Begriff, den ich bisher noch nie von ihr gehört habe.

Geradezu berauscht von meinem Punktsieg gegen diese Inkarnation des Endgegners für alle Kinoangestellten, wende ich mich gerade dem Abschleppwagen zu, der endlich damit beginnt, das Hindernis auf die Ladefläche zu ziehen, als –

»Stopp! Stopp-Stopp-Stopp! Neinneinnein, so geht das nicht!« Ein Typ im denkbar affigsten Outfit des Jahrzehnts wirft sich fast auf die Motorhaube des Sportwagens. »Geht's noch? Stopp!, habe ich gesagt! Sie können die *Katze* doch nicht einfach abschleppen!«

Katze? Aus dem Augenwinkel spähe ich nach rechts und links, aber natürlich ist nirgendwo ein Raubtier aus der Familie der Feliden zu entdecken. Dieser Heini scheint also wahrhaftig das Auto als *Katze* zu betiteln! Ich lache laut heraus. Das ist ja fast noch krasser als sein Erscheinungsbild: hellblondes Haar im *Short-Shaggy*-Look mit viel Gel zu *Messy-Spikes* hochgestylt, blauer Hoodie mit Druckmotiv, darunter eine mit Pilling übersäte Jogginghose und an den Füßen …

Ich glaube, ich sehe nicht recht!

Sind das Kickschuhe? Mit Nocken? Wer ist so verrückt, die abseits vom Fußballplatz zu tragen? Kein Wunder, dass der wie ein Hahn auf rohen Eiern herumstolziert!

»Stopp!«, ruft der Honk erneut, und idiotischerweise scheint der Abschlepper auf ihn zu hören, denn der Motor des Wagens erstirbt und das Gesicht des Fahrers schiebt sich neugierig zum heruntergelassenen Fenster heraus.

KAPITEL 6: MIRACLE (CALVIN HARRIS & ELLIE GOULDING)

Paul

»Nix da!«, faucht mich eine zierliche Brünette an. Die Hände, zu Fäusten geballt, in die schmalen Hüften gestützt. Ihre Augen ein Tsunami aus dunkelbraunen Wogen, in denen orangene Feuer glimmen. Wütend, bebend, erregend erregt. Bildhübsch.

Augenblick. Bildhübsch? Verdammter Kack. Ich schüttle den Kopf. Paul, du Idiot! Das ist *sie*!

Sie, die ich vorhin aus dem Augenwinkel erfasst hatte. Bevor ich der Hitchcock-Witwen-Maklerin zur Besichtigung meines künftigen Domizils in den Fahrstuhl gefolgt bin.

Sie, wegen der ich im unpassendsten Augenblick rekapitulierte, dass ich die rasch wechselnden Frauenbekanntschaften satthabe, die nur an meinem Geld und meinem Ruhm interessiert sind.

Sie …

»… können das doch nicht machen!«, ruft sie jetzt voller Leidenschaft. Ihre Stimme liebkost meinen Gehörgang. Köstlicher als Honig tropfen ihre Silben in meine Ohren. »Sie hatten die blöde Karre doch fast schon auf Ihrem Wagen. Das … das …« Erregt bis in die Haarspitzen, scheint sie nach einem

Wort zu suchen. »Das ist Nötigung! Genau!« Mit dem Finger zeigt sie auf mich. »Dieser rücksichtslose Rüpel hat seinen Schrotthaufen rechtswidrig abgestellt!« Was sie sagt, klingt so süß und rein, dass mich die wenig schmeichelhafte Bedeutung ihrer Worte nicht verletzen kann.

Doch wo war ich? Ach ja: *Sie*.

Sie, die mein Herz dazu gebracht hat schneller zu schlagen.

Jetzt zieht es schon wieder so komisch in meiner linken Brustregion.

Als Profisportler bin ich mit jedem Muskel, jeder Sehne, jedem Nerv meines Körpers per Du. Weiß genau, wann alles in Ordnung ist. Und wann nicht.

Und mit meinem Herzen stimmt irgendetwas ganz gewaltig nicht. Also – nicht organisch. Krieg dich wieder ein, Paul! Du kriegst jetzt keinen Herzinfarkt oder so.

Das Gefühl ist ganz anders. Nicht beängstigend. Gar nicht! Stattdessen eher erhebend, leicht, wolkig-wattig. Rosa. Rosa?

Ich schüttle den Kopf. Kann das *Liebe* sein?

Ist *sie* das? Die Liebe meines Lebens?

»Wieso lassen sie den Schrotthaufen jetzt wieder runter?« Ihr gereiztes Zischen reißt mich aus meiner Schockstarre. »Weil der angebliche Besitzer gekommen ist?« Sie verdreht die dunkelbraunen Augen. Mustert mich mit einem Blick von Kopf bis Zeh, der jeden anderen auf der Stelle tot umfallen ließe.

Paul, dich hat's echt erwischt. Immun gegen Killerblicke, weil du dich Hals über Kopf in die Absenderin verliebt hast?

»Haben Sie ihn sich überhaupt angesehen?« Sie zeigt mit beiden Händen auf mich. »Wie der rumläuft? Komisches Motto-Druck-Shirt, schlabbrige Jogginghose und Fußballschuhe? Wie soll jemand, der so abgerissen aussieht, sich diesen Wagen leisten können?« Schnaubend schüttelt sie den Kopf. Lange, braune Locken werden aufgewirbelt. Ein Duft von Zitrusfrüchten, Kräutern und Kokosnuss trifft mich. »Jaguar E-Type, Serie 1, Baujahr 60 bis 62«, sagt sie wie auswendig gelernt auf. Die Art, wie sie mich dabei anschaut …

Ha! Ihrem wütenden Redeschwall zum Trotz kann sie ihre Augen nicht von mir lassen. Das ist nicht von der Hand zu weisen!

»Kostenpunkt zwischen 150 und 300 Tausend Euro!« Sie bemerkt gar nicht, dass ihr Figürchen förmlich bebt. »Der Wachtmeister hier hat die vergangene Stunde zu umfangreichen Handy-Recherchen genutzt, an denen er uns freundlicherweise alle teilhaben ließ.«

Ihre Stimme. Ich liebe ihre Stimme! Könnte ihr stundenlang lauschen.

Doch der Polizist bekommt von ihrer Ansprache rote Flecken im Gesicht und lässt sein Smartphone in einer der zahlreichen Taschen seiner Uniform verschwinden.

Kaum sehe ich zurück zu *ihr*, trifft mich ihr aufgebrachter Blick, ehe sie sich wieder an den Fahrer des Abschleppwagens wendet.

»Ganz ehrlich?« Sie schnaubt, erneut trifft mich die köstliche Duftwolke. »Wie soll dieser Vollpfosten sich so eine schweineteure Karre leisten können?«

»Paul Lindt«, antwortet der Fahrzeugführer. Er löst die *Katze* vom Haken und schiebt die Hände in die Hosentaschen seines orangenen Overalls.

»Häh?«, macht die verwegene Schönheit und zieht die Augenbrauen hoch. »Paul wer?«

»Paul Lindt.« Ich ignoriere das Stakkato meines Herzens. Gehe mit ausgestreckter Hand auf sie zu. »Angenehm.«

»Clara Arnold.« Als wäre sie ferngesteuert, schlägt sie ein.

Der Kontakt von Haut auf Haut schießt wie ein knochentrocken verwandelter Elfmeter durch mein neuronales Netz. Clara. Clara Arnold. Clara. Gibt es einen passenderen Namen für meine Traumfrau?

»Sie können übrigens gern wieder loslassen«, bringt sie sich in Erinnerung.

Loslassen. Oh. Ertappt will ich ihrer Anweisung nachkommen, entscheide dann aber, ihre zierlichen Finger noch einmal kurz, aber kräftig zu drücken. Sie soll nicht denken, dass sie mich dressieren kann. Denn das hat sie schon längst.

»Könne Sie vielleicht …« Der Abschleppwagenmann drängt sich zwischen uns. »Enn Autogramm? Für mein Bobbel.«

»Ein Autogramm? Gern doch.« Ich zeige auf die *Katze*. »Im Auto habe ich Karten. Ich hol' sie kurz, okay?«

»Ein Autogramm?« Auf Claras Gesicht breitet sich fleischgewordene Fassungslosigkeit aus. »Wieso wollen Sie ein Autogramm von diesem Honk?«

»Lindt«, korrigiert der Polizeibeamte sie und räuspert sich. »Lindt, nicht Honk. Und, wenn ich auch eines bekommen könnte?«

»Autogramm?« Clara scheint es nicht zu begreifen. »Warum? Von ihm?« Wieder zeigt sie auf mich und verzieht den Mund.

»Paul Lindt? Haben Sie echt noch nie was von ihm gehört?« Der Polizist schüttelt bedauernd den Kopf, ehe ich in die *Katze* abtauche, um die begehrten Karten aus dem Handschuhfach zu klauben. »Paul Lindt, hanseatischer Fußballspieler. Nach seinem Karrierebeginn im Nachwuchsbereich des Hamburger Sportvereins wechselte der Stürmer über Zwischenstationen beim VfL Wolfsburg und RB Leipzig zu Borussia Dortmund. Sportreporter sahen ihn schon in der englischen Premier League. Aber was macht die Geheimwaffe unseres Bundestrainers?« Auffordernd sieht er sie an, nimmt dann die frisch von mir signierte Karte mit einem Kratzfuß entgegen.

»Ich weiß es nicht«, offenbart Clara ihre Unkenntnis. »Sein Auto wegfahren jedenfalls nicht. Das blockiert nämlich immer noch den Eingang.« Sie wirft mir einen blitzenden Blick zu.

»Unterschreibt bei unserer EINTRACHT KÄFERTAL!«, erläutert der Polizist. Lässt sich nicht von ihrer Szene aus der Ruhe bringen. »Der Coup schlechthin! Mannheim hatte auf der Wache keiner auf dem Schirm, als es darum ging, wohin Lindt wechselt. Außer meinem Näschen.« Er tippt sich an sein beachtliches Riechorgan.

»Du?«, mischt sich seine Kollegin ein. »Du warst das? Du hast den Wetteinsatz gewonnen?« Sie zieht die Luft lautstark durch die Nase ein, als er nickt. »Und mich nicht mal zum Feiern eingeladen. Deine ›Lieblingskollegin‹. Echt jetzt!«

»Fang jetzt nicht so an, Marie.« Der Polizist schnaubt. »Ich weiß doch genau, wie eng du mit meiner Tochter befreundet bist. Alles, wovon du erfährst, steckst du ihr und sie hat nichts Besseres zu tun, als es an meine Frau weiterzutratschen.«

»Deine Frau weiß nicht, dass du wettest?« Verwundert dreht die junge Polizistin ihren Kopf von rechts nach links.

»... und ich würde wirklich großen Wert darauf legen, dass sie es nicht erfährt«, räumt er schnaubend ein. »Und auch nicht, dass ich mir vom Gewinn eine Jahreskarte bei der EINTRACHT gegönnt habe.«

»Ich fasse es nicht.« Seine Kollegin bläst die Wangen auf. »Deshalb hast du also diese ganzen seltsamen Urlaubstage eingereicht? Lass' mich raten: immer zu den Heimspielen? Während ich mir dann beim Regeln des Verkehrs die Beine in den Bauch stehen darf?«

»Ich fasse auch etwas nicht«, grätscht Clara verbal dazwischen. »Und zwar, wie Sie alle seelenruhig danebenstehen können, sich Autogramme geben lassen, während seine Scheiß Karre den Damen von der Ballettschule immer noch den Eingang versperrt!«

»Oh«, macht die Polizistin.

»Ähm«, ihr Kollege.

»Könnten Sie mir auch ein Autogramm geben?«, fragt eine der Damen mit leiser Stimme. »So, dass es *Madame* Lefebvre nicht sieht? Und ›für Herbert‹ draufschreiben? Das ist mein Mann.«

Abwesend komme ich ihrem Wunsch nach, was dazu führt, dass die anderen plötzlich auch alle heran drängeln. Ich hebe die Hände. »Stopp! Stopp-Stopp-Stopp!«

Endlich verstummt das vielstimmige Geschnatter.

Ich wende mich an Clara. »Habe ich das jetzt richtig verstanden? Du wartest seit einer geschlagenen Stunde darauf, ins Kino reinzukönnen? Mit den ganzen Damen?«

»Die sind erst seit einer guten halben Stunde da«, verbessert sie mich und zieht die Augenbrauen zusammen. »Aber ansonsten: Ja, Herr Lindt.« Sie betont die Höflichkeitsanrede so sehr, dass es fast schon unhöflich klingt.

Aber darüber werde ich jetzt keinen Streit vom Zaun brechen, mit der Liebe meines Lebens! Wenn sie das Sie bevorzugt, ist ihr Wunsch mein Befehl! »Entschuldigen Sie bitte, Clara«, sage ich so aufrichtig, wie es nur geht. Wende mich dann an die schnatternde Schar. »Auch Sie bitte ich um Verzeihung. Gibt es irgendetwas, womit ich Sie entschädigen kann? Abgesehen von Autogrammen?«

»Schampus war angedacht«, wirft die Polizistin von hinten ein. »Ich finde ja, das wäre das Wenigste.«

»Schampus? Sekt? Oder Champagner?« Fragend drehe ich mich zu Clara. »Schenken Sie im Kino Champagner aus? Weil dann würde ich da…«

»Ich finde ja …«, ätzt meine Schönheit. »…, dass Sie jetzt endlich Ihre Karre wegbewegen sollten und dann verschwinden.« Sie wedelt mit der Hand, als sei ich eine lästige Fliege. Die Anmut ihrer Bewegungen ist dabei beispiellos. »Denn wenn sich der Beginn der Sondervorstellung für die Ballettschule noch weiter verzögert, kollidiert das Ende mit dem Beginn der regulären Vorstellungen.«

»Neinneinnein, so geht das nicht!«, stimme ich ihr zu, und der Blick, den sie mir daraufhin schenkt, birst fast vor Verblüffung. »Am liebsten würde ich ja Clara bitten, mich zu begleiten.«

»Mich?« Sie starrt mich mit offenstehendem Mund an.

Bei jeder anderen Frau würde mich der Anblick abstoßen. Aber sie ist komplett anders, als alle Frauen, die ich bisher hatte.

»Ich soll Sie begleiten?«, fragt sie weiter. »Wohin? Und warum?«

»Ich weiß natürlich, dass Sie unabkömmlich sind. Sie müssen ja aufschließen.«

»Genau«, faucht sie. »Und Licht anschalten. Die Klimaanlage, den Server und die Kasse hochfahren. Und wenn die Damen dann glücklich in ihrer Vorstellung sitzen, auch noch drei Säcke Popcorn machen.«

»Sie machen das Popcorn selbst?«, fragt die Polizistin. »Echt? Also, dann muss ich doch auf jeden Fall mal hier ins Kino gehen. Gemecker von meinem Freund über das Programm hin oder her.«

»Nur leider werde ich heute wohl keines mehr machen können.« Claras Fußspitze steppt auf dem Asphalt. »Weil der Dulli seine Karre nicht wegfährt!«

»Der Dulli«, kläre ich sie auf, »ist schon so gut wie weg.« Schlucke den ›Dulli‹ runter, öffne die Beifahrertür von der *Katze* und wende mich an die am wenigsten aufgetakelte der Ballett-Damen. »Wenn Sie so freundlich wären und mich begleiten? Sie sehen so aus, als würden Sie sich hier auskennen. Wir müssen zu einem Getränkemarkt und anschließend hier in der Nähe ein Parkhaus finden.«

»Ich … Also das … Selbstverständlich helfe ich Ihnen doch gerne aus.« Sie klappert mit ihren übertuschten Wimpern. »Da fühle ich mich aber geehrt.« Mit einer Geschwindigkeit, die ich ihr gar nicht zugetraut hätte, schlüpft sie auf den Beifahrersitz.

»Bis gleich«, sage ich an Clara gewandt. Umrunde die *Katze*, klemme mich hinter das Lenkrad und lasse ihre knapp 270 Pferdestärken los röhren.

Kapitel 4:
Good Life (Inner City)

Clara

einige Wochen später

Einige Wochen später, ich habe einen meiner freien Sonntage, sitze ich mit Lina und meinem Vater beim Kartenspiel am Esstisch.

»Was hast du da abgelegt, Linchen? Eine Herz-Drei?« Papa lacht und wirft eine Karte auf den Ablegestapel. »Perfekt! Darauf die Herz-Fünf!«

»Hihi«, macht Lina und hält die Hand vor den Mund. »Du hast vergessen ›Mau‹ zu sagen, Opa!«

»Ich hab' was? Nein!« Mein Vater schüttelt den Kopf. »Niemals!«

»Doch!« Lina giggelt. »Dochdochdoch, Opa. Guck, du hast nur noch eine Karte übrig! Da hättest du ›Mau‹ sagen müssen!«

»Nein, das hätte ich doch gemerkt!«, behauptet Papa und zwinkert mir aus dem Augenwinkel zu.

»Doch, Opa, schau!« Lina zeigt auf seine Hand, in der er eine letzte Karte hält. »Oder muss ich deine Lesebrille holen?«

»Wahrhaftig!« Papa tut so, als würde er erst jetzt bemerken, dass er nur noch eine Karte hält. »Oje-oje! Und jetzt?«

»Jetzt musst du zur Strafe zwei Karten nehmen!« Meine Tochter freut sich wie eine kleine Schneekönigin.

»Ich hab' aber auch ein Pech«, grummelt Papa. Regelgemäß zieht er zwei Karten, nickt mir dann zu. »Du bist dran.«

Mit einem Grübeln betrachte ich den umfangreichen Kartenfächer in meiner Hand. Papa hat mich vorhin schon aufgezogen, dass ich demnächst wirklich sehr großes Glück in der Liebe haben müsse, so viel Pech, wie mich bei unserem sonntäglichen Kartenspiel verfolgt. »Ha!«, rufe ich aus, weil ich endlich eine passende Karte entdeckt habe. »Auf die Herz-Fünf passt die Kreuz-Fünf!« Glücklich darüber, endlich eine Karte loszuwerden, statt in Ermangelung einer Ablagemöglichkeit eine zu ziehen, lege ich ab.

»Juhu!«, schreit Lina und klatscht ihre letzte Karte drauf. »Kreuz-Acht! Mau-Mau! Ich hab' gewonnen! Ich hab' gewonnen! Gewonnen! Gewonnen!«

»Sowas aber auch!« Papa beugt sich rüber zu ihr und kitzelt sie. »Du bist ja ein Glückspilz, Linchen! Hast heute schon drei Mal gewonnen!«

»Glückspilz, Glückspilz!«, singt Lina und klaubt die Karten zusammen. »Spielen wir noch eine Runde, Opa?«

Papa streicht sich das Haar zurück und schaut zur Wanduhr hoch. »Nee, Linchen. Gleich fängt das erste Sonntagsspiel an. Kommst du mit rüber aufs Sofa?«

»Fußball?«, fragt Lina und hüpft begeistert vom Stuhl, als er nickt. »Aber klar doch!«

Wohl wissend, dass ihr Enthusiasmus nicht von Dauer sein wird, sammle ich die Karten zusammen. Gerade, als ich unsere Kaffee- und Kakaotassen in die Küche tragen will, hält Papa mich auf.

»Clara? Bist du ein Schatz und holst mir ein Bier aus dem Kühlschrank?«

»Klar, Papa.« Ich grinse still in mich rein. Fußballgucken ohne sein geliebtes Helles ist ein Ding der Unmöglichkeit für ihn.

»Na, habt ihr Spaß?« Mama schiebt die Lesebrille hoch auf die Stirn. Am Küchentisch sitzend, sieht sie von ihrem Laptop hoch und reibt sich die Nasenwurzel.

Schlagartig trifft mich das schlechte Gewissen. Seit ich mit Lina wieder in meinem alten Kinderzimmer untergekrochen bin, hat sie kein Arbeitszimmer mehr für ihre verpflichtende Homeoffice-Tätigkeit. »Hatten«, präzisiere ich. »Jetzt kommt Fußball. Setzt du dich zu uns?«

»Nachher«, sagt Mama. »Ich muss nur noch kurz eine Folie fertigstellen für das Meeting, das diese Idioten für sieben Uhr früh angesetzt haben.«

»Dann stör' ich dich nicht weiter«, sage ich und stelle das Geschirr in die Spüle. Ich schnappe mir eine Bierflasche aus dem Kühlschrank, ersetze sie durch eine aus dem Kasten unter der Arbeitsplatte und winke ihr kurz zu, ehe ich die Küchentür hinter mir leise ins Schloss ziehe.

»Ahh! Da ist ja die beste meiner Töchter!« Papa grinst mir entgegen, streckt die eine Hand nach der Flasche aus und patscht mit der anderen neben sich auf das Polster des Sofas.

Ich unterdrücke ein Augenrollen. Erstens kann ich gar nichts anderes sein als ›die beste seiner Töchter‹ – ich bin nämlich sein einziges Kind – und zweitens habe ich eigentlich überhaupt keine Lust, irgendwelchen Kickern beim Hoppeln über den Rasen zuzusehen. Insbesondere nicht nach der Begegnung mit diesem nervtötenden Paul … ähh … Dingenskirchen.

»Mhm?«, macht Papa und sieht mich bittend von unten an, während er Lina, die sich auf der anderen Seite von ihm mit einem Bilderbuch eingekuschelt hat, seinen Bügelverschluss-mit-dem-Zeigefinger-aufschlagen-Trick vorführt.

»Also gut«, gebe ich mich geschlagen, fische aber sicherheitshalber mein Handy vom Couchtisch und checke kurz, ob ich genügend Lesestoff für meine Kindle-App geladen habe.

»Ahh, herrlich!« Seine Arme auf die Rückenlehne hinter mir und Lina gelegt, seufzt Papa hingebungsvoll. »Mir geht's doch nur gut, wenn ich zwischen meinen beiden Mädchen sitzen kann.«

»Dir geht's nur gut, wenn du deine Sprüche klopfen kannst«, ziehe ich ihn auf und pike ihn in die Seite, als er sich vorlehnt, um mit der Fernbedienung den TV anzuschalten.

»Und dir nur, wenn du mich ärgern kannst«, gibt er mit einem gutmütigen Lachen zurück. Dann ist seine Aufmerksamkeit schon von dem Spiel gebannt, das bereits angepfiffen wurde.

»Toooor! Toooor! Toooor!«

Huch, was ist jetzt los? Die erste Halbzeit muss bereits fast ganz verstrichen sein, denn ich habe schon gut ein Drittel der aktuellen Wikinger-Romanze von Kátla Mortensen gelesen und Papas Begeisterungsjubel reißt mich aus einer prickelnden Bettszene der beiden Protagonisten. »Ruhig, Papa, ganz ruhig.« Gut, er ist ein Fußballfan, solange ich ihn kenne – und das ist so ziemlich genau mein ganzes Leben – doch derart enthusiastisch habe ich ihn höchstens bei Endspielen der Nationalmannschaft erlebt. Aber nicht bei einem stinknormalen Bundesliga-Match.

»Schau hin!«, fordert er mich auf. »Da kommt's nochmal in der Zeitlupe.« Er fuchtelt zum Bildschirm hin und kommentiert dann das Gezeigte. »Schau, schau! Demiray passt zu Marcelinho. Der lupft den Ball über gleich zwei Abwehrspieler hinweg zu Lindt und der ...« Er springt auf, wirft die Hände in die Luft. »... verwandelt!«

Ich starre auf den Bildschirm und kann nicht fassen, was ich sehe, als die Kamera auf den Torschützen zoomt: Den hellblonden Honk, sein Haar zu genau den gleichen *Messy-Spikes* hoch gegelt, wie er sie trug, als seine Karre mir den Zugang zum Kino versperrte. »Das ist Paul Lindt!«, platze ich heraus.

»Ja, sagte ich doch.« Papa lässt sich, erschöpft von seinem Temperamentsausbruch, wieder aufs Sofa plumpsen. »Das heißt, ich sagte Lindt. Woher weißt du seinen Vornamen? Sonst interessierst du dich doch keine Bohne für Fußballer.« Er nimmt einen Schluck aus der Bierflasche, lässt dann ein gehässiges Lachen ertönen. »Hast du dich etwa in den verguckt?«

»Verguckt?« Spinnt er? »Ich? In den?«

Papa grinst. »Ist doch ein hübscher Kerl. So blond, so durchtrainiert. Hat nebenbei BWL an der Fernuni studiert. Und groß soll er auch sein.«

»Was du nicht alles weißt!« Ich schüttele den Kopf. »Bist du etwa in ihn verschossen, Papa? Dürfen wir jetzt auf deine alten Tage dein Outing erleben?«

»Was ist ein Au-ting?« Lina, deren Anwesenheit ich völlig verdrängt hatte, schaut vom Boden hoch, wo sie ihre Barbies ausgebreitet hat. »Sowas wie ein Auto?«

Oh, Scheiße! »Ja, ganz genau«, lüge ich und hypnotisiere Papa mit den Augen, damit der nicht mit schallendem Gelächter herausplatzt.

»Bist du dem Opa sein allerliebstes Mädchen, Linchen?«, fragt er sie mit breitem Schmunzeln. »Holst du mir noch ein Bier?«

Nachdem Lina davon getrottet ist, wendet er sich an mich. »Soso. Paul Lindt. Woher kennst du den denn?«

Ich schnaube. »Von wegen ›kennen‹. Eher vom Wegschauen! Hat Mama dir nicht davon erzählt?« Solange ich denken kann, ist Papa von montags bis freitags in der ganzen Republik auf Montage unterwegs. Unsere Kommunikation läuft zu 95 % über meine Mutter.

Er schüttelt den Kopf. »Würd' ich dann fragen?«

Seufzend hole ich Luft. »Er hat mir vor ein paar Wochen mit seinem Oldtimer die Eingangstür vom Kino zugeparkt. Die Lefebvre von der Ballettschule ist fast ausgetickt, du weißt doch, wie die sich echauffieren kann. Aber anstatt ihren Ärger auf ihn zu richten, als dieser abgerissene Typ endlich angedackelt kam, ha…«

»Welcher abgerissene Typ?« Papa guckt irritiert.

»Na, der Lindt!« Von wem sonst rede ich?

»Wieso sollte der abgerissen sein?«

»Ehrlich, Papa.« Manchmal ist er zu begriffsstutzig. »Wenn du den gesehen hättest! Eine komplett verbeulte, vom vielen Waschen total mit Pilling übersäte Jogginghose, mit der du nicht mal nachts den Müll runterbringen würdest. Dazu ein peinliches Motivdruck-Sweatshirt und Kickschuhe!«

»Na ja.« Papa lacht. »An denen hättest du ihn ja erkennen können. Man sagt, der Hersteller würde sie immer mit seinen Initialen besticken.«

»Als ob ich irgendwelchen Typen auf die Füße schauen würde!« Papa hat Vorstellungen!

»Hehehe!« Er feixt. »Ich kann mir schon vorstellen, wo du lieber hinguckst!«

»Boah, Papa! Hör auf damit!«

»Schon gut.« Er hebt abwehrend die Hände. »Aber jetzt dalli, die Halbzeitpause ist gleich vorbei: Was war nun so schlimm an Lindt?«

»Frag lieber, womit er nicht genervt hat.« Dass ich das seltsame Gefühl hatte, dieser Lindt würde mich auf eine total komische Art anbaggern, kann ich Papa kaum anvertrauen. Zumal ich mir inzwischen ganz sicher bin, dass ich mir das nur eingebildet habe. »Kannst du dir vorstellen, dass er die Ballettdamen wahrhaftig mit Champagner bestochen hat? Zwei komplette Kisten DOM PÉRIGNON! Ist das die Möglichkeit?«

»Zwölf Flaschen? Da waren die Damen bestimmt ziemlich angeschickert.«

»Das kannst du laut sagen«, stimme ich zu. »Und das, obwohl sie nur drei Flaschen getrunken haben. Der Rest steht jetzt bei uns im Lager rum.«

»Im Lager?« Papa ist schon wieder halb abgelenkt, weil die zweite Halbzeit begonnen hat. »Warum bringst du uns nicht eine Flasche mit?«

»Na ja, weil die doch als Entschuldigung für die Ballettdamen gedacht waren.«

»Echt? Und für dich nicht?«

Doch. Und aus genau dem Grund werde ich keinen Schluck davon trinken! »Für mich hatte er ein Blumengebinde«, präzisiere ich.

»Wie du schaust …« Papa prustet ein Lachen heraus.

»Warte, bis du es mit eigenen Augen gesehen hast!« Auf der Suche nach dem Beweisfoto wische ich auf dem Handydisplay herum. »Da! In unserer Lobby sah es aus wie in einer

Aussegnungshalle! Als ob ich gestorben wäre und mit dem Blumenschmuck der Sarg verborgen werden sollte.«

»Uff«, macht Papa.

»Siehst du?«

Er antwortet nicht, da jetzt die zweite Halbzeit auf der Mattscheibe flimmert und er völlig hypnotisiert auf diesen nervtötenden Paul Lindt starrt, der keine Minute nach dem Anpfiff erneut irgendeinen ›hochgefährlichen‹ Torschuss abgegeben hat.

Ich seufze leise und schalte mein Handy an, um mich mit angenehmeren Dingen zu befassen. Zum Beispiel dem Wikinger in Kátla Mortensens Roman, unter dessen rauer, mitunter durchaus grausamer Schale ein einfühlsames, geradezu romantisches Herz schlägt.

»Ha! Gewonnen!« Wieder reißt mich Papas Begeisterungsausbruch aus meiner Lektüre. »Zwei zu Eins! Gegen die Bayern! Damit müsste EINTRACHT KÄFERTAL sich jetzt eigentlich auf den ersten Tabellenplatz vorschieben.«

»Ist das Spiel vorbei?«, frage ich ohne großes Interesse, nur höflichkeitshalber.

»Hast du deine Nase wieder nur in dein Handy gesteckt?« Mein Vater macht eine wegwerfende Handbewegung in meine Richtung. »Da hast du was verpasst! Der Siegtreffer fiel sozusagen in der letzten Sekunde der Nachspielzeit!«

»Klingt ja total spannend!«, heuchle ich mit einem breiten Grinsen. Papa weiß doch, dass ich mit Fußball überhaupt nichts anfangen kann.

»Wenn du mich nur ärgern kannst.« Er lacht gutmütig. »Aber, komm, rate, wer das entscheidende Tor gemacht hat!«

»Dieser Lindt etwa?«

»Kannst du an keinen anderen mehr denken als an deinen Lindt?« Papa kichert schadenfroh. »Nee. Das war Marcelinho. Allerdings war der Freistoß von Lindt so präzise – den hättest sogar du ins Tor gekegelt.«

»Ich?« Jetzt muss ich lachen. »Ich habe noch nie gekickt und werde damit nie anfangen. Und außerdem ist der nicht ›mein‹ Lindt.«

»Na ja, gewissermaßen schon. Wenn er dir bereits Blumen schenkt …«

»Jetzt hör aber auf, das Mädchen zu ärgern, Frank«, ruft Mama. »Außerdem ist das Abendbrot fertig. Kommst du an den Tisch oder isst du auf dem Sofa?«

»Bist du ein Schatz und richtest mir was?« Papa lässt seinen Charme spielen. »Gleich kommen die Interviews, aber vorher muss ich Clara noch was Wichtiges sagen.«

Was Wichtiges? Schon halb am Esstisch schaue ich argwöhnisch über die Schulter. »Was denn, Papa?«

»Spielst du eigentlich noch Lotto? Sechs aus Neunundvierzig?«

»Manchmal«, schwindele ich. »Warum?«

»Weil ich neue Zahlen für dich hab! Los, schreib auf! Los, los, nicht trödeln!«

Seufzend hole ich mein Handy raus und öffne die Notizblock-App. »Ja?«

»Schreib mit, ja?«, vergewissert sich mein Vater und fängt dann zu diktieren an: »Acht, Neun, Siebzehn, Neunzehn, Dreiundzwanzig und Neunundzwanzig. Und? Hast du alles?«

Ich wiederhole die Zahlen. Es sind sechs, wie für ein Kästchen benötigt.

»Prima, spielst du die für mich?« Er kramt schon in seinen Hosentaschen nach Geld, aber ich winke ab.

»Den Spieleinsatz schenke ich dir, Papa. Aber sag: Wie kommst du auf diese Zahlen?«

Jetzt hebt er sein Smartphone in die Höhe. »29. August 1998. Das Geburtsdatum ergibt die Neunundzwanzig, die Acht, die Neunzehn und die Siebzehn als Quersumme von achtundneunzig.«

»Wessen Gebu…?«

»Schht!«, unterbricht mich Papa. »Ich war noch nicht fertig. Die Dreiundzwanzig steht für sein Alter und die Neun für seine Position: Stürmer.«

Stürmer? Der einzige Stürmer, der mir bekannt ist, heißt … »… Paul Lindt?« Ich schnappe nach Luft. »Du willst, dass ich Paul Lindts Daten tippe?«

»Neeneeneeneenee!« Papa schüttelt den Kopf. »Ich. Ich will die tippen.«

»Okay«, gebe ich mich geschlagen, auch wenn es völlig gesponnen ist. »Und als Superzahl?«

»Als Superzahl?« Papa grinst. »Natürlich die Sechs. Seine Rückennummer.«

KAPITEL 8: MOTH TO A FLAME (SWEDISH HOUSE MAFIA & THE WEEKND)

Paul

Später am gleichen Abend

So ein Heimsieg ist ja nie schlecht. Aber ein Unentschieden gegen die Bayern auf der Zielgeraden noch zu drei Punkten zu drehen? Das Größte!

Als Marcelinho, Yunus und die anderen Jungs mich zum Feiern eingeladen haben: Wie hätte ich ablehnen können? Als einer der Torschützen?

Zuerst waren wir bei einem Italiener. Der Laden ist schräg gegenüber vom alten Stadion der EINTRACHT. Yunus, der seit der Jugend für den Verein spielt, ist mit dem Besitzer befreundet. Der achtet darauf, dass die Privatsphäre der Spieler geschützt ist. Macht an Spieltagen nur für handverlesene Vereinsmitglieder auf.

Schon gut betankt mit etlichen Bieren, hat der harte Kern der Mannschaft dann die Location gewechselt. Ich war dabei. Auch wenn es ernüchternd ist. Nach knapp zwei Monaten habe ich in Mannheim keinen anderen Anschluss. Noch.

Der Raki, den Yunus dann in der Kneipe seines Cousins irgendwo in den Quadraten ausschenken ließ. Mann! Was für ein Gesöff! Mir wurde schon vom Riechen speiübel. Eisern bestand ich darauf, stattdessen kühles, herbes Pils serviert zu bekommen.

Leider hörte Marcelinho nicht auf meinen Rat. Dieser Idiot! Er hätte es mir besser gleichgetan.

Jetzt stehe ich nämlich mit ihm vor der Kneipe auf der Straße. Versuche den dritten Taxifahrer davon zu überzeugen, dass er Marcelinho nach Hause bringt.

»…, wenn er mir die Karre vollkotzt?« Immerhin spricht dieser Taxler das Problem an. Die anderen waren nach einem Blick auf den schwankenden Brasilianer davon gebraust.

»Ich hab' ihm eine Tüte geben lassen.« Aus Marcelinhos Jackentasche ziehe ich das Beweisstück, in dem normalerweise die Take-Away-Döner eingepackt werden.

»Meinen Sie, der hat noch genügend Treffsicherheit?«

»Dafür kann ich nicht garantieren«, gebe ich zu. Seufze. »Was, wenn ich im Fall der Fälle die professionelle Innenraumreinigung bezahle?«

»Wie soll das gehen? Ich kenn' Sie doch überhaupt nicht!«

So typisch. Wenn man inkognito unterwegs sein will, lauern überall Fans auf einen. Braucht man aber ausnahmsweise mal einen Menschen, der einen kennt: Fehlanzeige. Ich packe Marcelinho fester am Gürtel seiner Jeans, wuchte ihn zurück in die Senkrechte. Überlege. »Was kostet sowas?«

»Ne professionelle Innenraumreinigung?« Falls es sich nicht um Reflexe der Straßenbeleuchtung handelt, flammen die Augen des Taxifahrers förmlich auf. »Hundert…fuffzig.«

Hundertfünfzig? Jede Wette, dass er nicht mehr als achtzig ausgeben muss. Aber welche Alternative habe ich? Wenn Marcelinho noch mehr als fünf Schritte machen könnte, würde ich ihn ja mit zu mir nehmen. Außerdem habe ich seiner *Mamãe* seine Ankunft bereits telefonisch angekündigt. Zum Glück hat die Gesichtserkennung seines Handys Marcelinhos besoffene Fresse erkannt und seine Mutter irgendwann mal Englisch gelernt. Ich gebe mich geschlagen. »Ich zahle die Reinigung.«

»Und was mache ich dann in Schriesheim?« Das Klicken der Hirnzellen im Kopf des Taxifahrers ist fast zu hören, während er rechnet. »Um die Zeit bekomme ich garantiert keine Fahrt zurück.«

Um viertel vor Elf? Hält er mich für einen Vollidioten? Ich will schon Klartext reden, als Marcelinho sich sabbernd an meine Schulter lehnt. Nun, auf ihn trifft die Kategorie Vollidiot leider zu. Sich derart abzuschießen wegen des ersten Saisontors? »Wie viel?«, frage ich den Taxifahrer.

»Komplett? Die Fahrt hin und zurück und die Innenraumreinigung?« Er taxiert mich. »Dreihundert. Aber … in bar.«

Verdammt, Marcelinho! Das Geld werde ich mir zurückholen! »Abgemacht.« Mit einem Seufzen ergebe ich mich. Dann fällt mir etwas ein. »Aber: Kein Wort zu Niemandem, klar? Und seine Mutter, die an der Adresse wartet, ist mit größtem Respekt zu behandeln!«

Der Taxler ist ausgestiegen und öffnet die Tür zum Rücksitz. Er deutet eine knappe Verbeugung an. »Für die Knete trag' ich den Kerl sogar in sein Bett.«

Wenn ich mir Marcelinho so ansehe, wird sich das wohl kaum vermeiden lassen. Aber ich behalte meine Weisheit für mich und gemeinsam schubsen, ziehen und drücken wir den Brasilianer auf die Rückbank. Dann zücke ich mein Portmonee. »Hundert, Zweihundert, Dreihundert«, zähle ich dem Taxifahrer die grünen Scheine in die Hand.

»Falls Sie mich mal wieder brauchen.« Er hält mir eine abgegriffene Visitenkarte hin. Dann wieselt er um die Taxe herum und klemmt sich eilfertig hinters Lenkrad.

Der Kavalierstart, mit dem er umgehend losbraust, lässt mich dann doch kurz zweifeln, ob es die richtige Entscheidung war. Andererseits: Hat Marcelinho sich die Birne weggesoffen oder ich? Bin ich sein Vormund? Er ist erwachsen und keiner der anderen Spieler war bereit, mich zu unterstützen. Wobei die nach ihrer Druckbetankung auch kaum noch geradeaus laufen konnten.

Nein, Paul, lass' es. Jetzt nicht diese Gedanken! Kopfschüttelnd gehe ich die Straße entlang. Orientiere mich mithilfe des

Navigationssystems auf dem Handy. Mit der merkwürdigen Innenstadt habe ich mich immer noch nicht angefreundet, abgesehen von den sechs, acht Quadraten rund um mein Penthouse an den Kapuzinerplanken.

Auf diesen kleinen Platz biege ich jetzt auch schon ein. Wie bei jedem Mal saugt die Leuchtreklame des Kinos meinen Blick förmlich an. Verdammt nochmal, das ist doch nicht normal! Wieso bekomme ich diese Frau nicht aus meinem Kopf?

Sie.

Clara.

Wenn ich die Augen schließe, kann ich sie vor mir sehen.

Nicht so verärgert, wütend, abschätzig wie bei unserem denkwürdigen Kennenlernen. Sondern charmant lächelnd. Blitzende Augen im Kundengespräch. Der Pferdeschwanz keck wippend, zu dem sie ihre Lockenmähne während der Arbeit bändigt.

Ja, ich stalke sie. Auch wenn ich das gegenüber jedem abstreiten würde.

Laufe ›zufällig‹ an der Glasfassade des ARTHOUSE vorüber, wann immer ich unterwegs bin. Und so stehe ich jetzt auch wieder vor den Schaufenstern des Bekleidungshauses gegenüber. Gebe vor, die Auslagen zu betrachten, nur um mich umzudrehen und …

… Enttäuschung zu empfinden. Denn nicht Clara steht hinter dem Tresen, sondern ein hagerer Mittsechziger mit hängenden Schultern.

›Glück im Spiel, Pech in der Liebe.‹

Das uralte, abgegriffene Sprichwort schießt mir durch den Kopf. Ohne mein Zutun kickt mein linker Fuß eine leere Bierdose quer über die Straße, wo sie mit einem Scheppern gegen die Fensterscheiben prallt.

Der Kopf des ältlichen Kino-Mitarbeiters zuckt hoch. Er rückt die Brille zurecht. Kurzsichtig blinzelnd sieht er in meine Richtung. Runzelt die Stirn, zuckt dann die Achseln.

Ich atme auf. Eine Auseinandersetzung mit Claras Kollegen ist das letzte, worauf ich jetzt Lust habe.

Reiß dich zusammen, Paul! Der Tag war ereignisreich und lang genug. Zeit, dich in die Falle zu begeben. Für morgen ist die Lieferung des Whirlpools angesetzt. Das bedeutet, dass du ›ab circa neun bis fünfzehn Uhr‹ auf Abruf stehen musst.

Genauer konnte das Unternehmen den Termin nicht eingrenzen. Toller Service. Augenrollend biege ich um die Ecke des Quadrats.

»Guten Abend, Herr Lindt!«, grüßt mich der immer vergnügte Concierge der Spätschicht.

Seine gute Laune springt ansatzlos auf mich über. Ich spüre, wie meine Mundwinkel sich zu einem Lächeln verziehen. »Guten Abend, Niklas«, erwidere ich. »Ist schon Mitternacht?«, spiele ich auf sein übliches Dienstende an.

»Fast dreiviertel eins«, präzisiert er, und ich jongliere im Kopf mit den Zahlen, um diese typisch süddeutsche Zeitangabe in ein verständliches ›Viertel vor eins‹ umzurechnen. »Der Flug von Gundlers hatte Verspätung. Frau Gundler bat mich, auf sie zu warten, um mit dem Gepäck zu helfen.«

»Ich hoffe, dafür gab es ein ordentliches Trinkgeld?« Dem Paar wird ein gewisser, sozusagen schwäbischer Geiz nachgesagt. Obwohl sie mehr als wohlhabend sind. Oder sind sie gerade deshalb zu Geld gekommen?

»Herr Lindt.« Niklas seufzt. »Sie wissen doch, die Verpflichtung zur Diskretion.«

Also gab es gar keinen *Tip*, schlussfolgere ich. »Sie sind doch Fußballfan, oder irre ich mich?«

»Meinen Sie wegen Ihrem Sieg gegen die Bayern heute?« Der Concierge strahlt. »Ich hab' das Spiel nebenher geschaut. Ohne Ton. Verpfeifen Sie mich aber nicht, ja?«

Mit den Fingern deute ich die Den-Mund-mit-einem-Reißverschluss-versiegeln-Geste an. »Was würden Sie eigentlich zu zwei Karten fürs nächste Heimspiel sagen?«

»Aber Herr Lindt! Das kann ich doch nicht annehmen!«

»Die Karten verfallen sonst«, erkläre ich. »Mein Freikontingent wächst von Woche zu Woche.«

»Also, wenn Sie sonst niemanden als Abnehmer haben, sage ich nicht Nein!«

»Dann ist das abgemacht. Gute Nacht, Niklas.«
»Gute Nacht, Herr Lindt!«

Am nächsten Vormittag schaue ich zum fünfzehnten Mal aufs Handy. 11:24 Uhr. Seit fast zweieinhalb Stunden warte ich jetzt schon auf die Spedition. Der Trainer war nicht unbedingt begeistert, dass ich heute nicht zum Clubgelände der EINTRACHT kommen kann. Dafür habe ich die Trainingseinheiten im Detail mit ihm abgesprochen.

Anstatt mit den anderen durch das Naherholungsgebiet am Stadion zu laufen, habe ich die Dreiviertelstunde auf dem Laufband meines *Home-Gyms* absolviert. Danach leichte Gewichte gestemmt. Beim Regenerationstraining soll man sich ja nicht übernehmen. Anschließend habe ich noch drei Kilometer auf dem Rudergerät zurückgelegt und würde zur Entspannung jetzt zu gerne ein paar Bahnen in dem Pool ziehen, der in einem der Untergeschosse den Bewohnern des Hauses zur Verfügung steht.

Aber wie ich mein Glück kenne, kommen die Lieferanten mit dem Whirlpool genau in dem Moment an, wenn ich splitterfasernackt unter der Dusche stehe.

Durst habe ich auch.

Also schnappe ich mir ein Handtuch, wische mir den Schweiß von der Stirn und hänge es mir um den Hals. Auf dem Weg in die Küche checke ich mein Smartphone. Keine Nachricht des Lieferanten, um die Ankunftszeit einzugrenzen. Überrascht dich das, Paul? Nun ja, immerhin senden Sie kein S.O.S., weil sie im Einbahnstraßen-Quadrate-Wirrwarr Mannheims feststecken. Mit einem leichten Anflug von Galgenhumor erinnere ich mich an das Chaos bei meinem Besichtigungstermin vor ein paar Wochen. Selbstironisch grinsend schenke ich mir einen Fruchtsaft ein. Womit kann ich die Wartezeit sinnvoll überbrücken?

Mein nächtliches Gespräch mit dem Concierge fällt mir ein. Die Eintrittskarten. Ich hole das Smartphone raus, logge mich in die App ein und gerade, als ich mit den Karten im Warenkorb zur Kasse gehen will …

… klingelt es.

Fluchend wechsele ich zur Gegensprechanlagen-App. »Ja?«

»Herr Lindt?« Auf dem Bildschirm erscheinen zwei Typen im Blaumann. »SUNSTARK POOLS. Wir bringen Ihren Whirlpool.«

»Super.« Ich bin echt erleichtert und gebe die Freigabe für den Lift. »Kommen Sie rauf.« Sie werden sich zuerst den Aufstellplatz ansehen wollen.

Wenige Augenblicke später öffnen sich die Fahrstuhltüren.

Händeschütteln. Der ältere der beiden kommt gleich zur Sache. »Wo soll das Baby hin?«

»Auf die Dachterrasse.« Ich gebe ihnen ein Handzeichen, mir zu folgen. Schnappe mir noch die Mappe mit dem Plan, den ich von der Baugesellschaft bekommen habe. »Da ist der exakte Standplatz eingezeichnet. Und hier …« Ich öffne eine Verblendung in der Außenwand. »Strom-, Wasser- und Abwasseranschluss.«

Während der ältere sich in den Unterlagen vertieft, lehnt der jüngere sich über die Brüstung. »Perfekt«, sagt er mit erhobenem Daumen. »Der Kran hat sich direkt unter uns aufgestellt.«

»Perfekt«, echoe ich. Doch dann setzen sich in meinem Kopf die Rädchen in Bewegung. »Direkt unter uns?« Obwohl ich nicht wirklich schwindelfrei bin, spähe ich in die Tiefe. Erstarre. »Nein.« Das, was ich sehe, darf nicht sein. »Neinneinnein. Das geht so nicht.«

»Doch!«, widerspricht der Monteur. »Der Winkel ist perfekt! Sagte ich doch gerade.«

»Der Winkel ist mir sch…nuppe«, kriege ich gerade noch die Kurve. »Nicht egal ist jedoch, was der Kran da unten blockiert. Dort, wo er steht.« Mein Puls beschleunigt sich wie kurz vorm Anpfiff. »Wurden meine Anweisungen etwa nicht an Sie weitergeleitet?« Ich schalte das Handy frei, suche nach dem Postausgang. »Hier! In meiner Mail habe ich es sogar noch fett markiert: Auf keinen Fall vor dem Kino parken! Haben Sie das nicht gelesen?«

Die beiden wechseln irritierte Blicke. Zucken die Achseln.

Dann wendet der ältere sich drucksend an mich. »Doch, schon. Aber …« Hilfesuchend schenkt er seinem Kollegen einen Seitenblick. »Aber ich sagte gerade noch zu Timm: ›Kino? Wo soll ein Kino sein?‹ Timm hier schlussfolgerte dann, dass es wohl zugemacht haben muss. Gehen derzeit ja viele pleite. So von wegen Corona. Und so.«

»Sie haben das Kino nicht gesehen?« Nein, Paul, lass' es. Es bringt jetzt nichts, diese beiden Vollidioten anzubrüllen. Denk daran, wie die Presse sich auf solche ›Skandale‹ stürzt. Ich hole tief Luft.

»Ähm. Nein.« Der jüngere zuckt die Achseln. »Wie schon gesagt.«

Wortlos bedeute ich ihnen mit knappen Gesten, mir zu folgen. »ARTHOUSE?«, frage ich dann doch, als sich die Fahrstuhltüren öffnen. »Den riesengroßen Schriftzug haben Sie wirklich übersehen? Die XXL-Plakate hinter der Glasfront?«

»Ach, Sie meinen die Kunstgalerie?«, fragt der ältere.

»Kunstgalerie?« Ich bin kurz davor, jetzt doch noch durchzudrehen. So wie ich mein Glück kenne, hat das Kino heute wieder eine vormittägliche Sondervorstellung. Und Clara Dienst. Sie wird mich hassen. Das geht gar nicht anders. »Von welcher Kunstgalerie sprechen Sie?«, frage ich unter äußerster Beherrschung.

»Na, Art-House?« Der ältere schiebt den Kopf vor wie eine angejahrte Schildkröte. »Art heißt Kunst; House bedeutet Haus. Also quasi Kunsthaus.«

»Mit Schwerpunkt auf Fotografie?«, schlägt der jüngere vor. »Wegen der Plakate?«

Hat er das gerade wirklich gesagt? Kann man so … dumm sein?

Der Lift spuckt uns aus, ehe ich ihm an die Gurgel gehen kann.

Ich bringe sie um.

Um nicht antworten zu müssen und mich mit meiner Wortwahl um meinen hart erarbeiteten Ruf als allzeit umgänglicher, volksnaher Profi zu bringen, stürme ich durch die Lobby.

Ich bringe sie um.

Die Eingangstür bekommt meine ganze Wut ab, als ich sie aufstoße.

Wenn Clara mich jetzt nicht abmurkst, was ich an ihrer Stelle tun würde, bringe ich diese beiden Vollidioten um!

Kapitel 9:

Keep On Movin

(Soul II Soul & Caron Wheeler)

Clara

eineinhalb Wochen später

»Ja, hallo? Was ist denn hier los?«

Ich sehe von der Kühlschublade hoch, die ich mit Flaschen auffülle, bevor der Ansturm zur Hauptvorstellung des Abends beginnt. »Ach, Walli! Du bist es!« Ich schenke meiner Lieblingskundin und ihrem Mann ein warmes Lächeln. »Seid ihr wieder im Land?«, spiele ich auf ihren Kreuzfahrt-Trip an, von dem sie wochenlang geschwärmt hat.

»Ja, leider!« Sie hebt ihr Bein, wackelt mit dem Fuß. »Um mich zu trösten, musste ich mir dieses Paar GUCCI kaufen. Wie findest du sie?«

»Sau schick«, sage ich das, was sie erwartet, obwohl ich mich mit dem Gedanken an solche Luxus-Pumps überhaupt nicht anfreunden kann. »Stehen dir hervorragend!«

»Moment mal«, schaltet sich ihr Mann ein. »Ich dachte, das wären TAMARIS?«

»Hach, Eberhard! Ich sagte, dass sie dank Personalrabatt …« Walli, die in einem Schuhladen auf den Planken arbeitet, verdreht die Augen. »… nur so viel gekostet haben wie ein Paar TAMARIS.«

»Und das soll ich dir glauben?« Eberhard zieht die Augenbrauen zusammen.

»Also … ungefähr.« Walli zieht eine Schnute, wendet sich dann an mich. »Grüß dich, Clara. Du weißt ja, wie ich es meine.«

»Klar doch.« Ich versetze der leeren Kiste einen Kick und wasche mir die Hände. »Lass' mich raten: Ihr wollt in den französischen Autorenfilm? Plätze wie immer?«

»Du kennst mich, Clara. Du kennst mich.« Walli zwinkert mir zu. »Aber jetzt spann mich nicht länger auf die Folter: Was bedeutet dieser ganze Blumenschmuck? Habt ihr einen Preis für das beste Kino Süddeutschlands gewonnen? Oder ist etwa jemand gestorben?« Sie reißt Mund und Augen gleichzeitig auf.

»Weder noch«, erkläre ich. »Glücklicherweise konnte ich mich gerade noch bremsen.«

»Bremsen?«, mischt ihr Mann sich ein und nimmt die Karten entgegen, die ich ausgedruckt habe. »Bitte ein Pils. Für dich Weinschorle, Hase?«

Walli nickt abwesend, lehnt sich dann vor. »Komm, spann mich nicht auf die Folter! Wobei musstest du dich bremsen?«

»Erinnerst du dich an das Fiasko mit dem Fußballprofi?«, frage ich, und sie nickt. Rasch richte ich die Getränke für die beiden. »Aber jetzt halt dich fest: Dieser Typ hat das wiederholt!«

»Neeein!« Walli schlägt sich die Hand vor den Mund. »Hat er seinen Oldtimer wieder vor der Tür geparkt?«

»Nein, dieses Mal war es der Kran, der seinen Whirlpool auf die Dachterrasse hieven sollte.«

»Ich glaube es nicht!«, ruft Walli aus. »Das heißt: Wohnt der jetzt hier?«

»Ja, leider.« Ich seufze.

»Und die Blumen waren seine Entschuldigung?«, fragt Walli weiter.

»Unter anderem. Warte kurz, ich muss nur schnell …« Ich flitze in den Personalraum, hole ein Kuvert aus meinem Rucksack und schiebe es über den Tresen zu Walli. »Hier, für euch.«

»Für uns?« Mit flinken Fingern öffnet sie die Lasche, gibt dann ein überraschtes Quieken von sich. »Karten für die EINTRACHT KÄFERTAL?«

»Ihr seid doch Fans, oder?«

Wallis Mann nickt mit seligem Grinsen.

Sie legt den Kopf schief. »Ja, schon. Aber das sind VIP-Karten, Clara. Mit Parkticket, All-inclusive-Buffet und freien Getränken. Das kann ich nicht annehmen. Auch wenn dich der Fußballer nervt: Gönn du dir doch mal einen schönen Nachmittag, futtere dich durch die Delikatessen und trinke nur vom Feinsten!«

Ihr Mann sieht zwar nicht so aus, als ob er einverstanden wäre, ringt sich aber ein zustimmendes Grummeln ab.

»Walli.« Ich verdrehe die Augen, weil was jetzt kommt, ist mir peinlich. »Ich kann da nicht hingehen«, ringe ich mir ab.

»Aber warum? Hast du keinen Babysitter?«

»Nein, darum geht es nicht.« Ich schlucke. »Die EINTRACHT hat doch diese Zugangsbegrenzungen namens 2G.«

»Ja, und?« Walli stutzt. »Das heißt: Du bist nicht geimpft? Aber ist das nicht furchtbar unpraktisch?«

Ich zucke die Achseln. »Es geht doch auch so«, sage ich, um eine tiefergehende Diskussion abzuwehren.

»Also wenn es so ist …« Walli spitzt die Lippen. »Bevor die Karten verfallen, nehmen wir sie. Nicht, Eberhard?«

Ihr Mann grinst. »Da lehne ich nicht ab. Danke, Clara.«

»Genau, vielen Dank, liebe Clara!« Walli räumt das Kuvert in ihre Handtasche und hebt mir ihr Weinglas entgegen. »Cheers, meine Liebe!«

»Cheers, und viel Spaß beim Film.«

Sie sind schon halb durch die Lobby zur Treppe gelaufen, als Walli sich umdreht. »Ach ja, das hätte ich ja fast vergessen vor lauter aufregenden Neuigkeiten! Wir haben ganz niedliche Winterstiefel für Kinder reinbekommen! Motiv-Druck mit Disney-Figuren. Welche Größe hat Linchen aktuell?

Zweiunddreißig? Ja? Ich lege ein Paar beiseite, und wenn du morgen kommst, dann lassen wir das über meinen Personalrabatt laufen.«

»Das ist lieb, vielen Dank!« Ich hebe kurz die Hand, ehe ich mich den nächsten Kunden zuwende, die schon ungeduldig von einem Fuß auf den anderen treten.

Am nächsten Morgen sitze ich, Lina auf dem Schoß, in der vollbesetzten Straßenbahn.

»Mama, warum brauche ich neue Schuhe?«, will sie wissen. »Meine sind noch voll gut.« Sie wackelt mit den Füßen, die in ihren geliebten Stoffturnschuhen stecken.

»Klar«, gebe ich ihr recht, weil sie dann Argumenten eher zugänglich ist. »Aber zum Schneemann Bauen und Schlittenfahren kannst du sie nicht anziehen.«

»Mensch, Mama.« Lina schnaubt ein Lachen hervor. »Es dauert noch ewig, bis es schneit!«

Beim Blick auf die septemberbunten Bäume, die hinter dem Fenster vorüber huschen, bin ich geneigt, ihr zuzustimmen. »Nächste Woche ist schon der 1. Oktober. Dann rennen alle los, um Winterstiefel zu kaufen.« Ich seufze. Je älter Lina wird, umso schneller rast die Zeit vorbei.

»Aber wir nicht?«

»Was tun wir nicht?«, frage ich irritiert.

»Losrennen und Winterstiefel kaufen.«

»Nicht nächste Woche. Da haben wir zwei nämlich schon was anderes vor.«

»Was denn, Mama?« Lina fängt an, ungeduldig auf meinem Schoß zu wippen.

Aus dem Augenwinkel schaue ich, wo wir gerade sind. Puh, zum Glück nur noch zwei Stationen. »Nächste Woche fängt endlich dein Schwimmkurs an!« Einen Platz zu ergattern war ein riesiges Drama. Nachdem während der Lockdowns sämtliche Kurse abgesagt wurden, haben sich doppelt so viele Eltern für die diesjährigen beworben.

»Darf ich dann endlich ohne Schwimmärmel ins Wasser?« Von unten her schaut Lina zu mir hoch.

»Sobald du dein Seepferdchen hast. Das habe ich dir doch versprochen.« Ich tätschele ihren Oberschenkel. »Stehst du bitte auf? Wir müssen gleich aussteigen.«

»Bekomme ich auch einen neuen Badeanzug?«, fragt sie und schiebt ihre Hand in meine, während wir durch die schaukelnde Bahn zur Tür gehen.

»Mal sehen.« Die Straßenbahn hält, Lina springt mir voran auf die Haltestellenplattform. »Mach langsam!« In der Großstadt bekomme ich immer Angst, dass mein kleiner Wirbelwind verloren geht. Oder vor ein Auto oder die Bahn läuft. Sie ist doch ein Landkind.

»Und?«, fragt sie, als sie brav neben mir her trabt. »Bekomme ich einen?«

»Ich kann es dir nicht versprechen.« Es schmerzt, Lina die Wahrheit zu sagen. »Lass' uns schauen, wie viel die Stiefel kosten. Okay?«

»Okay.« Meine Tochter klingt nicht gerade begeistert. »Gehen wir jetzt in den Schuhladen?«, fragt sie in einem Tonfall, der klarmacht, dass sie den Kauf hinter sich bringen will.

»Gleich.« Mit der freien Hand krame ich in meinem Rucksack, während ich Lina zum TÜTÜN lotse. »Zuerst muss ich nur die Lottoquittungen prüfen lassen.«

»Ahh, da ist ja meine Lieblingskundin …« Herrn Sükans Lächeln erhellt den gemütlichen Laden. »… und die kleine *Prensesim*!« Er fischt einen Lolli aus einem der Gläser auf der Theke und hält ihn mit einer Verbeugung Lina hin. »Ich bin geehrt von deinem Besuch!«

»Hihihi«, macht Lina, grapscht sich den Lutscher und deutet einen Knicks an. »Danke, Herr Süßkram!«

»Sükan«, souffliere ich. »Er heißt Herr Sükan.« Entschuldigend hebe ich die Achseln.

»Süßkram passt perfekt«, erwidert er. »Ich bestehe darauf, der Herr Süßkram der kleinen *Pensesim* zu sein!«

Wenn er meint … Ich gebe mich geschlagen und schiebe ihm die Quittungen zu, die er routiniert durch das Lesegerät laufen lässt.

»Leider kein Ge…« Plötzlich zieht er seine buschigen Augenbrauen hoch. »Aber Hallo? Was ist das?«

»Was ist was?« Irritiert suche ich den Blick des gebürtigen Türken.

»Dein zweiter Spielschein.« Er strahlt mich an, in seinem Oberkiefer blitzt der Goldzahn auf. »Der mit den neuen Zahlen. Du hast vier Richtige plus Superzahl!«

»Ich habe was?« Mir wird schwindelig, ich kralle mich an der Platte des Tresens fest.

»Du hast 682 Euro und 60 Cent gewonnen! Herzlichen Glückwunsch!«

»Nein.« Ich schüttele den Kopf.

»Doch! Schau her!« Er zeigt mir die Quittung. »Hier: neun, siebzehn, neunzehn und neunundzwanzig wurden gezogen. Die hast du alle getippt. Macht vier Richtige. Und dazu noch die Superzahl sechs. Gewinnklasse Fünf.«

»Ich habe die nicht getippt«, flüstere ich. »Das war Papa …« …, der sich die Daten von diesem nervigen Fußballprofi ergoogelt hat.

»… noch viel verrückter ist?«

Unsicher sehe ich zu Herrn Sükan hoch, der weitergesprochen hat, während meine Gedanken auf ein Karussell mit hüpfenden Riesenfußbällen anstatt der klassischen Pferde gesprungen sind. »Was?«

Er legt die zweite Quittung neben die mit den Gewinnzahlen, fängt an, mit dem Kuli Zahlen einzukreisen. »Auf dem zweiten Schein hast du unter anderem die vier getippt und die einunddreißig«, erklärt er. »Zusammengenommen aus beiden Spielscheinen wären das die 6 aus 49 mit der Superzahl!«

»Sechs Richtige plus Superzahl?« Meine Stimme piepst. Ich räuspere mich. Das kann nicht sein. »Die Daten von Lina, mir und diesem Lindt hätten zusammen den Hauptgewinn ergeben?«

»Von welchem Lindt sprichst du?«, fragt Herr Sükan und schiebt die Augenbrauen zusammen. »Etwa von diesem Fußballprofi, der seit dieser Saison bei der Eintracht spielt?«

Ich nicke. Sagen kann ich nichts. Mein Hals ist viel zu eng.

»Der angeblich hier irgendwo in den Quadraten lebt?« Herr Sükan legt den Kopf schief.

»Im Penthouse von THE SIX«, bringe ich mit kratziger Stimme heraus. »Direkt über dem Kino.«

»Ahh!« Herrn Sükans Augen leuchten auf. »Deshalb bist du auf seine Daten gekommen!«

Das war Papa. Nicht ich. Aber da ich glaube, dass ich Herrn Sükan das bereits gesagt habe, schüttele ich nur den Kopf. »Dieser Lindt ist so ein entsetzlich nervtötender Typ! Hat mir schon zweimal den Eingang zum Kino zugeparkt. Einmal mit seinem Luxus-Oldtimer und dann noch einmal mit dem Autokran, der einen Whirlpool auf seine Dachterrasse hieven sollte. Und dann werden seine Zahlen gezogen? Unfassbar.«

»Nein, nein, nein.« Herr Sükan wedelt mit erhobenem Zeigefinger. »Das ist überhaupt nicht ›unfassbar‹. Das ist *kismet*.«

»Kismet?« Die, laut islamischer Weltanschauung, dem Menschen vermeintlich auferlegte, unveränderliche Bestimmung? Ich glaube nicht an sowas – und Herr Sükan zeigt sich doch sonst auch komplett säkular und überhaupt nicht religiös.

»*Kismet*.« Er nickt bedeutungsschwer. »Ich hol dann mal deinen Gewinn aus dem Safe, ja?«

Kapitel 10: Get out of my head (Shane Codd)

Paul

Einige Wochen später

Die Zeit rast. Jetzt lebe ich schon seit über drei Monaten in Mannheim. Die anderen Spieler der EINTRACHT KÄFERTAL und ich haben uns perfekt aufeinander eingestellt. Egal ob Marcelinho, Yunus, Demiray oder Krummnagel – die Kommunikation auf dem Feld läuft ebenso wortlos wie die Pässe sitzen.

Sei es in der Bundesliga, im Pokal oder der Champions League: Dank des hervorragenden Zusammenspiels verwandele ich Torschuss um Torschuss, assistiere den Kameraden jedoch auch regelmäßig mit exakt platzierten Vorlagen, über die sich die Sportjournalisten die Finger wund schreiben.

Alles könnte wunderbar sein. Wenn da nicht dieses eine, riesige Problem wäre …

»Alles in Ordnung, Paul?«, fragt Krummnagel gerade und lässt sich neben mir auf die bequem gepolsterte Lounge sinken, die in Marcelinhos großzügigem Wohnzimmer steht.

Ich hebe ihm mein halb geleertes Pilsglas entgegen. »Könnte nicht besser sein, oder?«, wehre ich sein Forschen mit einer Gegenfrage ab.

»Was könnte besser sein?« Krummnagels langbeinige Freundin stakst auf ihren High Heels herüber. »Rutsch mal, Lukas«, fordert sie meinen Teamkameraden auf und lässt sich auf seinen Schoß nieder, als der nicht sofort zuckt.

»Paul meint, nichts könnte besser sein, Honey.« Lukas legt den Arm um das Model, sodass seine Hand wie zufällig auf ihrer fülligen Brust landet.

»Findest du?« Sie sieht mich mit diesem taxierenden Blick an, den ich zu gut kenne.

Und zu hassen gelernt habe. Wie ein Stück Fleisch kommt man sich da vor. Sie macht sich nicht einmal die Mühe, das Rattern der Registrierkasse hinter ihrer Stirn zu verbergen, mit dem sie meinen Marktwert mit dem ihres Freundes vergleicht.

»Lukas?«, schreit Yunus vom anderen Ende des Wohnzimmers. »Wo steckst du, Lukas?«

»Hier.« Mit bedauerndem Gesichtsausdruck schiebt Krummnagel sich unter seiner Freundin hervor. »Hier bin ich. Was gibt's?«

»Marcelinho will sein Geschenk von dir nur auspacken, wenn du dabei bist!«

Achselzuckend sieht Lukas mich an. »Leider darf man dem Geburtstagskind nichts abschlagen.«

Lachend lehne ich mich zurück. »Ich war cleverer. Hab' drauf bestanden, dass er mein Geschenk sofort ansieht, als ich kam.«

»Cleverer«, äfft Krummnagel mich nach. Rollt mit den Augen, ehe er sich geschlagen gibt und den immer drängenderen Rufen von Yunus folgt.

Kopfschüttelnd sehe ich dem Mittelfeldspieler hinterher, als ich plötzlich eine Hand auf meinem Oberschenkel spüre. Ich schaue hinab. Erkenne schlanke, ringgeschmückte Finger mit knallroten, zu Krallen manikürten Nägeln. »Alles in Ordnung?«, frage ich Krummnagels Freundin, sehe ihr tief und kalt in die Augen.

»Aber wie alles in Ordnung ist.« Sie öffnet ihre in der gleichen Farbe geschminkten Lippen. Entblößt eine ebenso weiße wie regelmäßige Zahnreihe. »Vor allem, seit der Bundestrainer dich in die Nationalmannschaft berufen hat!« Ihre ebenso falschen wie langen Wimpern flattern.

Nationalmannschaft. Daher weht also der Wind. Krummnagel wartet vergebens auf diesen Ruf.

»Endlich bin ich mal allein mit dir!« Während Krummnagels Freundin spricht, rutscht ihre Hand millimeterweise höher in Richtung meines Schritts.

»Endlich?« Mit der Linken packe ich sie ums Handgelenk und platziere ihre Hand auf ihrem eigenen Bein. »Was meinst du damit?«

»Ach, Paul, tu' doch nicht so, als ob du es nicht gemerkt hättest.« Sie lässt ein affektiertes Lachen erklingen. »Ich bin scharf auf dich«, wispert sie mir ins Ohr. »Rattenscharf.«

»Bist du?« Ich hoffe, mein frostiger Blick lässt sie abtropfen.

Aber sie zeigt sich völlig unbeeindruckt. »Magst du fühlen?«, fragt sie und spreizt die Beine, die in einem ultrakurzen Minirock stecken. »Ich bin klatschnass.«

»Nein. Ich will nicht fühlen.« Ich kippe den Rest des Bieres auf Ex und stehe auf. »Ehrlich gesagt, will ich nicht einmal hier sitzen und mit dir reden.«

»Aber warum nicht?« Sie starrt zu mir hoch. Ihre Brüste springen fast aus dem knappen Top, als sie entrüstet Luft holt.

»Weil ich Prinzipien habe«, erkläre ich ihr. »Grundsätze, die ich unter keinen Umständen breche. Wie zum Beispiel, niemals eine Beziehung zu zerstören.« Grußlos drehe ich mich um, winke dem Geburtstagskind zum Abschied zu und strebe durch die geräumige Villa zum Ausgang. »Taxi!«, rufe ich und winke einen der wartenden Wagen heran.

Auf der Heimfahrt schaffen meine Gedanken es nicht, sich vom Gesagten zu lösen. Prinzipien. Grundsätze, die ich unter keinen Umständen breche. Wie zum Beispiel, niemals eine Beziehung zu zerstören. Paul, du Idiot. Ich ertappe mich bei einem Ächzen aus tiefster Brust.

»Alles okay?«, fragt der Taxler mit einem kritischen Blick in den Rückspiegel.

»Wen würde dieses Novemberwetter nicht trübsinnig machen?«, frage ich mit einer Handbewegung zur Frontscheibe, auf der die Scheibenwischer gegen den Regen ankämpfen.

»Stimmt auch wieder.« Der Taxifahrer grunzt beipflichtend.

Während er weiterfährt, reise ich in meiner Erinnerung zurück. Der Grundsatz, niemals eine Beziehung zu zerstören. Vor fünf Wochen war ich haarscharf davor, meine diesbezüglichen Prinzipien über Bord zu werfen …

Es war Donnerstag. Neben dem Dienstag der zweite *Veggie-Day* der Woche. So eine spleenige Schnapsidee des Klubbesitzers. Als ob es ihn irgendwas anginge, wie seine Profis und sonstigen Angestellten sich ernähren. Aber nein! In bester grünwoker Manier hat er angewiesen, dass in der Kantine an diesen zwei Tagen nur vegane Speisen serviert werden.

Vegan! Wenn es wenigstens noch vegetarisch wäre! Gegen eine Bohnen-Pfanne mit Spiegeleiern, ein Tomaten-Mozzarella-Omelett oder ein scharfes Asia-Rührei hätte ich ja nichts einzuwenden. Aber Analogkäse, Soja- oder Hafermilch und Kunstfleisch? Das lehne ich konsequent ab, nachdem ich nach dem Verzehr des letzteren mal geschlagene drei Tage auf dem Thron verbracht habe!

Um den Diskussionen mit dem Trainer, Betreuern und den Mannschaftskameraden zu umgehen, habe ich für diese beiden Tage einfach Termine bei einem Physiotherapeuten ausgemacht. Schließlich muss die Sprunggelenkprellung versorgt werden, die ich mir im letzten Spiel der Vorsaison zugezogen hatte. Auch wenn das Sprunggelenk längst nicht mehr zwickt und ich nach dem Durchkneten einen Abstecher in die rund um die Praxis liegenden Gaststätten mache.

An diesem denkwürdigen Donnerstag kam ich aus dem israelischen Restaurant. Auf meiner Zunge noch den fruchtig-leckeren Geschmack der *Shakshuka*, steuerte ich satt und gut gelaunt meine Wohnung in THE SIX an, als ich hinter mir eine glockenhelle Kinderstimme wahrnahm.

»Du-u, Mama!«, rief das Stimmchen so laut, dass man es bestimmt zehn Meter weit hörte. »Warum hat der Mann die Haare falsch herum?«

Die Haare falsch herum? Ich sah hoch und starrte unversehens in das Hochrot anlaufende Gesicht eines Glatzkopfs mit Rauschebart, der mir entgegenkam. Und somit auch der Mutter mit dem wissbegierigen Kind.

»Lina!«, rief die Mutter jetzt. »Sowas kannst du doch nicht fragen. Das i…«

»Eine Un-ver-schämt-heit!«, brüllte der Bartträger so heftig, dass die Speichelfäden flogen. »Was fällt diesem Blag ein? Wart nur!« Er hob die Hand. »Eine ordentliche Schelle gehört dir!«

Ich weiß auch nicht, was mich ritt. Denn ich hörte mich »Moment mal« sagen, während ich dem Mann in den Weg trat. »Schläge, egal ob angedroht oder verteilt: Das geht gar nicht! Ich bin mir sicher, die junge Frau wollte sich gerade bei Ihnen entschuldigen.« In der Hoffnung auf Zustimmung drehte ich mich um. Und erstarrte.

Denn da stand *sie*.

Clara.

Bildhübsch. Kess. Die Frau, die seit Wochen in meinem Kopf nistete.

Sie, die nicht nur mein Herz, sondern auch mein Hirn auf einer Wolke aus rosa Zuckerwatte schweben lässt.

Sie, die mir beim bloßen Gedanken an ihre Nähe ein Lächeln auf die Lippen zaubert.

Sie. Clara. Die erklärte Frau meines Lebens. Mit … einem Kind. Einem ungefähr vierjährigen Mädchen, das ihre Mutter keinesfalls verleugnen konnte.

Das lange, wild-lockige Haar, der Schnitt der Augen, die kecke Form der Lippen: Die Kleine war eine Miniaturausgabe von Clara. Nur in hell.

Mein Herz machte ganz bekloppte Sachen in meiner Brust. Nein. Keine Verliebtheit. Kein hormongeschwängerter Aufgalopp. Das fühlte sich ganz und gar nicht gesund an!

Paul!, schrie ich mich in Gedanken an. Reiß dich zusammen! Du wirst jetzt keinen Schwächeanfall kriegen! Am Wochenende willst du den Titel des Torschützenkönigs der ersten Liga übernehmen. Das geht nicht, wenn du beim Training zusammenklappst.

»Oh, Herr Lindt«, sagte sie nun und zog ihre Tochter an sich heran.

Ihre Tochter. Die Erkenntnis fügte meinem Herzen einen weiteren Knacks zu. Ihre Tochter. Ihr Kind. Das sie ja wohl kaum allein ausgebrütet haben konnte. Irgendwo gefunden. So Moses-like.

»... nett von Ihnen ...« Ihre Silben schwangen irgendwie an mir vorbei.

Es gibt einen Vater zu diesem Kind. Einen Mann an ihrer Seite.

»... nicht nötig gewesen ...«

Ich sah, wie sich ihr Mund bewegte. Klar, Paul. Dein Eingreifen wäre nicht nötig gewesen. Schließlich hat sie einen Mann, der das übernimmt.

»... Wiedersehen, Herr Lindt.« Die Art und Weise, wie sie ihre Tochter an der Hand näher an sich zog, um in einem großen Bogen um mich herumzugehen, machte klar, dass sie sich alles andere als ein Wiedersehen mit mir wünschte. »Komm, Lina.«

Ich starrte ihr hinterher, bis sie um die Ecke von THE SIX bog.

Verdammte Kacke! Und wo war dieser Mann gerade, der sie beschützen sollte? Weit und breit nicht zu sehen. Warum sollte ich also nicht seinen Platz einnehmen?

Ich schüttelte den Kopf, dachte, Paul, geht's noch? Hast du vergessen, dass du Prinzipien hast? Grundsätze, die du unter keinen Umständen zu brechen bereit bist? Wie zum Beispiel, niemals eine Beziehung zu zerstören.

Aber es ist *sie*! *Clara*! Ich *liebe* sie!

Ein gehässiges Lachen kam über meine Lippen. Liebe? Wovon faselst du, Paul? Seit wann überlässt du deinem Schwanz das Denken?

Schlag sie dir aus dem Kopf, Paul! Denk an deine Prinzipien. Es geht nicht nur um eine Beziehung, die du zerbrechen würdest. Du würdest einem Kind den Vater nehmen.

Vergiss es! Vergiss deinen Traum, der in tausend Stücke birst. Vergiss *sie*.

Denn kein Kind sollte ohne seinen Vater aufwachsen. Keines. Auch die kleine Lina nicht.

Kapitel 11:
Le Freak (CHIC)

Clara

eineinhalb Wochen später

Freitagabend, viertel elf – für meine norddeutschen Kunden: 22:15 Uhr – und endlich komme ich dazu, etwas durchzuatmen. Die 19:30-Uhr-Vorstellungen waren so gut besucht wie seit ewigen Zeiten nicht mehr.

Gut, ich hatte heute, zum Beginn des Wochenendes, so viele Gäste wie früher, vor der Pandemie, an einem sonnigheißen Dienstag in den Sommerferien. Wenn alle nach dem Ausflug ins Schwimmbad lieber ihren Grill anwerfen, als in einem dunklen Raum mit sirrender Klimaanlage zu sitzen.

Aber für einen Tag Mitte November war es unglaublich gut besucht. Schließlich befinden wir uns inmitten der tödlichsten Seuche seit Menschengedenken. Sofern man den Medien Glauben schenken darf.

Ich wackele mit den Zehen, um den Schmerz zu vertreiben. Dann wische ich die Theke ab und schüttele die Flyer-Stapel zurecht, ehe ich die Treppe zum Saal der 22:00-Uhr-Vorstellung hinuntergehe. Nachdem ich die Lage gecheckt habe, drücke ich die schallisolierende Tür leise ins Schloss und dehne mich gähnend, während ich zurück zum Tresen gehe.

In den nächsten Minuten sollte ich ungestört sein. Voller Vorfreude fische ich mein Handy aus der Schublade, entsperre es und öffne die Kindle-App. Ich komme, ihr wilden Wikinger!

»WIE IST DIESER WIKINGER-STEIN BLOẞ HIERHERGEKOMMEN, MITTEN IN DEN LOHRBACHER WALD? MENSCH, GERDI, ICH WÜRDE SONST WAS DAFÜR GEBEN, DAS ZU ERFAHREN …!«

Seufzend lege ich das Handy mit der Kindle-App beiseite und schiele auf das Display der Kasse, um die Uhrzeit zu checken. Reicht die Zeit und ich kann nach dem spannenden Prolog auch noch das erste Kapitel dieser Wikinger-Romanze lesen, bevor ich mich an den Kassenabschluss mache?

»Ähm.« Ein Hüsteln schreckt mich aus meinen Überlegungen auf, und ich sehe mich einem nervös lächelnden Enddreißiger mit schütterem Haar gegenüber. »Entschuldigung, wenn ich störe, aber: Wie ist das?« Mit fahrigen Fingern nestelt er an einer abgegriffenen Zigarettenpackung herum. »Kann ich kurz raus und eine rauchen und danach wieder in den Film?«

»Kein Problem, warten Sie nur kurz.« Routiniert lasse ich das Handy im Schubfach unter der Thekenplatte verschwinden und verberge meinen stillen Spott über den bedauernswerten Süchtigen hinter einem professionell-anteilnehmenden Lächeln. »Ich muss Ihnen dazu nur aufsperren.« Den Schlüssel in der Hand, umrunde ich den Tresen und lade ihn mit einer Handbewegung ein, mir zu folgen.

»Aufsperren?« Verwunderung klingt in seiner, wahrscheinlich vom vielen Qualmen heiseren Stimme. »Haben Sie uns etwa eingeschlossen?«

»Ja und nein zugleich.« Ich unterdrücke mein Schmunzeln und beweise ihm mit einem beherzten Aufstoßen der Tür, dass sie nicht verriegelt ist. »Als Fluchtweg muss die Tür von innen immer durchlässig sein.« Es sei denn, irgendein Vollhonk stellt seinen Oldtimer-Sportwagen davor ab. Oder lässt den Liefer-LKW mit seinem Luxus-Whirlpool dort parken. »Sobald nach dem Ende der Werbung in der letzten Vorführung zehn Minuten vergangen sind, verriegele ich den Zugang von außen.«

»Ahh, clever«, macht der Raucher, die Kippe schon im Mundwinkel und ein Feuerzeug in der Hand. »Und jetzt kann ich also wieder reinkommen?«

»Probieren Sie's aus«, fordere ich ihn mit so viel Geduld auf, wie ich sonst nur für Lina erübrigen kann.

Er drückt die Tür ins Schloss, zieht sie wieder auf und zeigt mir seinen erhobenen Daumen, ehe er in eine Rauchwolke gehüllt davongeht.

Zum Glück steht der Wind so, dass der Qualm nicht ins Foyer wabert. Trotzdem ziehe ich die Tür hinter mir sorgfältig ins Schloss und strebe zurück zum Tresen. Da ich das mit dem Weiterlesen jetzt knicken kann, braucht der Kassenabschluss nicht zu warten.

Nachdem ich die leere Geldkassette und das Münzzählbrett aus dem Safe geholt habe, lasse ich den Kassenabschluss-Bon ausdrucken und öffne dann die Kassenlade.

Heute haben viele Kunden mit großen Scheinen bezahlt, die vier eingenommenen 50-Euro-Scheine stecke ich gleich in die Banktasche, während ich die 200 Euro auf meinem Kontrollblock notiere. Zwei der 20-Euro-Noten wandern in die Geldkassette für die Tageskasse, die restlichen zähle ich gerade ebenfalls in die Banktasche, als das Öffnen der Tür mich hochsehen lässt.

Das ist definitiv nicht der Raucher. »Hallo?«, rufe ich der abgerissen aussehenden Gestalt entgegen und ärgere mich darüber, dass meine Stimme so unsicher klingt. »Wir haben schon geschlossen. Würden Sie bi…«

»Ich …« Der Typ reibt sich die Hände und haucht hinein. »Darf ich mich nur kurz aufwärmen? Bitte?« Er gibt ein Ächzen von sich und zeigt auf die Isomatte, die seitlich aus dem Rucksack ragt, dessen Träger er gerade von seiner Schulter gleiten lässt. »Ich bin obdachlos.«

»Das …« Er tut mir echt leid, aber es bringt auch nichts, ihm das zu sagen, denn er hat seinen Rucksack schon an die

Wand gelehnt. »Das sollte kein Problem sein. Einen tagesaktuellen Test haben Sie?«

»Was?«, schnauzt er mich an, während er ganz komisch, völlig entspannt zum Tresen herüberschlendert. »Was sagst du?«

»Die Regeln«, erkläre ich und gehe langsam um die Theke herum, damit er denkt, dass ich keine Angst vor ihm habe. »Ich hab' sie mir weder ausgedacht noch bin ich davon begeistert, die Testbescheinigungen zu überprüfen. Aber wenn Sie keinen haben, wird es bei einer Kontrolle sehr teuer für mich. Das werden Sie doch ni…«

»Was?«, schreit er jetzt so laut, dass ich zusammenzucke. »Was sagst du, du Fotze?«

Unwillkürlich weiche ich um einen Schritt zurück, während er immer neue, immer lautere Schimpfworte auf mich abfeuert. Was, wenn sein Geschrei das Publikum in den Sälen stört? Wobei das aber auch nicht das Schlechteste wäre, wenn mir jemand zur Hilfe eilen würde!

»Ich hab' dich was gefragt, du Stück Scheiße!«, brüllt er mich jetzt an und wischt mit einer wütenden Armbewegung Flyer von der Thekenplatte.

»Beruhigen Sie sich«, fordere ich so ruhig wie nur möglich, während ich mich dafür verfluche, mein Handy weggeräumt zu haben. »Ich muss darauf bestehen, dass Sie das Kino jetzt augenblicklich verlassen!«

»Einen Scheiß musst du!« Weitere Flyer und Aufsteller folgen den ersten auf den Boden. »Hältst dich wohl für was Besseres, was? Mit dem ganzen Haufen Scheißgeld, das ihr hier einnehmt? Kapitalistenpack! Abzocker! Wucherer!«

Wo bleibt der Raucher? Muss seine Kippe nicht schon längst aufgeraucht sein? »Raus!« Meinen ganzen Mut gebündelt, weise ich mit dem Finger auf die Tür.

»Raus?« Der Penner lacht nur. »Raus rückst du nur die Kohle, Püppchen!«

KAPITEL 12:
FRIDAY - DOPAMINE RE-EDIT (RITON & NIGHTCRAWLERS FEAT. MUFASA & HYPERMAN)

Paul

kurze Zeit zuvor

am gleichen Abend

Der abendliche Herbstwind trifft mich eisig, als ich aus der überhitzten Luft im KATZENGOLD hinaustrete. Auf dem mit goldenen Pfosten und roten Samtbändern abgesperrten Bereich treffen mich wummernde Bässe im Nacken. Dann schließt sich die Tür von Mannheims angesagtestem Elektro-, House- und Indie-Club hinter mir.

Mit einem kurzen Rundumblick verschaffe ich mir eine Übersicht über das verschlungene Wirrwarr der Warteschlangen. Ziehe mir meinen Kurzmantel über.

»Dürfen wir Sie eskortieren, Herr Lindt?«, fragt der bullige Türsteher und streicht sich mit der Linken über den kahl rasierten Schädel, um mich mit seinem muskulösen Arm vor den Blicken der Wartenden zu verbergen.

Doch zu spät, der erste Fan hat mich schon erkannt. »Paule!«, brüllt er. »Hee, Lindt, was geht?«

»Gerne«, antworte ich dem Sicherheitsmann. »Ich bin ja keine Bangbüx, aber da wir morgen …«

»… das absolute Spitzenspiel gegen Dortmund haben«, vervollständigt der Türsteher und grinst verständnisvoll. Sein Kollege und er schirmen mich vor den hochgereckten Händen und dem schrillen Kreischen ab. »Als Sie heute Abend gekommen sind, hatte ich den Kollegen gleich gesagt: Alt wird unser Herr Lindt heute nicht. Der ist ein kompletter Vollprofi. Der würde die Nacht vor so einer wichtigen Begegnung nie durchfeiern.«

»Können Sie nicht den Trainerposten bei der EINTRACHT übernehmen?«, spiele ich frotzelnd auf die ›Krise‹ zwischen mir und Rudi Flock an, die von Sportjournalisten herbeigeschrieben wurde. »So viel Verständnis, wie Sie für mich haben?« Inzwischen haben wir die Ecke des Häuserquadrats erreicht. Ich drücke je einen Zwanziger zwischen die Finger der Schränke, als wir uns zum Abschied die Hände schütteln.

»Danke, Herr Lindt.« Es fehlt nicht viel, und der Vierschrötige salutiert militärisch. »Und gute Nacht, Herr Lindt.«

»Tschüss, Jungs«, verabschiede ich mich. »Lasst's euch gut geh'n!« Schwungvoll drehe ich mich auf dem Absatz meiner handgenähten Chelsea Boots um. Schlage den Mantelkragen hoch und mache mich mit federnden Schritten auf den Weg.

Die Atmosphäre im Club lässt mich auch nach einigen hundert Metern nicht aus dem Griff. Ein Kaleidoskop aus Bildern, Musikfetzen und Eindrücken schwirrt unaufhaltsam in meinem Kopf und verhindert, dass ich zur Ruhe komme.

Gedanklich trenne ich die im Stroboskop-Licht meiner Erinnerung aufblitzenden und ineinander verschwimmenden Bilder voneinander. Ich identifiziere leuchtend rot geschminkte Lippen, auf Ex gekippte Shots, gekonnte Augenaufschläge mit flügelschlagenden XXL-Wimpern. Mit einem Schlag wird mir klar, was ich unter all diesen Frauen mit ihrem geradezu schablonenhaften Auftreten vermisst habe: eine wilde Lockenmähne statt einheitlich glattgebügelter Schulterlänge. Natürliche Abschattungen von hell- bis dunkelbraun statt perfekt glänzendem Friseursalon-Blond. Einen unverstellt herausfordernden Blick statt aufgesetzter Beredsamkeit, unterstrichen von pseudointellektuellen Hornbrillen, die es irgendwo im Dutzend billiger geben muss.

Clara.

Paul, du Idiot! Missglückter hättest du das Kennenlernen mit deiner Traumfrau wirklich nicht hinbekommen können. Mann! Und dazu ist sie auch noch vergeben. Glückliche Ehefrau. Und Mutter! Aber nicht von deinem Kind! Ich werd' ganz tüttelig, als ich an sie denke. Verzieh' den Mund hinter vorgehaltener Hand. Mich hat's schlimmer erwischt als 'nen pickligen Pennäler. Diese Frau schleicht sich sogar in mein Lauftraining, in dem ich sonst immer den Kopf frei bekomme. Es ist wie vernagelt! Wenn es nicht zu verrückt wäre, müsste ich Marcelinho zustimmen. Der Brasilianer schwört nämlich Stein und Bein, dass es Frauen gibt, die einen Mann nicht nur verzaubern, sondern regelrecht verhexen können. Nein, Paul, lass' es. Jetzt nicht diese Gedanken!

Der kalte Novemberwind frischt weiter auf.

Mit hochgezogenen Schultern eile ich über den Paradeplatz und verfluche mich, weil ich mir im KATZENGOLD keine Taxe rufen ließ.

Die Häuserschlucht der Kunststraße bietet mir endlich Schutz vor dem Wind und ich schlendere auf dem Gehweg gemächlich weiter. Da die Rattansofas vor der CHRYSALIS BAR&LOUNGE auf der linken Straßenseite trotz der Kälte bis auf den letzten Platz belegt sind und die Raucher sich bis auf die Fahrbahn drängen, wechsele ich die Straßenseite.

Ich überlege gerade, ob ich mir die Auslagen von ENGELHORN SPORT näher ansehen soll, als mir auf der linken Seite der Kapuzinerplanken irgendetwas Ungewöhnliches ins Auge fällt. Aber als ich genauer hinsehe, ist da nichts – bis auf einen Typen, der vor dem Schaufenster des ENGELHORN Hauptgeschäfts Qualmwolken von sich gibt.

Spinnst du jetzt, Paul? Hat dir im KATZENGOLD jemand eine bewusstseinserweiternde Substanz ins Pils gekippt? Was maximal unpassend wäre, wenn du morgen für den Doping-Test ausgewählt wirst. Oder hast du aus einem anderen Grund Halluzinationen?

Doch mein Bauch gibt einfach keine Ruhe. Also lasse ich die Auslagen der angesagtesten Kickschuhe rechts liegen. Obwohl im Zentrum des Schaufensters ein Trikot mit meiner Rückennummer dekoriert ist. Jogge quer über den kleinen Platz, und das ungute Gefühl verstärkt sich noch, als mein Blick auf die Glasfassade des ARTHOUSE fällt.

Das von Lampen im Edison-Look erhellte Kinofoyer.

Ein Typ in schmutzig-grauem Parka. Strähniges Haar, das unter einer schmierigen Mütze hervorlugt. Sein Arm, der Flyer vom Tresen wischt.

Und Clara.

Clara!

Clara, deren braune Augen mit den orangenen Sprenkeln weit aufgerissen sind. Im Kontrast dazu die Lippen zu einer harten Linie zusammengepresst.

Clara, die erst einen halben Schritt zurückweicht, ehe sie mit ausgestrecktem Arm auf den Typen zugeht.

Clara! Bist du verrückt? Wieso gehst du auf Konfrontation?

Völlig ungefragt legen meine Beine den Sprint meines Lebens hin. Drinnen schmeißt der Typ weitere Flyer und Aufsteller von der Theke. Ich schicke ein Stoßgebet zum Himmel. Nicht, dass ich glaube, dort droben wär' wirklich jemand. Aber jetzt kann ich jede Unterstützung brauchen.

Eiskalt schmiegt sich der Edelstahl des Stangengriffs in meine Hand, als ich die Tür aufziehe. Nicht abgeschlossen. Mein Flehen muss doch erhört worden sein. Von wem auch immer.

Der Typ brüllt. »Schlampe«, schnappe ich auf. »Drecksfotze.« Und dann: »Hure.«

Mein eben noch rasender Puls verlangsamt sich. Alle Geräusche werden wie von Watte gedämpft. Das Einzige, was ich noch höre, ist das Patschen meiner Ledersohlen auf dem glatten Steinboden. Dann greift meine Hand vor, packt den Typ an der Kapuze und reißt ihn nach hinten um.

Er würgt, hustet und taumelt herum.

Plötzlich ein Aufblitzen. Ein Messer?

Mein Bein macht sich selbstständig, schnellt hoch wie zum Abschlag vom Elfmeterpunkt. Mit dem Innenrist trifft mein Fuß ihn in der Nierengegend.

Er sackt zusammen. Mit einem Klirren scheppert die Klinge über die Steinfliesen. Drei, vier Meter. Außerhalb seiner Reichweite. Das ist alles, was zählt.

Ich fackle nicht lang, pack seinen Arm und verwinde ihn zum Polizeigriff. Keine Ahnung, wieso ich das nach all den Jahren noch kann. Ich war elf, als Paps starb, der das immer mit mir geübt hat.

Den Typen derart gebändigt, dirigier' ich ihn zur Tür.

Mit meiner ›eleganten Beinarbeit‹, der die Kommentatoren von DAZN stundenlange Redezeit schenken, weiche ich seinem wilden Umhertreten aus. Endlich, der Ausgang! Ich verwinde seinen Arm noch ein wenig mehr, drück' mit ihm dann die Tür auf und schmeiß' ihn mit aller Kraft hinaus.

Er landet zwei, drei Meter entfernt auf dem Pflaster.

Ich schnapp' mir den Griff, zieh die Tür zu. »Clara!«, schrei' ich, denn sie wurzelt wie angewachsen noch immer dort, wo sie stand, als ich reinkam. »Den Schlüssel! Schnell!«

Sie sieht mich verständnislos an.

Wenn es möglich wäre, würde ich schwören, dass ihre Augen gerade noch größer werden.

Dann kommt endlich Bewegung in sie. Sie flitzt hinter den Tresen, doch ich hab' keine Zeit, ihr hinterherzusehen, denn der Typ hat sich aufgerappelt und zieht jetzt von draußen an der Tür.

»Clara!« Einen Fuß gegen den Türrahmen gestemmt, umklammere ich mit beiden Händen den Griff. Lege mein ganzes Körpergewicht rein gegen das ruckartige Zerren des Typen, der die Tür immer wieder um wenige Zentimeter aufreißt. »Mach hinne!« Lang kann ich den nicht mehr zurückhalten.

»Drecksau!«, kreischt der Typ draußen. »Ich bring' dich um! Wenn ich dich Hackfresse in die Finger krieg'!«

»Clara!« Verdammt, wo bleibt sie? »Clara?«

»Hier.« Sie taucht neben mir auf, die Schlüssel in den zitternden Händen.

Endlich! »Gut«, sag' ich. »Schließ ab, sobald ich die Tür zugezogen hab'. Ja?«

»Mh-hm.« Sie beugt sich vor, schaut mich von unten her an. Gerade, als sie den Schlüssel ins Loch schieben will, ruckt der Typ sie auf. Der Schlüsselbund fällt mit einem höhnischen Klirren zu Boden. »Scheiße.« Schniefend zieht sie die Nase hoch, geht auf die Knie und krabbelt unter meinem gegen den Türrahmen gestemmten Bein herum. »Scheiße. Scheiße-Scheiße-Scheiße.«

»Hast du ihn?«, frag' ich, und als sie bejaht, geb' ich ihr die ultimative Anweisung. »Steh auf. Hier. Zwischen mir und der Tür. Lehn' dich gegen mich, und wenn wir mit unserem Gewicht die Tür zugezogen haben, schließt du ab. Klar?«

»Klar«, wispert sie mit dünner Stimme, während der Typ draußen neue Bärenkräfte entwickelt.

Echt. Der muss zugedröhnt sein bis in die Haarspitzen! Anders kann ich mir das nicht erklären. »Okay, ich zähl' auf drei«, ordne ich an. »Eins. Zwei … Drei.«

Clara richtet sich auf. Ihr schmaler Rücken schmiegt sich gegen meine Brust.

Ich spür' ihr Gewicht, verdoppele meine Anstrengungen.

Gemeinsam ziehen wir die Tür zu. Dieses Mal landet der Schlüssel im Schloss. Es klimpert leise, als Clara ihn umdreht. Einmal. Zweimal.

»Geschafft.« Sie seufzt das Wort mehr heraus, als dass sie es ausspricht. Als sie sich umdreht, das Gewicht von mir nimmt, fühle ich mich ganz seltsam nackt.

Ertappt nehm' ich den Fuß runter, lass' den Türgriff los und trete einen halben Schritt zurück. »Geschafft«, bestätige ich und ernte ein zaghaftes Lächeln.

Das im nächsten Augenblick zerrinnt.

Ein Schlag lässt die Glasscheibe der Tür erbeben. »Ich bring' euch um!«, brüllt der Typ und donnert gleich nochmal gegen die Fassade. »Dreckspack! Faschos! Ich bring' euch um! Bring' euch um!«

Ich muss schlucken, als ich sehe, wie die Türkonstruktion sich verzieht. Wird das Schloss halten? »Hast du die Polizei gerufen?«, frage ich Clara, die den Kopf schüttelt.

»Da… Dazu bin ich n…nicht gekommen.«

»Dann mach' ich das«, entscheide ich. »Währenddessen …« Ich scanne die Tür. »Habt ihr hier irgendwas, das man in den Türgriff stecken könnte, um die Tür zu verbarrikadieren? Besenstiel? Schrubber? Staubsaugerrohr?«

»Ha… Hamm wir alles.«

»Dann zack.« Obwohl ich sie am liebsten in den Arm nehmen würde, so verängstigt, wie sie aussieht, geb' ich ihr knallharte Anweisungen. »Bring alles.«

»Ja.« Sie läuft davon, und ich fische das Handy aus der Innentasche meines Mantels.

Ohne mich mit dem Entsperren aufzuhalten, tippe ich auf NOTFALL und wähle die 110.

»Polizeidirektion Mannheim«, meldet sich eine junge, männliche Stimme nach zweimaligem Tuten. »Was ist passiert?«

Während ich die Bedrohungslage schildere, kommt Clara mit einem ganzen Sammelsurium an Gerätschaften zurück. Einhändig helfe ich ihr, den Hohlraum des Türgriffs mit durchgeschobenen Besen- und Schrubberstielen zu füllen.

Angesichts des Affentheaters, das der Typ draußen weiter lautstark aufführt, zieht der Polizist die Dringlichkeit der Lage nicht infrage.

»Eine Streife ist schon auf dem Weg«, informiert er mich. »Sind Sie in der Zwischenzeit in Sicherheit?«

Ich will es gerade bestätigen, als Clara von einem fürchterlichen Krachen zusammenzuckt. Behutsam fasse ich sie am Ellenbogen und ziehe sie ein Stück weit weg von der Tür. »Ich weiß, ehrlich gesagt, nicht, wie lange die Tür standhält«, erkläre ich dem Wachhabenden. »Denn jetzt wirft er Pflastersteine auf die Scheibe.«

Kapitel 13:

Gangsta's Paradise (Coolio & L.V.)

Clara

Scheiße. Scheiße-Scheiße-Scheiße. Ich schlage mir die Hand vor den Mund, als Paul Lindt mich am Ellenbogen fasst und von der Fassadenfront wegzieht, auf die der Irre jetzt Pflastersteine regnen lässt.

Wie ruhig er seinen Notruf absetzt. Während wir uns in Richtung Tresen bewegen, fällt mir auf, dass meine Finger zittern.

Wenn Paul Lindt nicht aufgetaucht wäre … In einer Art von Zeitlupe spult sich die Szene vor meinem inneren Auge ab, wie er dem Wahnsinnigen das Messer förmlich aus der Hand gekickt hat.

Ohne mein Zutun wandern meine Augen rüber zur Wand, von wo mich die Klinge mit düsterem Blitzen verhöhnt. Meine Hand rutscht runter an meinen Hals, der plötzlich ganz eng wird.

»Clara?« Pauls Griff an meinem Ellenbogen verstärkt sich, aus dem Augenwinkel registriere ich, wie er sein Handy in die Manteltasche schiebt. »Clara? Alles in Ordnung?«

»Mhm?« Aus meiner Kehle kommt ein ganz seltsam fiependes Geräusch.

»Clara.« Er hebt die andere Hand, fasst mich auch am rechten Ellenbogen und sieht mir in die Augen. »Clara. Alles ist gut. Du bist in Sicher…«

BÄNG!, verhöhnt das Scheppern eines weiteren Steins auf der Fensterfront seine beruhigend gemeinten Worte.

»Du bist sicher«, lügt er so überzeugend, dass ich ihm glaube. »Die Streife ist schon unterwegs, hat der beim Notruf gesagt.«

»Ja?« Scheiße. Wieso klinge ich so verängstigt wie Lina, wenn die von einem Monster unter ihrem Bett geträumt hat?

»Ja.« Er nickt bekräftigend. »Als ich das Penthouse gekauft habe, wurde mir gesagt, dass der gesamte Gebäudekomplex mit Dreifachverglasung ausgestattet wurde. Energetisch auf dem neuesten Stand.«

»Ja?« Kann ich noch etwas Anderes sagen? Ein weiteres Krachen lässt mich zusammenzucken. Und was hat das mit dem Irren da draußen zu tun?

»Die Wahrscheinlichkeit, dass alle drei Scheiben zu Bruch gehen, ist denkbar gering«, erklärt Paul und deutet auf die kleine Sitzgruppe in der Verlängerung des Tresens, die wir gerade erreicht haben. »Willst du dich nicht setzen?«

»Ich …« Noch bevor ich meine Zustimmung geben kann, drückt er mich schon auf das Kunstleder des Polsters. »Danke«, quetsche ich raus, als ich spüre, dass meine wackeligen Knie das Sitzen mehr als begrüßen.

»Was zu trinken?«

Noch bevor mir seine Nähe auf den Geist gehen könnte, springt er wieder auf und geht hinter die Theke, wo er zwei Gläser von einem der Wandboards holt und am Wasserhahn füllt.

»Hier.« Er hält mir eins hin, trinkt selbst einen großen Schluck. »Sollte deinen Kreislauf wieder ankurbeln.«

Ich nippe nur, weil ich nicht weiß, wie ich mit seiner Fürsorglichkeit umgehen soll. Und überhaupt … Einem schnöseligen Fußballprofi und Star, den jedermann kennt, hätte ich solche Tatkraft nie zugetraut.

»Geht's besser?«, fragt er, nachdem ich dann doch zwei, drei Schlucke genommen habe, und ich nicke. »Vielleicht ...« Er sieht mich kurz an, schaut dann weg. »Möchtest du vielleicht deinen Mann anrufen?«

Bitte? Ich muss kurz die Augen schließen. Was hat er gesagt? »Meinen Mann?«

Er gibt ein Lachen von sich, das irgendwie unsicher klingt. »Na ja, will man in so einer Schock-Situation nicht mit seinem Ehepartner sprechen?«

»Weiß nicht. Möglich.« Weil ich nicht weiß, was ich sagen soll, trinke ich noch einen Schluck. »Ich bin nicht verheiratet.«

BÄNG-BÄM-BÄNG!, dröhnen weitere Steine auf den Glasscheiben, und ich zucke zusammen.

»... liiert?«, schnappe ich nur noch das letzte Wort von seiner Nachfrage auf, und schüttele den Kopf. »Aber noch in Verbindung mit Linas Vater?«

»Lina?« Ich starre ihn an. »Woher ...« ... kennt er den Namen meiner Tochter?

Er zieht einen Mundwinkel hoch. »Warum hat der Mann die Haare falsch herum?« Seine Oberlippe zuckt, ehe er laut heraus lacht. »Der Spruch war zu passend. Ich denke, das werde ich nie vergessen können.«

»Oh nein.« Beschämt verdrehe ich die Augen. »Das war furchtbar peinlich!«

»Wer war peinlich?«

»Lina natürlich!« Was denkt er sonst?

»Quatsch.« Voller Nachdruck schüttelt er den Kopf. »Der Glatzkopf mit dem Rauschebart. Der war peinlich. Aber doch nicht deine Tochter. Sie ist ...« Er presst die Lippen aufeinander, schiebt den Mund hin und her, als würde er nach einem Begriff suchen. »... clever.«

»Clever?« Und das will er aufgrund von ein paar Sekunden einschätzen können?

»Wissbegierig, nicht auf den Mund gefallen«, ergänzt er und sieht mich mit leicht abgewandtem Gesicht aus dem Augenwinkel an.

Flirtet er mit mir, während er meine Tochter lobt? Ist da ein interessiertes Aufblitzen in seinem Blick oder bilde i…

BÄM-BÄM-BÄNG! Ein erneuter Steinhagel unterbricht meinen Gedankengang und lässt mich zusammenzucken.

Seine Hand streicht mir über den Oberarm. »Keine Angst.« Mit dem Kopf weist er hinter sich, und ich bemerke Blaulicht, von dem das Foyer geflutet wird. »Die Polizei ist da.«

Obwohl mir nach wie vor übel ist, lächele ich ihn vorsichtig an. »Endli…«

»Was ist denn da los?« Eine barsch formulierte Frage lässt mich hochschauen. »Feuerwehr, Krankenwagen?«, schnauzt einer der Kinobesucher.

»Scheiße«, flüstere ich. »Ist der Film schon vorbei?«

»Was geht da draußen ab?«, fragt seine Begleiterin. »Und wieso haben Sie uns nicht informiert? Sitzen stattdessen dumm herum?«

Ich springe auf. »Warum hätte ich die Vorführung unterbrechen sollen?«

»Weil wir in Gefahr schweben?« Sie zeigt in Richtung Tür, hinter der man sieht, wie drei, vier, nein, sogar fünf Polizisten sich im Halbkreis um den Irren aufstellen.

»Hier drinnen sind Sie in Sicherheit«, behauptet Paul Lindt, und ich fürchte, von allen Anwesenden glaube ich ihm noch am meisten.

»Sagen Sie.« Die Dame wendet sich an ihren Mann. »Ich will hier raus, Hendrik! Sofort!« Mit jeder Silbe wird ihr Tonfall schriller, ihre Atmung schneller. »Sofort, hörst du? Sorge dafür, dass ich hier auf der Stelle hinauskann!«

»Clara?« Paul Lindt sieht mich fragend an. »Wo können sie raus? Über den Müllraum?«

Siedend heiß fällt mir ein, dass ich beim Wegbringen von Müll dort schon zwei-, dreimal auf ihn getroffen bin. Mann, war das peinlich! Ich schüttele den Kopf. »Der geht auch auf die Straße hier raus.« Da jetzt weitere Kinogäste auftauchen, muss ich eine Entscheidung treffen. »Folgen Sie mir«, wende ich mich an die Kunden und lotse sie zurück zu Saal 3. »Ich führe Sie zum Notausgang hinaus. Durch den Technikraum des Swimmingpools erreichen wir die Tiefgarage und deren Ein- und Ausfahrt befindet sich auf der entgegengesetzten Seite des Quadrats. So können Sie keinesfalls in eine gefährliche Situation geraten.«

»Soll ich mitkommen?«, fragt Paul Lindt, und am liebsten würde ich ›Ja!‹ schreien.

»Es kann nicht lange dauern, bis die Polizei den Verrückten überwältigt hat«, sage ich tapfer. »Was, wenn sie dann niemanden hier vorfinden?«

»Stimmt auch wieder«, gibt Paul Lindt zu. »Dann bis gleich?«

»Bis gleich.« Den Ersatzschlüssel so fest in der Hand, dass die Zacken des Barts in meine Haut beißen, reiße ich mich los.

Gefühlt eine Stunde später, dabei kann die Evakuierung der Gäste kaum länger als zehn Minuten gedauert haben, komme ich zurück ins Foyer.

Paul, der an die Theke gelehnt auf mich gewartet zu haben scheint, sieht mir entgegen. »Alles okay?«

»Einerseits – andererseits.« Ich ziehe einen Mundwinkel hoch und zucke mit den Achseln. »Nachdem sich die Gäste zunächst total aufgeregt haben, haben sie sich zum Schluss sogar bedankt.« Dann weise ich zur Glasfront, hinter der nach wie vor Blaulicht die Straße erhellt. »Ist der Irre verhaftet?«

»Soweit ich mitbekommen habe«, setzt Paul an, wird aber von lautem Schreien unterbrochen.

Instinktiv rücke ich näher an ihn heran, denn draußen stürzen sich plötzlich gut fünf bis sechs Polizisten gleichzeitig auf den schreienden Freak.

Anweisungen werden geblafft, Befehle gebellt.

Wie versteinert beobachte ich eine Szene, die aus einem amerikanischen Gangster-Film zu stammen scheint, denn so handgreiflich habe ich deutsche Polizeibeamte noch nie gesehen.

Zwei packen den Täter, wirbeln ihn herum. Mit einem dumpfen Aufprall landet er auf der Motorhaube des E-Klasse-Streifenwagens, ehe sich die übrigen Beamten wie ein Rudel Jagdhunde auf ihn stürzen.

»Ach du grüne Scheiße«, rutscht mir heraus. »Hat sich die Motorhaube gerade eingedellt?«

Noch bevor Paul etwas sagen kann, ertönt wie zur Antwort ein durchdringendes, lautstarkes Ploppen, mit dem das Metall des Bauteils in seine ursprüngliche Form zurückspringt.

»Scheint so.« Er schenkt mir ein etwas hilfloses Lächeln. »Sowas hab' ich auch noch nie gesehen.«

Kapitel 14:
Alibi
(Ella Henderson & Rudimental)

Paul

am übernächsten Abend

Klasse. Einfach nur fabelhaft. Geil.

Auch am übernächsten Abend ist es immer noch verdammt schwer in Worte zu fassen, wie ich mich fühle.

Sie ist nicht verheiratet. *Sie* ist nicht liiert. *Sie* steht nicht einmal in Kontakt zum Vater ihrer Tochter!

Weil der gestorben ist.

Gut, das letzte ist alles andere als klasse. Ganz zu schweigen von fabelhaft oder geil. Die Vorstellung, dass die Kleine keinen Vater hat, schnürt mir kurz den Hals ab. Ich muss an Paps denken, daran wie sehr er mir gerade zu Beginn gefehlt hat.

Nein, Paul, lass' es. Jetzt nicht diese Gedanken!

Stattdessen schiebe ich die Terrassentür auf. Schüttle mich kurz, als der fette Novembernebel die nackte Haut meines Oberkörpers trifft. Laufe zum Whirlpool, klappe die Abdeckung hoch, streife das Handtuch ab und …

… ahh.

Mit einem genüsslichen Ächzen tauche ich in das fast körperwarme Wasser. Spüre, wie sich die Muskeln entspannen. Schöpfe mir das Nass ins Gesicht und über die Haare, ehe ich den Kopf ans Nackenkissen lehne und mich von den pulsierenden Wasserstrahlen durchwalken lasse.

Abschalten.

Nach zwanzig Minuten schaltet sich das Programm des Pools ab, auf dem Touchpad switche ich von Wasser- zu Luftdüsen.

Schwerelos schwebend treibe ich auf hunderten Luftbläschen im warmen Wasser dahin. Weder der Nieselregen, der eingesetzt hat, kann mich stören, noch die Dunkelheit, die sich über die Quadratestadt senkt.

Mein Kopf, nun gänzlich erfrischt, spult zurück zum vorgestrigen Tag.

Ein leiser Widerhall des Adrenalinschubs, der angesichts des Angreifers durch meine Adern gerauscht ist, flattert vorüber. Doch die Erinnerung an *sie* löst jede Aufregung in ein warmes Lächeln auf.

Sie. Clara.

Auch wenn ich eigentlich überhaupt nicht auf irgendwelche heroischen Taten stehe. Die Vorstellung, dass ich ihr helfen konnte, den irren Freak abzuwehren. Das fühlt sich gut an.

Richtig gut.

Wie ein aufeinander eingespieltes Team haben wir zusammengearbeitet. Nicht nur, während der Obdachlose getobt hat. Sondern auch später. Nachdem die Polizei unsere Aussagen aufgenommen hatte.

Mann, Mann, Mann! Ich hatte überhaupt nicht gewusst, wie viel in so einem Kino zu tun ist, wenn die Gäste gegangen sind: Säle putzen, Leergut in Kästen sortieren, Reste der klebrigen Käsesoße von den Mehrweg-Schalen für Tacos kratzen, alles in den Geschirrspüler stapeln. Bestimmt habe ich die Hälfte vergessen.

Clara ist nur so herumgeflitzt, während ich ihr half, so gut ich konnte.

Dann Kassenabschluss, das Geld zählen und die Tageseinnahmen zur Bank bringen.

Da traf mich dann fast zum zweiten Mal an diesem Tag der Schlag. Ehrlich! Das geht doch so nicht! Wie können Claras Chefs von einer jungen Frau verlangen, dass sie nachts um eins Hunderte von Euro in eine SB-Bankfiliale bringt, in der Penner poofen? In der es riecht wie in einer Mischung zwischen einem Coffeeshop und einer öffentlichen Herrentoilette?

Nein, Paul, lass' es. Es bringt jetzt nichts, sich aufzuregen.

Wichtig ist, dass es mir vorgestern gelungen ist, die tiefen Scharten[4] des missglückten Kennenlernens mit Clara auszuwetzen. Meine Traumfrau hat begonnen, neben Dankbarkeit auch Sympathie für mich zu empfinden. Diese Erkenntnis beflügelte mich so sehr, dass ich gestern trotz des Schlafmangels gleich zwei Tore schoss und ebenso viele meiner Vorlagen von meinen Mitspielern verwandelt wurden.

Kurzum: Ich fühle mich so gut, ich könnte ganze Wälder ausreißen.

Dreißig Minuten später stehe ich frisch geduscht und gestylt vor der Glastür, die uns vorgestern vor den Angriffen des Irren bewahrt hat. Die Hand schon am Türgriff schnuppere ich ein letztes Mal. Habe ich auch nicht zu viel von dem Aftershave aufgelegt, von dem Yunus behauptet, keine Frau könnte ihm widerstehen?

Doch zu spät. Von drinnen trifft mich ein überraschter Blick aus dunkelbraunen Augen mit orangenen Sprenkeln.

Ich hole Luft, ziehe die Tür auf. »Hallo Clara.«

»Hallo, Herr Lindt.« Umständlich zupft sie die Maske über ihre Nase, die sie unters Kinn gezogen hatte. Schließlich ist sie allein im Foyer.

»Waren wir nicht beim Du angelangt?« Ich taste in meiner Hosentasche nach meiner FFP2.

»Stimmt.« Ertappt schlägt sie die Augen nieder. »Hallo Paul.«

---

[4] eine Scharte auswetzen – den Schaden wiedergutmachen

»Hallo Clara«, wiederhole ich mich strunzdumm. Paul! Mensch, reiß dich zusammen!, pfeife ich mich an. Kratze in meinem rosa umwölkten Hirn nach etwas Vernünftigem. »Wie geht es dir? Hast du den Schreck gut überstanden?«

»Ich …« Sie weicht meinem Blick aus, fingert an ihrem Handy herum. »Ich müsste dich leider zuerst kontrollieren. Die Vorgaben wegen der Tests. Du weißt?«

»Ach so.« Aus der Jackentasche hole ich mein Smartphone, entsperre es und öffne die Corona-App, während ich zum Tresen hinüberlaufe. »Hier.«

»Danke.« Sie richtet ihr Telefon auf den QR-Code. Nickt. Schaut dann erschreckt zu mir hoch. »Du bist … geimpft?«

»Ähh.« Mit der Reaktion hatte ich nicht gerechnet. Aber bevor ich etwas sagen kann, redet sie weiter.

»Muss wohl so sein, denke ich. Zumindest hat mein Vater sowas gesagt. Wegen Kimmich. So heißt der doch, oder?« Sie lacht entschuldigend. »Sorry, ich kenne mich mit Fußball nicht so aus.«

»Joshua Kimmich von den Bayern.« Ich nicke zur Bestätigung. Letzten Monat kochte das öffentliche Interesse ziemlich hoch, als herauskam, dass der defensive Mittelfeldspieler der Impfung gegenüber skeptisch eingestellt ist.

»Ist auch egal«, bemerkt sie und stopft ihr Handy mit Nachdruck in eine der Schubladen der Theke.

Als ob sie das Thema wechseln wollte. Doch ich komme gar nicht dazu, den keimenden Gedankengang in meinem Kopf weiter zu kultivieren.

»Was kann ich für dich tun?«, fragt sie mich. »Die Filme der aktuellen Runde laufen alle schon. Du würdest mehr als nur die ersten paar Minuten verpassen, wenn du dich jetzt reinsetzt.«

Kurz überlege ich, ob ich behaupten soll, für eine der Spätvorstellungen gekommen zu sein. Verwerfe die Idee aber. Es geht um deine Traumfrau, Paul! Ehrlichkeit siegt! »Eigentlich wollte ich nach der Aufregung der letzten Tage nur ein Bier trinken. Zum Runterkommen. Aber ganz allein …?« Ich zucke vielsagend die Achseln.

»Die Aufregung der letzten Tage?« Clara blinzelt. »War der Freitag nicht aufregend genug?«

Ich grinse sie an, ehe mir einfällt, dass sie unter der Maske mein Gesicht nicht sieht. »Wir haben gewonnen!«

»Ach so! Ihr habt gespielt?« Sie legt den Kopf leicht schief. »Sorry, wie ich schon sagte: Mit Fußball kenne ich mich nicht so aus. Hast du denn ein Tor geschossen?«

»Sogar zwei.«

»Wow, herzlichen Glückwunsch!« Über die Theke reicht sie mir ihre Hand. »Und, was für ein Bier möchtest du? Wir haben Helles von KURPFALZBRÄU, naturtrübes Weizen und Radler von WELDE, Pils von EICH…«

»Pils!«, schneide ich ihre ellenlange Aufzählung ab. »Für mich immer nur Pils.«

»Wie der Herr wünscht!« Die Art, wie ihre Augen sich bewegen, lässt mich vermuten, dass sie sich über mich amüsiert.

Bingo! Sie mag mich! Meinerseits angetan von dem, was ich erblicke, schaue ich dabei zu, wie sie sich umdreht, eine Kühlschublade öffnet und sich darüber bückt.

»Ein Pils!« Sie stellt eins auf den Tresen, hebelt routiniert den Kronkorken herunter und schiebt es zu mir rüber. »Bitte schön!«

»Danke.« Ich greife nach der Flasche, wische mit dem Daumen die Kondenstropfen weg, die sich schlagartig gebildet haben. »Stößt du mit mir an?«

Ihre Augen lächeln scheu. »Wenn COKE okay ist?« Sie holt eine Cola von der Arbeitsplatte hinter ihr, hält sie mir hin. »Auf unser Abenteuer.«

Ich stoße mit meiner Flasche gegen das Glas. »Auf unser Teamwork. Prost.«

»Prost.« Endlich zupft sie die Maske unters Kinn. Gibt den Blick frei auf zart geschwungene Lippen, die sich leicht geschürzt dem Flaschenhals entgegenrecken.

Völlig hypnotisiert von ihrer Anmut vergesse ich fast, dass wir angestoßen haben. »Prost«, wiederhole ich lahm. »Nochmal.« Ich setze die Flasche an, kippe sie hoch. Nehme voller Vorfreude einen großen Schluck, nur um …

»Bro-ah!«

Ich schüttle mich. Nur mit äußerster Beherrschung gelingt es mir, die Brühe hinabzuschlucken und sie nicht quer über die Theke und Clara zu versprühen. »Was ist das für eine Plörre?«

»Ist das Bier nicht mehr gut?« Die Schwärze ihrer Pupillen verschlingt das Braun und Orange ihrer Iriden. »Das Haltbarkeitsdatum … erst neulich gecheckt … verkaufen nicht mehr so viel wie früher, aber …«

Unsere Finger berühren sich, als ihre Hand vorschnellt, um das Etikett zu prüfen.

Der Kontakt jagt wie ein Stromschlag durch meine Nervenbahnen. Setzt mein Hirn in Brand. Oder das, was im rosabewölkten Wattehimmel von meinen grauen Zellen noch übrig ist.

»Haltbar ist es noch.« Sie zieht die Augenbrauen hoch. Schnüffelt. »Und es riecht jetzt auch nicht sauer. Darf ich?«

Was will sie? Ich nicke abwesend. Sehe zu, wie sie mit der Handfläche über den Wulst des Flaschenhalses wischt und vom Bier nippt.

Ihr hübsches Gesicht verzieht sich. »Bah«, stellt sie fest und schüttelt sich. »Ich verstehe, dass es dir nicht schmeckt.«

Sie hat die gleichen Vorlieben wie ich! Ein merkwürdiges Glücksgefühl durchströmt mich. »Die müssen wohl versehentlich Alsterwasser abgefüllt haben«, spekuliere ich. Doch meinem amüsierten Lachen begegnet sie mit einer gerunzelten Stirn. »Limonade-Bier-Gemisch?«

»Du hältst das für ein Radler?« So wie sie den Kopf schief legt, scheint sie mir nicht glauben zu wollen. Oder können.

»Wie auch immer man das hier nennt.« Ich zucke die Achseln. »Als Pils kann man das jedenfalls nicht bezeichnen. Da fehlt ja komplett die herbe Würze des Hopfens.«

»Hier steht ›Pils‹ drauf.« Sie deutet aufs Etikett. »Und, ehrlich gesagt, hat sich auch noch nie jema…« Als sie nicht weiterspricht, lehne ich mich vor.

»Clara?«

Ihr Blick sucht meinen. »Wir haben da noch ein Bier. Das trinkt aber normal keiner. Außer …« Sie presst den eleganten Schwung ihrer Lippen aufeinander. »… Fischköppe«, ergänzt sie flüsternd.

»Fischköppe?« Ich lache schallend heraus. »Jepp. Ich bin aus dem Norden. Das passt.«

»Das passt?«, echot sie. »Dann bist du nicht … sauer?«

Als ob ich jemals auf Clara sauer sein könnte. »Nur, wenn du mir dieses Spezialbier weiter vorenthältst«, flunkere ich und bekomme Sekundenbruchteile später eine andere Flasche vorgesetzt.

Schon die Formgebung der Flasche spricht mich an: schmaler Flaschenkörper und gerader, langer Flaschenhals.

»EICHBAUM UREICH Premium Pils«, lese ich vom Etikett ab. Koste dann unter den erwartungsvollen Augen von Clara. »Ja.« Ich muss ein erleichtert-zufriedenes Ächzen unterdrücken. »Genau so muss ein Pils schmecken.«

Kapitel 15:

Teardrops (Womack & Womack)

Clara

eineinhalb Wochen später

Verdammt! Still fluchend schlittere ich über eine Eisplatte, die sich hinterhältig unter der jungfräulichen Neuschneedecke versteckt hat. Im letzten Augenblick, bevor es mich der Länge nach hinschlägt, finde ich das Gleichgewicht wieder und laufe kopfschüttelnd weiter. Das ist so typisch für den Hausmeister der Kita! Sobald der erste Schnee gefallen ist – so wie heute, pünktlich zum ersten Dezember – pökelt er die Mitarbeiterparkplätze förmlich, um sich bei der Leitung einzuschleimen. Aber den Gehweg, der am Kindergarten vorbeiführt?

›Streusalz?‹ Ich kann seinen vorwurfsvollen Tonfall fast hören, als ich mich an unsere Diskussion erinnere. ›Ich bitte Sie! Das ist aus Umweltschutzgründen verboten!‹

Zum Glück habe ich jetzt die Eingangstür erreicht, ohne mir etwas zu brechen oder eine Zerrung zuzuziehen. Grummelnd stapfe ich mir den anhaftenden Schnee von den Stiefeln, ehe ich reingehe und mich orientiere.

»Hallo Mama!« Lina grinst von der Garderobenbank hoch und hält mir ein Papier hin. »Schau mal, was ich gemalt habe!«

»Wow, klasse! Einen Schneemann?« Das rate ich, weil auf dem weißen Papier nur ein paar schwarze Punkte zu sehen sind. Und darüber ein spitzes, orangefarbenes Dreieck.

»Siehst du, Mama! Du erkennst es!« Meine Tochter wirft einen aufgebrachten Blick zur Seite. »Frau Maier wollte das Blatt in den Papierkorb werfen.«

»Das war sicher nur ein Missverständnis«, bemühe ich mich um einen Mittelweg. Diese Erzieherin hat sich schon oft über Linas Eigenarten beschwert. »Aber jetzt beeile dich. Warum hast du denn die Hausschuhe noch an?« Kopfschüttelnd gehe ich vor meiner Tochter in die Knie und spähe in das Aufbewahrungsfach unter der Sitzfläche.

»Sind weg.« Lina wackelt mit den in den Hausschuhen steckenden Füßen.

»Sie sind weg?«, wiederhole ich ungläubig. Da sie nicht an ihrem Platz sind, stehe ich schnaufend auf. »Entschuldigen Sie, Frau Maier? Wo sind Linas Stiefel?«

»Ach, Frau Arnold. Sie sind schon da?« Die Gruppenleitung von Linas ›Marienkäfern‹ vermeidet den Augenkontakt noch mehr als sonst. »Ich wollte Sie ja anrufen, aber dann ist mir irgendwas dazwischengekommen. Hahaha.« Sie lacht gekünstelt. »Sie wissen ja, wie das so ist. Jedenfalls: Das ist echt ganz blöd gelaufen. Wir mussten Linas Stiefel leider in den Müll entsorgen.«

»Sie haben was?« Ich traue meinen Ohren nicht und muss gegen die schwarzen Schlieren anblinzeln, die vor meinen Augen vorüberschwappen. Auf der Suche nach Halt strecke ich den Arm aus und klammere mich an der Garderobe im Flur der Kindertagesstätte fest.

»Ich weiß auch nicht, wie es dazu kommen konnte, Frau Arnold.« Frau Maier seufzt schwer. »Als wir nach der Vesperpause mit den Kindern in den Garten gehen wollten, waren Linas Winterstiefel unauffindbar.«

Also habe ich mir das mit dem Müll doch nur eingebildet. Erleichtert atme ich aus. »So wie bereits fünf Mal in den letzten drei Wochen. Ich weiß. Meine Tochter hat mir das erzählt.«

Und die Erzieher hatten es nicht nötig, mich darüber zu informieren.

»Ach, hat sie das?« Die Gruppenleitung schaut Lina mit derart zusammengekniffenen Augen an, dass ich mich extrem zurückhalten muss, um das nicht zu kommentieren.

Ich seufze. »Soll ich Ihnen beim Suchen helfen?« Wobei silberne Schnürstiefel mit weißem Fellfutter und Elsa-von-FROZEN-Print jetzt nichts sind, was man so leicht übersieht.

»Danke, aber das wird nicht nötig sein«, erwidert Frau Maier mit sparsamer Mimik. »Wie ich Ihnen bereits sagte: Wir mussten sie im Müll entsorgen.«

»Sie haben was?« Das darf nicht wahr sein. »Die Stiefel waren sündhaft teuer und nur in meinem Budget, weil meine Lieblingskundin ihren Personalrabatt für sie verwendet hat.«

»Ich weiß. Ihre Tochter hat mir das gesagt.« Die Erzieherin lässt ihre Fingerknöchel knacken. »Und es tut mir auch schrecklich leid. Aber ...«

»Aber?«

»Aber was hätten wir denn sonst tun sollen, nachdem meine Kollegin sie in der Toilette fand?« Frau Maier zieht angeekelt die Augenbrauen hoch. »Über und über mit Exkrementen beschmiert?«

Gut, das ist wirklich eklig. »Aber vielleicht kann man sie ja retten?« In die Waschmaschine stecken, die nur für Papas Arbeitsklamotten im Keller steht? Ich kratze meinen Mut zusammen. »Wo ist der Mülleimer?«

»Der Mülleimer? Auf der Straße, natürlich.« Die Erzieherin schaut in Richtung der gläsernen Eingangstür, die gerade von orangefarbenen Blinklichtern erhellt wird. »Heute ist schließlich Abfuhrtag.«

»Abfuhrtag?« Ich renne zur Tür und sehe nur noch, wie einer der Müllwerker die geleerte XXL-Tonne in die Einfahrt schubst, ehe er auf die Plattform springt und dem Fahrer mit einem Schlag auf die Seitenwand das Zeichen gibt, weiterzufahren.

»Ich bitte Sie, Frau Arnold!« Frau Maier schüttelt sich. »Sie wollen doch nicht behaupten, dass Sie die wieder rausholen wollten …? Nein, das geht ganz und gar nicht. Schon aus hygienischen Gründen. Zum Glück wurde die Tonne geleert.« Ein Kuvert in der Hand kommt sie zu mir herüber. »Hier. Für solche … bedauerlichen Vorfälle haben wir eine eigene Kasse. Der Betrag sollte den Kaufpreis für neue Stiefel abdecken.«

»Aber …« Frustriert schaue ich auf die drei braunen Scheine.

»Aber?« Sie verdreht die Augen. »Meine Güte, wollen Sie etwa darauf anspielen, es könnte noch einmal vorkommen? Nein! Das verspreche ich Ihnen: Linas Stiefel werden künftig in meinem privaten Fach aufbewahrt.«

»Aber …« Versteht sie denn nicht?

»Bitte, Frau Arnold. Jetzt machen Sie doch kein solches Drama. Sie müssen doch einfach nur ins Schuhgeschäft und ein neues Paar kaufen.«

»Aber …«

»Spielen Sie darauf an, dass wir im Ort keinen Schuhladen mehr haben?« Frau Maier stößt ihre Atemluft so heftig aus, dass ihre FFP2-Maske fast abhebt. »Nun steigern Sie sich nicht so hinein! Sie arbeiten doch in Mannheim. Da gibt es Läden genug. Den Kaufpreis habe ich Ihnen doch schon erstattet. Zudem großzügig aufgerundet, wegen der Unannehmlichkeiten, die Sie haben.«

»Ja, schon.«

»Sie … Sie wollen doch nicht etwa sagen, Sie wären ungeimpft?« Das letzte Wort versieht die Erzieherin mit einer derart schneidenden Betonung, dass es mir kalt über den Rücken läuft. »Schließlich kann jeder normale, vernünftige Mensch dank der 2G-Regeln überall einkaufen.«

Scheiße. Was soll ich darauf antworten?

»Frau Arnold?« Frau Maiers Augenbrauen schieben sich auf ihrer Stirn in ungeahnte Höhen. »Sie wissen schon, dass wir die traditionelle Weihnachtsfeier mit allen Mitarbeitenden der evangelischen Kindertagesstätten im ARTHOUSE absagen müssten, wenn Sie ungeimpft sind? Wegen der Ansteckungsgefahr?«

Bleib cool! Die Lippen gespitzt, konzentriere ich mich. Angriff ist die beste Verteidigung. »Wie kommen Sie auf etwas derart Abwegiges?«, nehme ich ihr den Wind aus den Segeln. Schlimm genug, dass Karen vom Personalbüro bei unserem letzten Telefonat ganz beiläufig anmerkte, dass ich die letzte Ungeimpfte unter den Mitarbeitern aller sechs Kino-Niederlassungen bin. Wenn die Kindergärten ihre Buchung jetzt mit Verweis auf meinen Impfstatus absagen … Ich will mir nicht ausmalen, was das bedeuten könnte. »Ich hatte heute Nachmittag nur einen komplett anderen Plan.«

»Ach so.« Die Erzieherin schaut nun doch etwas schuldbewusst drein. »Wie gesagt, es tut mir wirklich sehr leid. Aber i…«

»Ist schon gut«, schneide ich ihr das Wort ab und lese ostentativ die Uhrzeit vom Display meines Handys ab. »Wegen der ganzen Sache bin ich jetzt schon spät dran. Lassen Sie mich Lina anziehen, dann bin ich auch schon weg.«

Als ich kurze Zeit später an der Bushaltestelle ankomme, bin ich klatschnass geschwitzt. Mit den Hausschuhen konnte Lina natürlich nicht durch den Schneematsch laufen, weshalb ich sie tragen musste. Und so zierlich sie auch aussieht: Sie hat ein ganz schönes Gewicht.

Zum Glück lässt der nächste Bus nicht lange auf sich warten, und als wir glücklich nebeneinander Platz genommen haben, schnaufe ich erst einmal durch.

Dann fische ich mein Handy aus der Tasche und rufe meine Mutter an.

»Clara!«, ruft sie, anstatt sich zu melden. »Wo bleibt ihr? Das Nudelwasser kocht schon! Ich warte nur auf euch, um die Spaghetti reinzuwerfen!«

»Wir können nicht zum Mittagessen kommen«, informiere ich sie. »Im Ki…«

»Aber warum das denn?«, unterbricht mich Mama.

Ich unterdrücke ein Schnauben. Das wollte ich ihr gerade sagen. » Wir müssen neue Winterstiefel kaufen. Frag nicht, warum. Ein Riesentheater!«

»Was ist ein Riesentheater, Mama?«, fragt Lina. »Gehen wir in ein Theater mit Riesen?«

»Schht«, mache ich. »Später vielleicht. Lass mich jetzt kurz mit Oma reden, ja?«

»Omaa!«, giggelt sie, meiner Mäßigung zum Trotz. »Hörst du mich? Ich bin im Bus!«

»Was macht ihr denn im Bus?« Mutter klingt ziemlich entsetzt.

»Ich bin mit Lina auf dem Weg nach Mannheim«, setze ich erneut zu einer Erklärung an. »Die Winterstiefel? Lina braucht dringend neue. Warum, erkläre ich dir später. Was ich jetzt wissen muss: Kannst du Lina am späten Nachmittag abholen? Ich glaube nicht, dass ich es vor Beginn der ersten Vorstellungen nochmal nach Hause schaffe.«

»Aber …« Mama schluckt. »Wie stellst du dir das vor, Clara?«

Erst in dem Moment, wo sie es ausspricht, fällt mir das ganze Ausmaß des Schlamassels ein, und ich verberge mein Gesicht mit zusammengekniffenen Augen in meiner Hand. »Klar. Die Testpflicht für öffentliche Verkehrsmittel.« Wie konnte ich das vergessen?

»Ich würde für diesen blöden Test ja zahlen!« Mama schnaubt. »Du weißt, dass ich im Sommer diesen Online-Kurs für das Test-Zertifikat nur gemacht habe, als sie angekündigt haben, sie kostenpflichtig zu machen. Damit du nicht die Hälfte deines Lohns für die Wucherpreise irgendeines Geschäftemachers vergeuden musst.«

Stimmt. Mutter testet in ihrem überraschenderweise als legal anerkannten ›Testzentrum‹ nicht nur mich, sondern auch ihren ehemaligen Klassenkameraden und Frau Schäfer vom dritten Stock an jedem Arbeitstag.

»Aber da inzwischen gefühlt alle Leute geimpft sind, haben die kommerziellen Teststellen im Ort zugemacht«, redet Mama weiter.

»Mist.« Ich grübele, streiche Lina übers Haar und zermartere mir das Hirn, während ich Fahrpläne und den Beginn der Vorstellungen vergleiche. »Aber ich schaffe das nicht. Auf keinen Fall.«

»Und jetzt?«, fragt Mutter mit einer kläglich piepsenden Stimme, die ich bei ihr noch nie gehört habe.

Den Ellenbogen auf die untere Kante des Fensters gestützt, lehne ich meine Stirn in die Hand und starre auf das vorüberhuschende Winterwunderland. »Und …« Ich breche ab, bevor ich es sagen kann, nehme dann noch einmal Anlauf. »Und wenn du Papas Lizenz nimmst?« Damit Mama und er uns beide begleiten konnten, als wir die scheinbare Normalität des Herbstes beim Wikingerfest im ADVENTON oder auf dem Jahrmarkt genossen haben, hat er nämlich auch so einen Test absolviert.

»Bitte?« Mutter quiekt.

»Ich sagte, dass du die Li…«

»Ich habe ganz genau gehört, was du gesagt hast, Clara Luise!«, schneidet meine Mutter mir das Wort ab. »Und ich frage mich, ob du verrückt geworden bist!«

»Mama …« Mist, ich höre mich eins zu eins an wie Lina, wenn die durch Quengelei etwas durchsetzen will. »Papas Sauklaue … Wenn du mit der linken Hand … Das würde doch niemand merken …« Bevor sie mich noch einmal unterbrechen kann, werfe ich das Ass obendrauf: »Außerdem bin ich in den letzten sechs Monaten kein einziges Mal kontrolliert worden!«

»Genau das sollte dir Warnung sein, Clara!« Mama schnaubt so laut, dass ich hören kann, wie sie den Kopf schüttelt. »Dann ziehen sie genau mich heraus. Und damit ist meine Testlizenz futsch. Und wie willst du anschließend zur Arbeit kommen? Nein.«

Warum müssen Mütter so furchtbar logisch argumentieren? »Also gut«, lenke ich ein. »Du hast ja recht. Dann soll Lina es sich im Personalraum gemütlich machen.« Eine Luftmatratze, Kissen und Decken habe ich dort schon länger deponiert. Im Sommer wurde an der Bahnstrecke gearbeitet und der

Schienenersatzverkehr fuhr mal, mal fiel er aus. Vor allem nachts, wenn außer mir so gut wie niemand mehr unterwegs ist.

»Es tut mir ja auch leid.« Mama seufzt. »Ich habe weder diese blöden Regeln gemacht noch die Seuche angeschleppt.«

»Die Seuche …« Wie jedes Mal bringt sie mich mit dem Ausdruck zum Lachen. »Also dann, bis morgen früh.«

»Soll ich nicht auf euch warten?«

»Nee, lass mal. Es reicht, wenn ich mir die Nacht um die Ohren schlage. Ciao-ciao!«

»Ciao-ciao!«

Gerade noch rechtzeitig, nachdem ich aufgelegt habe, bemerke ich, dass der Bus auf den Bahnhof Käfertal zufährt. Rasch scheuche ich meine Tochter zur Tür. Dann ist wieder Lina Schleppen angesagt, denn der Schnee ist hier am Rande der Großstadt zu Matsch getaut.

»… gesehen, Torben?«, schnappe ich im Vorüberlaufen die durchdringende Stimme einer Frau auf. »… nicht einmal richtige Schuhe hat die arme Kleine. Und die Mutter? So jung wie die aussieht, ist die auch ein halbes Kind!«

»… nix machen«, grummelt ihr Begleiter. »… Unterschicht … schwach …«

Zum Glück steht die Straßenbahn schon abfahrbereit am Gleis und Lina scheint nichts von den herabwürdigenden Aussagen mitbekommen zu haben.

Rasch steigen wir ein und finden Sitzplätze abseits der übrigen Passagiere.

»Sind wir bald da, Mama?«, fragt sie mich, kaum dass wir drei Stationen gefahren sind. »Bei Walli ihrem Schuhladen?«

Ich nicke abwesend. Walli ist dort zwar nur angestellt, aber bis ich Lina das erklärt habe, sind wir längst dort. Bei der Gelegenheit frage ich mich: Soll ich Walli eine WhatsApp schreiben, damit sie weiß, wobei ich ihre Hilfe brauche?

»Hat sie auch andere Stiefel?«, piepst die Stimme meiner Tochter in meine Überlegungen hinein. »Welche ohne FROZEN-Bilder drauf?«

»Ja, ganz bestimmt!« Eine Woge der Erleichterung brandet durch meine Adern, denn ich hatte schon befürchtet, dass Lina einen Eins-zu-eins-Ersatz will und diese Modelle inzwischen ausverkauft sind. Allerdings … »Hatten die Stiefel dir denn nicht gefallen?«

»Doch!«, antwortet Lina viel zu schnell, ehe sie zu summen anfängt und auf meinem Schoß wippend zum Fenster hinausschaut.

»Aber?«, frage ich angesichts meines Argwohns so behutsam wie möglich nach.

»Patricia.« Lina wirft mir den Namen hin, als ob der Antwort genug wäre.

Gut, mit Patricia von Halberstadt – beziehungsweise deren sehr auf ihre Abstammung bedachten Eltern – gab es seit Linas erstem Tag in der Kindertagesstätte nur Reibereien. »Willst du mir sagen, dass Patricia deine Schuhe verdorben hat?«

»Nein.« Lina seufzt ihre Genervtheit über meine dumme Frage lautstark heraus. »Patricia hat gesagt, an so einem Schund macht sie sich die Finger nicht schmutzig.«

»Schund?« Wie kommt das Mädchen auf sowas? Alle Fünfjährigen lieben FROZEN!

»Disney ist nur was für Dumme.«

»Das hat Patricia gesagt?«, rate ich.

Lina nickt, und mir wird ganz komisch zumute.

Hat Lina ihre Stiefel etwa selbst zerstört? Weil sie nicht als dumm bezeichnet werden will?

»… für so furchtbar Dumme«, redet Lina weiter, »dass Patricia sich von ihnen beleidigt fühlt.«

»Beleidigt? Von einem Paar Winterstiefel? Das ist ja lächerlich!« Ich platze mit einem Schnauben heraus. »Weißt du was?« Mit einem Wisch entsperre ich mein Handy und beginne einhändig eine Nachricht zu tippen. »Ich schreibe Walli jetzt, dass sie einen anderen Disney-Motiv-Stiefel für dich zurücklegen soll!«

»Nein!«, schreit Lina so laut, dass die Umsitzenden murren. »Bloß nicht! Dann setzt Patricia ihren Club nur wieder ein!«

»Patricias Club?« Wer ist das?

»Laura, Mila, Nuray und Greta machen alles, was Patricia will«, erklärt meine Tochter, ehe ich fragen kann.

»Und die haben in den letzten Wochen ständig deine Stiefel versteckt?«

»Mh-hm«, stimmt Lina mit einem resignierten Unterton zu.

»Und sie heute mit … Kot beschmiert?« Boah! Wenn ich die in die Finger kriege!

»Weiß nicht. Denk schon.«

»Angestiftet von Patricia …« Am liebsten würde ich mir mit der Hand vor die Stirn schlagen. »Kein Wunder, dass Frau Maier sich so gewunden hat!« Auf die von Halberstadts lässt sie nichts kommen, weil die den Kindergarten ständig mit ›großzügigen‹ Spenden unterstützen. »Das werde ich ihr auf den Kopf zusagen!«

»Nee, Mama, bitte nicht!« Linas Hand krallt sich in meinen Oberschenkel. »Bitte. Ich will einfach nur ganz einfache Stiefel. Und meine Ruhe.«

»Wirklich?« Suchen die sich dann kein anderes Ventil?

»Wirklich, Mama.« Mein kleiner Schatz sieht mich mit diesem Blick von unten her an, dem ich nie widerstehen kann. »Bitte.«

Wenn ihr das so wichtig ist, sollte ich ihren Wunsch nicht übergehen, oder? Auch wenn sich in mir alles dagegen sträubt. »Also gut. Vergessen wir es!« Ich lache, gebe ihr einen Kuss auf die Stirn und stecke das Smartphone weg, weil die Straßenbahn mit dem kurventypischen Schwanken am Wasserturm vorbei in die Planken einfährt. »Komm«, fordere ich sie auf. »Jetzt sind wir gleich da!«

KAPITEL 16: ZUSAMMEN (DIE FANTASTISCHEN VIER & CLUESO)

Paul

einige Zeit später

am gleichen Tag

»Herr Lindt?«

Die Hand auf dem Türdrücker der Trattoria halte ich inne. Ich hab' das ebenso leichte wie späte Mittagessen doch bezahlt, oder? Oder nicht? Irritiert drehe ich mich um. »Ja?«

Der Wirt kommt hinter dem Tresen hervor geeilt, hält mir ein kleines, würfelförmiges Päckchen an einer klassisch roten Schleife entgegen. »Ein Panettone, Herr Lindt! Hier im Haus gebacken. Ein kleines Präsent zur Vorweihnachtszeit für unsere Stammkunden.«

»Oh!« Ich verbeuge mich leicht. »*Grazie!*«, wende ich meine – sparsamen – Italienischkenntnisse an.

»*Prego*, sagt der Inhaber etwas, das ich als ›Keine Ursache‹ interpretiere. »Ich hoffe, Sie bald wiederzusehen! *Buona giornata!*«

»*Arrivederci!*«, antworte ich mit einem vorfreudigen Grinsen und stoße ein weiteres Mal die Tür auf. »Tschüss denn!«

Die eisige Windböe und der schmutziggraue Schneematsch, die mich draußen erwarten, dämpfen meine freudige Erwartung nur leicht.

Glasklar, mit wem ich das süße Präsent verspeisen werde: Clara!

Wenn ich ihr bisher etwas zum Naschen mitgebracht habe, hat sie sich jedes Mal nur kurz geziert, ehe sie voller Appetit zugegriffen hat.

Dass ich meine freien Abende ›aus Langeweile‹ mit einem Bier am Tresen des Kinos verbringe, ist inzwischen zu einer liebgewonnenen Gewohnheit geworden. Und zwar nicht nur für mich, wenn ich Claras Gestik und Mimik richtig interpretiere.

So stolz und sturköpfig wie sie ist, würde sie natürlich nie zugeben, dass sie froh ist, wenn ich ihr beim Aufräumen und Kassensturz zur Hand gehe. Und erst recht, dass ich sie nach dem Abschließen zunächst zur Bankfiliale und dann zur Haltestelle begleite.

Habe ich schon erwähnt, wie sehr mich ihre Eigenständigkeit anmacht? Sie ist so stark, so entschlossen, zupackend und …

»Clara?« Ich zwinkere verblüfft. »Was machst du hier?«

»Paul!« Ihr Mundwinkel flattert, als sie ein Lächeln versucht. Ziemlich undamenhaft zieht sie die Nase hoch. Mit dem Handrücken wischt sie sich verräterische Nässe von der Wange, ehe sie mit beiden Händen das Mädchen zurechtrückt, das auf ihrem linken Hüftknochen sitzt. »Dich schickt der Himmel!«

»Neinneinnein!« Lachend halte ich ihr das Päckchen entgegen. »Das Essen im PASTARELLO ist zwar himmlisch. Aber es war nur der Wirt, nicht Petrus, der mir das hier für dich mitgegeben hat.«

»Häh?« Sie zieht die Augenbrauen hoch. »Für mich?«

»Beziehungsweise für euch beide«, korrigiere ich mich in Hinblick auf ihre Tochter. »Hallo, ich bin Paul.« Da Clara keine Hand frei hat, halte ich dem Mädchen den Kuchen hin. »Magst du *Panettone*?«

»Weiß nicht«, antwortet sie und schmiegt sich schüchtern an ihre Mutter.

»Paul …« Claras Brustkorb weitet sich, als sie Luft holt. Die Zähne in die Unterlippe gebohrt, weicht sie meinem Blick aus. Dann trifft mich ihr Blick wie ein wuchtiger Abpraller. Sie schluckt. »Ich brauche deine Hilfe, Paul«, würgt sie mit gepresster Stimme hervor.

»Ja. Klar.« Schlagartig wird mir der Ernst der Lage bewusst. Ich stopfe das dämliche Päckchen in die Tasche meines Kurzmantels. Das Kind ist natürlich viel zu schwer für die zierliche Clara. »Soll ich dir deine Tochter abnehmen?«

»Ähm. Ja. Nein. Das heißt … Stimmt.« Verwirrt sucht Clara Blickkontakt zu ihrem Kind. »Ist das Okay, wenn Paul dich auf den Arm nimmt, Lina?«

»Mhm?« Ein vorsichtiges Spähen aus einem Augenwinkel trifft mich.

»Hallo, ich bin Paul«, stelle ich mich noch einmal vor und halte dem Mädchen die Hand hin.

Es kichert, löst den Arm vom Hals ihrer Mutter und schlägt ein. »Ich bin Lina.«

»Hallo Lina. Schön, dich kennenzulernen.« Paul, geht's noch? Was Blöderes als Smalltalk fällt dir nicht ein? So wie Clara aussieht, bricht sie jeden Moment unter der Last zusammen! Fragend strecke ich die Arme aus. »Darf ich?«

Das Mädchen wirft sich mir fast an den Hals. Sie klammert die Beine um meine Taille. Haut mir dabei einen Fuß in die Hüfte, der in einem durchnässten Hausschuh steckt.

»Hausschuhe?«, frage ich ahnungslos und sage damit augenscheinlich das Falscheste.

Denn Claras wunderschöne Augen, die sonst so seelenvoll schauen und im nächsten Moment frech wie Oskar blitzen können, laufen vor Tränen über. »Es ist alles …«, schnieft sie und verschluckt etwas, das ich für einen Kraftausdruck halte. »… komplett gegen mich verschworen … erst Linas Winterstiefel … Kindergarten … vollgekackt … Müll … hierher … Walli … Schuhgeschäft …« Ein wahrer Wortschwall ergießt sich über mir, von dem ich vor lauter Schniefen und Schluchzen höchstens jedes dritte Wort verstehe.

»Also, lass mich das zusammenfassen, damit ich durchblicke«, beginne ich vorsichtig und rücke das Mädchen auf meiner Hüfte zurecht, das erheblich schwerer ist, als es aussieht. »Die Kita hat Linas Stiefel weggeworfen, weil die verdreckt waren. Du bist mit ihr hierher nach Mannheim gefahren, um im Schuhladen deiner Lieblingskundin Ersatz zu kaufen. Aber die hat dich nicht reingelassen.«

Clara hat ein Taschentuch aus ihrer Jackentasche geholt und nickt, während sie sich lautstark schnäuzt.

»Aber: Warum?«

»Zwei geh!«, stößt sie hervor und ich lege den Kopf schief.

»Wohin gehen?«

»Zwei geh!«, wiederholt sie fauchend, als müsste ich kapieren, was sie da von sich gibt. »Zwei geh! Verstehst du? Zwei! Nicht drei! Geimpft. Genesen. Ich bin keins von beiden!«

»Ähm, ja, und?« Ist das ein Problem? »Ich dachte, alles, was zur Grundversorgung zählt, sei von den Zugangsbeschränkungen ausgenommen?«

»Sollte man meinen. Nicht?« Mit zusammengepressten Lippen schiebt Clara das Kinn vor. Angriffslustig wie ein Wadenbeißer. Marcelinho könnte sich eine Scheibe von ihr abschneiden.

»Gehören Schuhe etwa nicht zu den Grundbedürfnissen?« Ich muss gestehen, ich bin fassungslos. »Kinderschuhe?«

»Als Ungeimpfte hätte ich ›gefährlicher Sozialschädling‹ halt besser auf die Stiefel aufpassen müssen«, erwidert Clara mit schnappender Betonung.

»Gefährlicher Sozialschädling?« Ich traue meinen Ohren nicht. »Wer sagt sowas?«

»Walli«, stößt Clara hervor. »Beziehungsweise irgend so ein großkopferter FDP-Politiker in seinem Facebook-Beitrag, den Walli gelesen hat.«

»Sowas schreibt ein Politiker?« Ausgerechnet von der liberalen FDP?

»Ja.« Clara presst die Lippen aufeinander, ehe sie weiterspricht. »Aber was kann man schon von einem ›ultra-asozialen Vollidioten‹ wie mir erwarten?«

»Hat das der Typ von der FDP auch gesagt?« Ich bin fassungslos.

»Nee. Das war der Manager von FANTA VIER.« Clara stöhnt und verdreht die Augen. »Wenn ich daran denke, dass ich zuhause die ganzen CDs von den FANTASTISCHEN VIER habe, wird mir ganz schlecht.«

»Ach, magst du die auch?« Ich weiß auch nicht, warum mir gerade jetzt der FANTA-VIER-Hit ›Zusammen‹ einfällt.

»Nicht mehr.« Clara knurrt die Silben fast heraus. »Schließlich hat Smudo sich von der Aussage ihres Managers nicht distanziert, sondern gemeint, wer sich nicht impfen lässt, handelt so unverantwortlich wie einer, der im Steilhang das Seil wegwirft.«

»Oh.« Das hatte ich gar nicht mitbekommen.

»Weißt du, was Walli noch gesagt hat?« Mit dem Zeigefinger der Rechten bohrt Clara ein Loch in die Luft. »Dass auf mich ›die gesamte Republik mit dem Finger zeigen‹ muss!«

»Stammt diese Aussage auch von einer Band?« Mir ist es ein wenig peinlich, dass ich so wenig mitbekommen habe.

»Nein, das stand dick und fett im SPIEGEL, von dem Walli natürlich ein Abo hat.«

Ich kann immer noch nicht fassen, was Clara da berichtet. »Und diesen ganzen Schietkram hat deine Freundin und Lieblingskundin zu dir gesagt?«

»Das und noch mehr hat meine ehemalige Freundin mir an den Kopf geworfen!«, berichtigt Clara mich mit Betonung auf dem Adjektiv. »Stell dir vor: Zuletzt hat sie mir noch angedroht, dass sie sich bei der Zentrale über mich beschwert. Weil ich als Ungeimpfte die Kinobesucher gefährden würde.« Sie knurrt regelrecht vor Wut.

»Warum«, lässt sich eine Kleinmädchenstimme auf meinem Arm vernehmen, »lässt du dich nicht einfach impfen, Mama?«

»Ich? Impfen?« Clara weicht einen halben Schritt zurück und im gleichen Maß, wie sich ihre Augen weiten, scheint sie in sich zusammenzuschrumpfen. »Aber … Lina! Hast du etwa Onkel Basti vergessen?«

Onkel Basti? Ehrlich gesagt, komme ich mir angesichts der offenkundigen Privatheit des Gesprächs mehr als fehl am Platze vor. Aber wo soll ich hin? Ich kann Lina schlecht mit ihren durchweichten Hausschuhen in den Schneematsch stellen.

Clara scheint meine Unsicherheit zu spüren und schenkt mir einen kurzen Seitenblick. »Papas Cousin. Er war Tennis-Jugendtrainer und fit wie …« Wie beiläufig mustert sie mich von Kopf bis Fuß. »Na ja, für sein Alter auf jeden Fall. Er ist vier Tage vor seinem 59. Geburtstag tot umgefallen. Zehn Wochen nach seiner zweiten Spritze, die er nur genommen hat, ›um nicht in Hartz-IV zu landen‹.« Sie lacht voller Bitterkeit. »Immerhin das ist ihm gelungen, nicht? In der Woche zuvor haben Mama und ich ihm geholfen. Er sah …« Sie schiebt den Mund hin und her, als ob sie nach der richtigen Formulierung suchen würde. »… furchtbar aus. Richtiggehend grünlich im Gesicht. Total schwach. Ist förmlich zusammengebrochen. Mama hat ihm dringend geraten, zum Arzt zu gehen und sich durchchecken zu lassen. Den Termin hatte er am Nachmittag des Tages, an dem er …« Sie schluckt so hart, dass mir vom Ansehen der Hals wehtut. »Das Letzte, was er in der Woche vor seinem Tod zu mir gesagt hatte, war …« Ihre Stimme ist so leise, dass ich sie nur mit höchster Konzentration wahrnehmen kann. »›Das Einzige, was sich verändert hat, Clara, war die Impfung.‹«

»Oh, Clara«, flüstere ich und bin kurz davor, meine Hand auszustrecken. Sie zu trösten.

Doch es bricht weiter aus ihr hervor. »Und kaum, dass ich diesen Schock halbwegs verwunden hatte, hat Judith mir eine WhatsApp geschrieben. Dass sie im Krankenhaus liegt, mit tiefer Beinvenenthrombose und Lungenembolie. Dem Sensenmann in letzter Sekunde von der Schippe gesprungen ist. Und ob ich sie nicht besuchen könnte.« Clara ballt die Rechte zur

Faust, schlägt sich mit Wucht auf den Oberschenkel. »Konnte ich natürlich nicht, weil die Idioten von der Klinikleitung schon im September 2G eingeführt hatten. Und Judith, mit der ich schon in den Kindergarten ging, mit der ich von der ersten bis zur zehnten die Schulbank geteilt habe, die mir in der ersten schlimmen Zeit nach Lina …« Ihre Stimme bricht ab, sie schnieft und starrt zu Boden. »Seit ich nicht an ihr Krankenbett durfte, ghostet sie mich. Meine beste Freundin. Tut so, als gäbe es mich nicht mehr. Und ich kann ihr das nicht einmal verübeln.«

»Clara.« Mit allem Mut, den ich aufbringe, streiche ich ihr über den Arm.

Überrascht schaut sie hoch zu mir. »Paul?«

Als ob sie meine Anwesenheit komplett vergessen hätte. Ich drücke sie sacht am Arm.

Sie schenkt mir einen bittenden Blick, der mich dahinschmelzen lässt. »Bitte, Paul. Kannst du mit Lina Schuhe kaufen?«

»Ähm, ich?«

»Wieso?«, grätscht ihre Tochter dazwischen.

»Weil er geimpft ist.« Clara vermeidet den Blickkontakt zu mir. Zuckt aber immerhin entschuldigend mit den Achseln.

»Und wieso hat er sich impfen lassen?« Lina gibt nicht nach. Diese Sturheit, die mir sonst an ihrer Mutter so gut gefällt, muss sie von ihr haben.

»Ich …« Ähm, ja, Paul. Wie erklärst du das einer Fünfjährigen?

»Weil er im Gegensatz zu mir keine kleine Tochter hat, die gar keinen Elternteil mehr hätte, wenn er stirbt«, erledigt Clara das für mich.

»Du hast keine Tochter?« Lina mustert mich eingehend von der Seite.

Ich schüttele den Kopf.

»Einen Sohn?«, fragt sie weiter. »Eine Frau? Freundin? Verlobte?«

»Lina!« Clara ruft ihre Tochter zur Ordnung. »Bitte!«

Die Kleine fasst mich am Kinn und dreht meinen Kopf zu sich. Sieht mir tief in die Augen. »Oder hast du Männer lieb?«

»Lina!« Clara reißt den Mund auf. »Wie kommst du denn darauf? Wo hast du das aufgeschnappt?«

»Ich hab' von Alexej wissen wollen, was ein Au-ting ist. Weil unser Paketant doch auch so verrückt nach Fußball ist.«

»Bitte?«, haucht Clara atemlos, während ich mir zusammenreime, dass Lina von einem Praktikanten spricht. »Was?«

»Ein Au-ting. Du hast Opa doch neulich gefragt, ob er eins hat. Als wir Fußball geschaut haben. Weißt du das nicht mehr?« Dann wendet sie sich erneut an mich. »Also, Paul? Hast du eine Frau? Oder einen Mann?«

»Weder noch«, gebe ich zu. Wage es kaum zu hoffen, dass sich dieser Zustand in absehbarer Zeit mit ihrer Mutter ändern könnte.

»Ach so«, sagt die Kleine. »Ja, dann gibt es natürlich niemanden, der traurig ist, wenn du stirbst.«

Als ich eine knappe Stunde später mit Lina zum Kino laufe, ist es Claras Tochter hoffentlich nicht mehr schnuppe, ob ich aus dem Leben scheiden könnte.

»Guck mal, Paul!«, ruft sie und stapft mit ihren neuen Winterstiefeln auf einen besonders hohen Schneehaufen am Straßenrand. »Die sind wirklich total dicht. Wie die Verkäuferin gesagt hat!«

»Ja«, gebe ich zu. »Das hat sie gesagt. Weißt du aber auch, was sie noch erwähnt hat?« Ich strecke den Arm aus und winke sie mit allen Fingern der Hand zu mir.

Sie giggelt, läuft zu mir herüber und nimmt mich an der Hand. »Was denn, Paul?«

»Sie hat darauf hingewiesen, dass du eine Nacht warten musst, bevor du mit ihnen in den Schneematsch springst«, erprobe ich mich an einem behutsamen Erziehungsversuch. »Das Spray, das sie draufgemacht hat, braucht so lange, um richtig einzuwirken.«

»Hihi«, macht Lina. »Du hörst dich an wie Mama. Oder wie Oma.« Erneut kichert sie. »Bist du dir wirklich ganz sicher, dass du keine Kinder hast?«

Lachend lege ich die Hand aufs Herz. »Meines Wissens nach nicht.« Dann zuppele ich ihr die Mütze tiefer ins Gesicht, die von ihrem wilden Herumspringen ins Rutschen gekommen ist. »Warum fragst du? Mache ich mich gut?«

Doch bevor Lina mir antworten kann, haben wir schon das Kino erreicht und ich ziehe die schwere Glastür für die Kleine auf.

»Guck mal, Mama, Guck mal!« Sie stürmt ins Foyer, in dem zum Glück keine Kunden warten. »Sind die nicht klasse?« In einer akrobatischen Verrenkung wirft sie den Fuß in die Höhe, damit Clara ihren Stiefel begutachten kann.

»Wow, richtig su…«

»Und stell dir vor, Mama«, unterbricht ihre Tochter sie. Reißt mir die Plastiktüte aus der Hand. »Eine Dose mit Spray haben wir dazu bekommen, ein Lurchi-Heft und neue Hausschuhe!«

»Neue Hausschuhe?« Claras Augen fressen ihr Gesicht fast auf, so groß werden sie. ›Hat das Geld gereicht?‹, fragt sie lautlos und macht hinter dem Rücken ihrer Tochter mit Zeigefinger und Daumen die Geldzähl-Geste.

»Sonderangebot«, versetze ich grinsend und krame die rund fünfzehn Euro Restgeld heraus. »Das zweite Paar gab es gratis dazu.«

Sie lacht. »Ich glaube, dich muss ich öfter zum Einkaufen schicken!« Dann wendet sie sich an ihre Tochter, die schon die Winterstiefel auszieht und sich die Hausschuhe überstülpt. »Bedankst du dich bitte bei Paul?«

»Hab' ich doch schon längst«, sagt die Kleine, springt aber auf und packt meine Hand. »Danke, Paul.«

»Gern geschehen, Lina.« Ich schüttele vorsichtig ihre und würde dann eigentlich gerne loslassen. Also nicht, dass ich wirklich schon wegwollte, aber das Training ruft …

»Ich …« Lina zieht das Wort in die Länge, während ihre kleine Hand fast mit meinen Fingern verwächst. »Paul ist ja geimpft, richtig?«, fragt sie in die Richtung ihrer Mutter.

»Ähh, ja.« Clara nickt und sieht mich mit einem Achselzucken an.

»Gut«, sagt die Kleine und fixiert mich von unten herauf. »Dann kann er morgen ja mit mir zum Schwimmkurs gehen. Meine Mama darf die Schwimmhalle nämlich nicht betreten, hat die Schwimmlehrerin gesagt. Und alleine darf ich nicht in die Umkleide. Obwohl ich mich schon ganz allein anziehen kann!«

»Lina! Du … Was …?« Clara schlägt sich die Hand vor den Mund. »Das ist mir jetzt total peinlich, Paul. Auf was für Ideen Lina da kommt …? Entschuldige bitte.«

Lachend befreie ich meine Hand. Mache eine abwehrende Geste. »Ich muss um Entschuldigung bitten. Aber das Training ruft. Lasst uns später darüber sprechen, ja?«

Kapitel 17:
You Make Me Feel – Mighty Real
(Jimmy Somerville)

Clara

drei Stunden später

Ein Grinsen schleicht sich unwillkürlich auf mein Gesicht, als ich gut drei Stunden später Paul unter dem Schwung an Kunden entdecke, der sich ins Foyer ergießt. »Grüß dich«, raune ich ihm zu, der mit einer Selbstverständlichkeit, als ob er zum Kino-Team gehören würde, um die Theke herumgeht.

»Hallo, Clara.« Über seiner Maske zwinkert er mir zu. »Seid ihr hungrig? Ich hoffe, ihr habt euch noch nichts zu essen geholt.« Feine Fältchen lassen seine Augenpartie tanzen, als er mir eine voluminöse Plastiktüte hinhält, aus der köstlicher Duft entströmt. »Ich hab' uns etwas mitgebracht.«

»Du bist ein …« Mein Magen knurrt leise und verhindert, dass mir etwas Unüberlegtes herausrutscht. »Lieb von dir«, sage ich stattdessen und weise mit dem Kopf auf die Schlange der Wartenden. »Bringst du es in den Personalraum zu Lina? Die Kunden wo…«

»Ich bin schon weg!«, unterbricht er mich, und ich schwöre, unter der Maske lächelt er mir erneut zu.

Ein warmes Gefühl von Vertrautheit breitet sich in meinem Bauch aus, dessen ausgehungerte Lautäußerung hoffentlich vom Plappern der Gäste übertönt wurde. Kurz schüttele ich mich, um die komischen Gedanken zu vertreiben, dann wende ich mich an das vor mir stehende Paar. »Guten Abend! Herzlich willkommen im ARTHOUSE. Was darf es sein?«

Zwanzig Minuten später sind alle Kinogänger mit Karten, Popcorn, Nachos und Getränken versehen in die Säle getippelt.

Gespannt darauf, was Paul zu essen mitgebracht hat, schließe ich die Außentür, verriegele die Kasse und schnappe mir meine Cola, ehe ich zum Personalraum schlendere.

Auf der Schwelle bleibe ich wie angewurzelt stehen, denn was ich da höre …

»Lange schallt's im Walde noch«, liest Paul gerade vor. »Salamander lebe hoch!«

Unter meiner Fleecedecke eingekuschelt, sitzt Lina neben ihm auf der Luftmatratze. Ihre Wangen leuchten rosarot, während sie in das Heft lugt, aus dem Paul ihr vorgelesen hat.

»Schau mal, Lina«, bemerkt er jetzt und sieht zu mir hoch. »Deine Mama ist da. Perfektes Timing!«

»Ja.« Perfekt. Fast zu perfekt, um echt zu sein.

»Setz dich doch!« Paul ist aufgesprungen und schiebt mich zur Luftmatratze. »Hast du auch ordentlich Hunger mitgebracht?«

»Jede Menge!« Ich lächele ihn an, während Lina sich an mich schmiegt. »Was gibt es denn?«

»Dreimal *Combinazione al forno*!« Eine Plastiktüte raschelt, das Knistern von Alufolie ist zu hören und schon zieht mir ein herrlicher Duft in die Nase.

»Was ist Kombi-Natz-Jone?«, will Lina wissen und nimmt die Gabel entgegen, die Paul ihr reicht.

»Lasagne, Cannelloni und Rigatoni«, erklärt er und zeigt auf das jeweilige Drittel in der Aluschale. »Die Lasagne ist mit Bolognese geschichtet, die Cannelloni mit Schinken und

Ricotta gefüllt und die Rigatoni mit einfacher Tomatensauce vermischt.«

»Ich liebe das ja«, erkläre ich und nehme die Portion für Lina behutsam entgegen. »Aber ich bestelle es nicht mehr, weil ich mir jedes Mal den Mund verbrannt habe.«

»Gestehst du mir gerade dein heftiges Begehren?«

Bitte? »Was hast du gesagt?«

»Dass ich es süß finde, dass du zugibst, gierig zu sein.« Er grinst mich zweideutig an. »Was hattest du verstanden?«

»Nichts«, behaupte ich. »Deshalb hatte ich ja nachgefragt.«

»Wenn ich dir einen Tipp geben darf, Lina …« Paul breitet Servietten auf ihrem Schoß aus. »Der Trick bei der *Combinazione al forno* besteht darin, dass man sie nur als Take-away bestellt. Bis man sie nach Hause getragen hat, ist sie verzehrfertig abgekühlt.«

»Du bist ja ein pfiffiges Kerlchen«, ziehe ich ihn auf und ziehe genüsslich den Duft ein, den meine Portion ausströmt.

»Ich wusste doch, dass es dir irgendwann auffallen würde.« Paul zwinkert mir zu. »Guten Appetit!«

»Guten Appetit!«

»Guten Appetit!«, fügt Lina als Letzte hinzu und rammt ihre Gabel in die Nudelmasse.

Viel zu schnell rast die Zeit vorüber, und ich muss wieder zurück ins Foyer. Saubermachen hinter den Gästen der gerade abgelaufenen Vorstellungsrunde ist angesagt, und dann Tickets und Convenience für die letzten Vorstellungen des Abends verkaufen.

Zwischendurch lausche ich in Richtung Personalraum, doch alles, was ich höre, ist leises Sprechen und hin und wieder ein erheitertes Giggeln von Lina. Am liebsten würde ich ja nachschauen, was Paul mit ihr treibt, aber ich kann die Arbeit schlecht stehen und liegen lassen.

Endlich sind auch die letzten Nachzügler unter den Gästen versorgt, und ich will gerade loslaufen, als Paul mir entgegenkommt.

In beiden Händen jongliert er einen wahren Turm an Flaschen, Gläsern, Besteck und den geleerten Einwegverpackungen. »Wo ist der Eimer für die Wertstoffe?«, fragt er mich, nachdem er alles auf die Arbeitsplatte gestellt und die Servietten in den Restmüll geworfen hat.

»Hier.« Ich öffne die Klappe für ihn und spähe über seine Schulter. »Alles klar mit Lina?«

»Alles bestens. Sonst wäre ich nicht hier.« Er schenkt mir ein kleines Lächeln und gibt mir mit der Hand das Zeichen, ihm voranzugehen. »Schau selbst. Aber: pssst!«

Pssst? Was meint er? Irritiert, aber leise laufe ich den Gang entlang – und bleibe wie angenagelt an der Tür zum Personalraum stehen.

»Ist sie nicht süß?«, fragt Paul, und perplex linse ich zu ihm hoch.

Sowohl das, was er sagt, als auch sein fast schon stolz zu nennender Gesichtsausdruck würde eher zu mir als liebevoller Mutter passen. Und nicht zu irgendeinem Fußballprofi, den ich vor ein paar Monaten noch für die größte Nervensäge der Republik hielt.

»Wenn sie schläft, ist sie immer ein Engel«, räume ich mit Blick auf den verwuschelten Lockenkopf ein, der umgeben von zig Blättern Papier unter der Fleecedecke hervorragt. »Vor allem, wenn sie zuvor so viel Chaos angerichtet hat.«

»Welches Chaos meinst du?« Er fischt eines der Blätter vom Boden, hält es mir hin. »Wenn Chaos, dann kreatives Chaos. Wie findest du diesen Schneemann?«

»Kreativ«, gebe ich zu und lache leise. »Immerhin mal nicht nur schwarze Knöpfe und eine orangefarbene Karotte als Nase auf einem ansonsten weiß gebliebenen Papier. Was habt ihr gemacht?«

»Papier in Fetzen gerissen, zusammengeknüllt und aufgeklebt«, erläutert Paul das dreidimensionale Gebilde auf dem Papier. »Allerdings muss ich gestehen, dass wir sämtlichen

Kleber aufgebraucht haben, den ich fand. Ich besorge morgen aber Nachschub. Versprochen.«

»Quatsch«, wehre ich ab, bin aber irgendwie gerührt. Ich kann mich nicht erinnern, wann sich jemand so liebevoll und kreativ mit Lina beschäftigt hat – abgesehen von Mama, natürlich. Um von meiner Verlegenheit abzulenken, gehe ich in die Hocke und beginne, Linas Kunstwerke einzusammeln.

»Ähm, was machst du da?«

»Ich räume auf.« Wonach sieht das aus?

»Clara.« Paul seufzt. »Wer hat das kreative Chaos mit deiner Tochter angerichtet? Ich. Also lass mich hier Ordnung schaffen. Du hast draußen genügend zu tun.«

Meint er das gerade wirklich? Fragend sehe ich zu ihm hoch, doch als er seine Hand ausstreckt, fasse ich sie ohne langes Nachdenken und lasse mich hochziehen. »Also gut.«

Er lacht. »Deine Begeisterung ist wirklich ansteckend!« Dann deutet er auf die Tür. »Abmarsch, Frau Arnold!«

Eine knappe halbe Stunde später lehnt Paul sich grinsend neben mich an den Tresen. »Erledigt. Krieg' ich als Dankeschön ein Bier spendiert?« Er deutet auf den Stapel an Getränkekisten, in die ich das angefallene Leergut des Tages sortiert habe. »Danach räum' ich dir das auch in den Keller.«

»Du weißt, dass du das nicht musst?« Ich hole eine Flasche UREICH aus der Kühlung, öffne sie und schiebe sie zu ihm rüber.

»Was, wenn ich nicht darauf verzichten kann?« Er grinst und prostet mir zu, ehe er die Flasche an den Mund hebt.

Während ich noch überlege, welche geistreiche Replik mir einfällt, redet er schon weiter.

»Wegen dem, was deine Tochter gesagt hat …«

Ich lache. »Worauf genau spielst du an? Lina hat mehr geredet als nach Dauerregen Wasser den Neckar runterläuft.«

»Das, worauf sie nicht verzichten kann.« Paul nimmt einen weiteren Schluck. »Ihr Schwimmkurs.«

»Ach, du grüne Scheiße«, rutscht mir heraus. »Du hast ihre Spinnerei doch hoffentlich nicht ernst genommen? Dass du mit ihr hingehen könntest?« Ist mir das peinlich!

Er zuckt die Achseln. »Es wäre sowieso nicht möglich, weil der Kurs zur gleichen Zeit wie mein Training stattfindet. Aber …«

»Aber?«, frage ich nach, als er auch nach längerem Warten nicht weiterredet.

»Aber mir ist was anderes eingefallen.« Mit einer energischen Handbewegung kippt er den Rest des Biers ab, ehe er die Flasche mit einem harten Klirren auf der Arbeitsplatte abstellt.

»Okay?« Da ich nicht weiß, wie ich mit dieser Ankündigung umgehen soll, mache ich mir ein Radler auf und trinke erst einmal einen großen Schluck. »Was?«

Er lässt die leere Bierflasche auf der Theke kreiseln. »Lina könnte im Swimming Pool von THE SIX üben. Das Schwimmbecken steht allen Hausbewohnern und ihren Gästen offen.« Er hebt die Hand, um mich zu stoppen, als ich den Mund öffne. »Und zwar ohne jegliche Einschränkungen hinsichtlich Corona-Maßnahmen.«

»Kein Impfpass? Keine Tests?« Das klingt zu verlockend. »Allerdings … gibt es einen Grund, weshalb ich Lina zum Schwimmkurs angemeldet habe«, ringe ich mir mein Geständnis ab. »Ich kann nicht gut genug schwimmen, um es Lina gescheit beizubringen.«

Paul grinst und hält mir die Flasche hin. »Kriege ich noch eines, wenn ich dir verrate, wer mit fünfzehn vor der schwierigen Entscheidung stand, ob er eine Karriere als Leistungsschwimmer einschlägt oder auf die Karte Fußballprofi setzt?«

»Echt jetzt?« Ich reiche ihm den gewünschten Nachschub.

»Ehrenwort.« Er legt sich die Hand aufs Herz. »Falls du mir nicht glaubst, kannst du gerne in meinem Wikipedia-Eintrag nachschauen.«

Es gibt einen Wikipedia-Eintrag über ihn? Mist, wieso vergesse ich in seiner Anwesenheit ständig, dass er ein prominenter Fußballstar ist? »Nee, nee«, wiegele ich ab. »Ich glaube dir.

Nur …« Ich weiß auch nicht, wie ich das formulieren soll, was mich umtreibt.

»Du meinst, aus welchem Grund ich dir das anbieten sollte?« Seine Frage trifft mit einer Zielsicherheit ins Schwarze, dass ich mir fast so durchlöchert vorkomme wie eine Dartscheibe.

»Mh-hm«, mache ich wortkarg.

Er nuckelt am Flaschenhals, als müsse er dem seine Antwort entlocken. »Dass ich dich mag und deine Tochter einfach zauberhaft finde, reicht dir als Argumentation wohl kaum aus. Richtig?«

Was soll ich darauf antworten? Ich schnappe mir den Wischlappen von der Spüle und reibe über einen imaginären Fleck auf der Arbeitsplatte.

»Ich muss zugeben, ich hätte es kaum vorgeschlagen, wenn nicht …« Er trinkt noch einen Schluck, sieht mich dann forschend an. »Diese Ungerechtigkeit, dich und dein Kind vom alltäglichen Leben auszuschließen. Ich muss gestehen, dass ich das überhaupt nicht auf dem Schirm hatte. Mir war nicht klar, was diese Regeln bedeuten. Und noch viel weniger war mir bewusst …« Seine Stimme wird leiser, er senkt den Kopf, ehe er mich unter seinen Augenbrauen her ansieht. »Ich habe das Bedürfnis, auszugleichen, wie unmöglich deine Freundin dich behandelt hat.«

»Du vergisst das ›ehemalige‹«, stoße ich hervor, bevor ein Kloß im Hals mir die Stimme abschnürt. Wallis hasserfüllte Worte hatte ich gerade erfolgreich verdrängt.

»Sie hat dich verletzt«, stellt er in nüchterner Tonlage fest, was mir überraschend guttut.

»Einen ›Impfverweigerer‹ hat sie mich genannt!« Ich verziehe den Mund bei der schmerzhaften Erinnerung. »Dabei bin ich gegen alles Mögliche geimpft!«

»Impfverweigerer.« Er schüttelt den Kopf. »Gibt es kein Recht auf freie Therapiewahl mehr? Und wo hat diese Walli das wieder aufgeschnappt? Stand das mit dem Verweigern auch in der Zeitung?«

»Nein, das hat Günter Jauch gesagt«, fauche ich. »Mensch! Wenn ich dran denke, wie gerne ich bei ›Wer wird Millionär‹ mitgeraten habe? Wie klug ich den fand?«

Paul sagt nichts, sondern guckt nur komisch.

»Was ist?«, frage ich ihn irritiert.

»Noch eine Gemeinsamkeit«, gibt er zähneknirschend zu. »Neben unserem Faible für Songs von den FANTASTISCHEN VIER. Ich dachte, dich ausgerechnet jetzt darauf hinzuweisen, käme kaum gut bei dir an.«

»Quatsch!«, schwindele ich. »Es ist Walli, auf die ich sauer bin!«

»Und das zu Recht.« Paul schenkt mir einen nachdenklichen Blick. »Lass mich raten, das war nicht alles, was sie dir an den Kopf geworfen hat? Sonst wärst du doch nicht dermaßen wütend!«

Wieso errät er, was vorgefallen ist? Ich schnaube unterdrückt. »Sie hat mich noch ganz huldvoll, gnädig und herablassend darüber aufgeklärt, dass einer wie ich, der ›die Gesellschaft in Sippenhaft nimmt‹, schließlich immer noch im Internet bestellen kann!«

»Sippenhaft?« Paul tippt sich mit den Fingern gegen das Ohr. »Ich hör' wohl nicht recht? Ist das nicht ein Begriff aus der NS-Zeit? Wer sagt denn sowas?«

»Einer von euch«, rutscht mir raus, und ich zucke entschuldigend die Achseln, als Paul die Augen aufreißt. »Na ja, der Präsident irgendeines Sportverbands.«

Unter zusammengezogenen Augenbrauen hervor trifft mich Pauls funkelnder Blick. »Spinnt der? Abgesehen davon, dass die Stiefel dann mit viel Glück in drei oder vier Tagen ankommen: Woher solltest du wissen, welche passen? Die Größen fallen unterschiedlich aus!«

»Siehst du! Sogar dir ist das bewusst, obwohl du keinerlei Erfahrung mit Kindern hast!« Ich muss tief durchatmen, um mich zu beruhigen. »Aber zum Schluss hat Walli dann den absoluten Hammer gebracht.« Beim Gedanken daran wird mir ganz übel. Schnell trinke ich einen großen Schluck vom Radler. »Da hat sie mich einen ›Blinddarm der Gesellschaft‹

genannt, der ›für das Überleben des Gesamtkomplexes‹ nicht notwendig sei.«

»Ach, du dickes Ei!« Paul rauft sich das perfekt im *Short-Shaggy*-Look gestylte Haar. »Blinddarm der Gesellschaft? Mir fehlen die Worte. Sind die alle ins Nazi-Vokabular verfallen? Von wem hat deine Kundin das aufgeschnappt?«

Erleichtert nehme ich zur Kenntnis, dass er Walli nicht mehr als meine Freundin bezeichnet. »Sarah Bosetti.«

»Sarah Bosetti?« Ihm bleibt der Mund offenstehen. »Die Komikerin? Vom ZDF?«

Verstohlen wische ich mir eine Träne aus dem Augenwinkel. »Die fand ich auch mal total witzig.«

»Die sind alle völlig blöd!« Paul schüttelt den Kopf und verdreht die Augen. »Also, du hast doch morgen deinen freien Tag.«

»Ja?« Dass er sich das gemerkt hat …

»Schaffst du es, mit Lina nach einem späten Frühstück um elf hier zu sein? Dann können wir gut drei Stunden lang schwimmen, ehe ich ins Nachmittagstraining muss.«

KAPITEL 18:
LEAN ON
(MAJOR LAZER, MØ & DJ SNAKE)

Paul

DREI WOCHEN SPÄTER

Inzwischen sind gut drei Wochen vergangen. Durch das gemeinsame Schwimmen an zwei von Claras freien Tagen konnte ich sie davon überzeugen, dass sie Lina bedenkenlos in meine Obhut geben kann.

Ihre Zurückhaltung fand ich gut. Schließlich vertraut man sein Kind ja nicht jedem an.

Da Lina und ich je nach Spielplan zwei oder dreimal pro Woche geübt haben, schwimmt die kleine Maus mittlerweile wie ein Fisch. Ganz spielerisch habe ich ihr die Anforderungen für das bronzene Schwimmabzeichen gestellt. Weder fünfzehn Minuten Schwimmen am Stück noch das Herauftauchen eines Gegenstands aus zwei Meter Tiefe haben sie überfordert. Und vom Springen vom Einmeterbrett kann sie nicht genug bekommen.

Die größte Herausforderung für die heute anstehende Abnahme des Frühschwimmer-Abzeichens ist also nicht der deutlich geringe Prüfungsumfang. Sondern, dass ich dafür mit Lina ins Herschelbad gehen muss.

Alleine. In eine für uns beide unbekannte Umgebung. Mit lauter fremden Leuten.

Aber ich krieg' das hin. Und Lina? Sowieso.

»Pauuul!« Kaum dass die Straßenbahn weitergefahren ist, hüpft Lina an der Haltestelle auf und ab. »Hallo Paul!«

»Hallo!« Ich winke den beiden zu.

Clara nimmt Linas Hand fester, schaut links und rechts. Dann überqueren die beiden die Gleise in der Fußgängerzone.

»Hallo, Paul.« Clara lächelt scheu.

Ihre Tochter ist ihr pures Gegenteil. Aufgeregt plappernd umarmt sie mich. »Hallo, Paul! Freust du dich auch schon so doll? Meinst du, ich schaff' das? Wirklich?«

»Klar packst du das«, ermutig' ich sie. Aus dem Augenwinkel beobachte ich ihre Mutter.

Die Lippen fest aufeinandergepresst, reibt sie sich über die Wangen, wo die in den Öffis obligatorische Maske Abdrücke hinterlassen hat. Dann schiebt sie Lina voller Nachdruck zu mir. »Also los, ihr zwei. Viel Spaß.«

So wie wir es abgesprochen haben, nehme ich Lina an der Hand. »Bist du sicher, dass du nicht doch mitgehen willst?«

»Und dann?« Clara schnaubt etwas hervor, das zwischen Lachen und Genervtsein schwankt. »Mir vor dem Herschelbad in der Kälte die Beine in den Bauch stehen? Nein, nein. Ist schon Okay so. Ich muss sowieso den Popcorn-Vorrat auffüllen.«

»Also dann.« Ich weiß auch nicht, was ich noch sagen soll. »Ich schick dir dann eine WhatsApp, sobald es geschafft ist.«

»Tu das.« Sie schüttelt die zu Fäusten geballten Hände in Linas Richtung. »Daumen sind gedrückt! Viel Glück! Und viel Spaß!«

»Tschüss«, kann ich nur sagen, dann zerrt mich Lina auch schon davon.

»Los Paul! Trödel nicht rum! Sonst kommen wir noch zu spät!«

»Nur noch zwei Bahnen!«, bettelt Lina zum dritten Mal, als ich sie eine gute Stunde später aus dem Schwimmbecken rufe.

»Gut, aber wirklich nur noch zwei!« Seufzend setze ich mich auf einen der Plastikgartenstühle, die in dem um das Becken verlaufenden Arkadengang völlig deplatziert wirken. Während ich Linas Schwimmbewegungen im Auge behalte, lasse ich den großzügigen Raum der Schwimmhalle auf mich wirken. Das hohe und weit geschwungene Rundgewölbe der Decke erinnert fast an eine romanische Kathedrale. Wer hätte gedacht, dass es solch ein Schmuckstück des Jugendstils in der Quadratestadt gibt?

»He, Paul! Worauf wartest du?« Wassertropfen treffen mich.

Ich schaue hoch und begegne dem Grinsen der kleinen Wassernixe.

»Worauf? Hm?« Sie schüttelt den Kopf und lacht.

»Nur auf dich«, gebe ich zurück und schnappe sie mir, bevor sie wieder davonlaufen und sich erneut ins Becken stürzen kann. So wie vorhin.

»Müssen wir wirklich schon gehen?«

»Willst du deiner Mama nicht deine Urkunde zeigen?« Mit spitzen Fingern halte ich ihr das Dokument hin. Nicht, dass es nass wird. Vorhin konnte Lina es nicht erwarten, Clara an ihrem Erfolg teilhaben zu lassen.

»Doch, schon.« Lina atmet schwer.

»Aber?«

»Das Becken hier ist viel größer als das bei dir.«

»Stimmt.« Ich rufe mir die Daten ins Gedächtnis, während ich die Kleine durch endlose Gänge zu den Umkleiden lotse. »Das hier ist ein 25-Meter-Becken. In THE SIX haben wir nur acht Meter Beckenlänge.«

»Siehst du? Was ich gesagt hab.« Altklug sieht sie mich von unten her an.

»Rein mit dir.« Ich verkneif' mir ein Grinsen. Schieb' sie durch die Tür zur Dusche und kitzele sie dabei.

Lachend und giggelnd rennt sie vor mir her. »Fang mich, Paul! Fang mi…!«

Ihre nackten Füße schlittern über die nassen Bodenfliesen, als sie abrupt abbremst.

Was ist los? Alarmiert leg' ich in meinen Adiletten einen kurzen Sprint hin. Bleib' im nächsten Augenblick wie angewurzelt stehen. Starre auf den Muskelmann, der nichts trägt als die Tätowierungen, die seinen Körper fast vollständig bedecken. Und der sich gerade intensiv der Reinigung seines gepiercten Penis widmet.

Es können nur Zehntelsekunden vergehen, ehe ich mir Lina erneut schnappe, ihr die Augen zuhalte und sie in die Duschkabine in der Ecke des Raums schiebe.

»Bleib hier«, weise ich sie mit einem Nachdruck an, der keinen Widerspruch duldet. »Ich hol' das Duschzeug. Klar?«

»Klar«, piepst sie. Sieht so winzig und schutzbedürftig aus.

Am liebsten würde ich sie nicht allein lassen. »Bin sofort zurück.«

Der Typ ist zum Glück verschwunden, ich schnapp' mir die Flaschen und Handtücher, die ich in einem der Regalfächer platziert hatte.

»Da bin ich wieder.« Die Feststellung ist zwar unnötig, schließlich sieht Lina mich.

Aber sie kommentiert es nicht, sondern lässt brav zu, dass ich das Chlorwasser aus ihrem Haar spüle und einen Klecks Shampoo darin aufschäume.

Erst, als ich das Haarwaschmittel ausgespült habe und reichlich Conditioner in ihren Locken verteile, findet sie ihre Sprache wieder.

»Warum hast du eigentlich keine Tattoos, Paul?«

Erleichtert, dass sie das Intimpiercing des Typen anscheinend übersehen hat, zucke ich mit den Achseln. »Hat sich nie ergeben.«

»Opa hat gefragt, ob du überhaupt ein richtiger Fußballer bist.« Lina kichert leise. »Er denkt, das wär' mittlerweile Pflicht bei den Profis.«

»Nein, zum Glück nicht.« Was soll ich sonst sagen? »Wo ist der Kamm?«

»Hier.« Lina reicht ihn hoch zu mir. »Sogar Mama hat Tattoos. Hast du sie gesehen?«

»Ja.« Die bunten Figuren, die sich wild zusammengewürfelt und doch miteinander harmonierend über Claras rechten Arm ziehen, konnte ich schlecht übersehen, als wir mit Lina im Swimming Pool von THE SIX waren.

»Hier am Bauch hat Mama eins für mich.« Lina zeigt die Fläche auf ihrem Körper an.

»Stimmt!« Ich bekomme das Datum nicht mehr zusammen, das dort steht. Aber etwas anderes ist bei mir hängen geblieben. »Ich wusste gar nicht, dass Kim dein zweiter Vorname ist.«

Lina nickt, verzieht dann das Gesicht. »Autsch! Pass besser auf! Das ziept!«

»Verzeih.« Ich lasse den Kamm behutsamer durch die glitschigen Locken gleiten.

»Und der von meinem Papa«, sagt Lina unvermittelt.

»Wer? Was?«

»Kim«, erklärt sie. »Das ist sein Vorname gewesen.«

Linas Vater. Mit dem Clara keinen Kontakt mehr hat, weil der gestorben ist. Fakten, die ich längst ins Unterbewusste verschoben hatte, tauchen wieder auf. »Das ist doch schön, dass du damit etwas mit ihm gemeinsam hast«, kratze ich etwas zusammen, das ausgesprochen noch lahmer klingt als ausgedacht.

»Und den Tag.«

»Den Tag?« Da die Haare nun knotenfrei ausgekämmt sind, ziehe ich Lina beiseite. Regle das Wasser der Dusche auf eine angenehme Temperatur, um den Conditioner auszuspülen.

»Der Tag, an dem er gestorben ist«, erklärt sie, und ich verbrühe mich fast, weil ich vor Schreck den Hebel verstelle. »Das ist mein Geburtstag.«

Auf dem Weg zum Kino habe ich dann aus mehr oder weniger zusammenhangslos hingeworfenen Brocken von Lina die näheren Umstände seines Todes erfahren.

Er war mit seinen Kumpels auf einer Motorrad-Spritztour im angrenzenden Odenwald unterwegs, als drei Wochen zu früh bei Clara die Wehen einsetzten.

Sobald er die Nachricht erhielt, machte er auf der Stelle kehrt. Und verunfallte bei einem riskanten Überholmanöver auf einem der kurvenreichen Bergsträßchen.

Wie es die Grausamkeit des Zufalls wollte, verstarb er ungefähr zur gleichen Zeit, als Lina geboren wurde, vier Stockwerke tiefer in der Notaufnahme des gleichen Krankenhauses.

Daran denke ich jetzt, zwei Tage später, während ich mir in der Kabine die Schuhe schnüre.

Wie immer vor einem Spiel den linken zuerst. Mit Fingern, die ich kurz mit Speichel befeuchtet habe. Ja, hört sich eklig an. Aber wenn es doch nützt?

Marcelinho lacht über irgendeinen Witz, den Yunus erzählt hat. Schlägt mir mit der Hand auf die Schulter und sagt irgendwas auf Portugiesisch, das ich nicht verstehe.

Ich lache, weil er das von mir erwartet. Gleichzeitig kreiseln meine Gedanken um den Fakt, wie nah Leben und Tod doch nebeneinanderliegen. Als wären sie der Ball, den eine perfekt eingestellte Mannschaft zirkulieren lässt.

Dann endlich setzen sich meine Mitspieler in Bewegung. Und spätestens im Gang, der hoch zum Rasen führt, fällt jedes Grübeln von mir ab.

Ich tausche Flapsigkeiten mit einem Spieler der gegnerischen Mannschaft aus. Die Stimmung draußen im Stadion kocht hoch, das Trommeln und die Fangesänge branden in den Tunnel herein.

Leichtigkeit, Klarheit und der unbeugsame Wille zu gewinnen fluten meine Adern.

Und dann geht es endlich los …

Rund fünfundachtzig Minuten später führen wir knapp, aber verdient mit Drei zu Zwei.

Getrieben von der Verzweiflung, punktelos heimfahren zu müssen, werfen die Gäste alles nach vorne.

Obwohl mir als Stürmer die Verteidigung nicht obliegt, rücke ich mit nach hinten. Achte darauf, frei zu stehen, falls ein Mitspieler dem Gegner den Ball abnehmen kann.

Da! Yunus überholt seinen Gegenspieler, schneidet ihm den Weg ab und spitzelt ihm die Pille vom Fuß.

Ich hebe die Hand, biete mich an.

Doch Yunus erfasst in Sekundenbruchteilen, dass Marcelinho auf der anderen Spielfeldseite besser steht. Während der Pass durch die Luft fliegt, sprinte ich los.

Mein peripheres Sehen deckt alles ab: Unseren Trainer, die Betreuer, die am Spielfeldrand in Ekstase geraten. Das gegnerische Tor. Die Spieler beider Mannschaften, die sich gleichauf mit mir bewegen.

Plötzlich etwas im Fokus, das nicht dahin gehört. Eine Bewegung, die abrupt abbricht. Ein Läufer, der wie vom Blitz getroffen fällt. Ohne Einfluss eines Gegenspielers. Kein Foul, kein Stolpern. Nichts.

Knallt auf den Rasen, als wär' er tot.

Sowas hab' ich noch nie gesehen.

Außer – in den Videos, die neuerdings im Internet die Runde machen.

Ohne dass ich es wirklich entscheide, zieht es mich zu dem Verunfallten hin.

»Hee! Krummnagel?« Ich rüttele den Mitspieler an der Schulter. Der regt sich nicht. »Krummnagel! Krummnagel!« Wo bleiben die Sanis? Mit dem Finger taste ich an seinem Hals nach dem Puls.

Nichts.

»Scheiße! Krummnagel!« Ich dreh' ihn um.

Er ist schwer wie ein gestrandeter Wal. Hilft kein bisschen mit.

»Krummnagel?« Erneut versuche ich, seinen Herzschlag zu fühlen.

Nichts.

Nichts. Verdammte Kacke! Nichts! »Krummnagel!« Was ist mit den Rettungskräften? »Defi!«, schreie ich in Richtung der Bank. »Schnell, bringt einen Defi!«

Als hätte das Wort den Startschuss gegeben, beginnt in mir ein längst vergessen geglaubtes Programm abzulaufen, das ich vor so vielen Jahren verinnerlicht habe. Als ich für den Rettungsschwimmer gepaukt hab'.

Neben Krummnagel geh' ich in die Knie. Checke, dass er flach auf dem Rücken liegt. Leg die rechte Hand auf die Mitte von seinem Brustkorb und die Linke auf den Handrücken der Rechten.

Ich ruf' mir ›Lean on‹ von MAJOR LAZER ins Gedächtnis, summe zwei, drei Takte.

Strecke die Arme durch und drücke Krummnagels Brustbein tief und schnell in Richtung seiner Wirbelsäule.

»*Blow*«, singe ich und drücke. »*A.*« Pressen. »*Kiss.*« Kompression. »*Fire.*« Belasten. »*A.*« Pressen. »*Gun.*« Drücken. »*We – need – some – one – to – lean – on.*« Silbe für Silbe von einer tiefen Kompression begleitet.

Und das Ganze von vorne …

Kapitel 19:

I'm Every Woman (Chaka Khan)

Clara

einige Zeit später

am gleichen Tag

Endlich Feierabend! Irre, wie viele Leute heute ins Kino wollten. Na ja, mir soll es recht sein, schließlich bezahlen ihre Tickets, Speisen und Getränke mein Gehalt.

Hab' ich auch alles beisammen? Nachdem ich den Inhalt meiner Handtasche kurz gecheckt habe, wird mein sehnsüchtiger Blick von den Buden des Weihnachtsmarkts auf den Kapuzinerplanken angezogen, deren Lichter so einladend bis ins Kinofoyer leuchten.

Vor zwei Jahren hätte ich an einem Freitag im Advent noch eine Runde zwischen den Buden gedreht. Mir einen Glühwein geholt oder Lumumba. Eine Bratwurst oder heiße, vor Fett triefende Kartoffelpuffer mit Apfelmus – was mir komischerweise nur auf Weihnachtsmärkten schmeckt. Noch ein paar Anhänger für den Weihnachtsbaum gekauft, Plätzchen-Ausstecher für Linas stetig wachsende Sammlung. Oder eine Duftkerze für Mama.

Letztes Jahr fiel der Weihnachtsmarkt aus. Wie alle. Die Republik rückte angesichts der Pandemie zusammen. Obwohl ich damals schon das Gefühl hatte, dass Covid nicht viel schlimmer war als heftige Grippewellen.

In diesem Jahr haben die Mannheimer Weihnachtsmärkte hingegen ihre Pforten wieder geöffnet. Doch nicht für alle. Ungeimpfte wie ich müssen draußen bleiben. Werden abgewiesen wie Nachbars Lumpi vom Supermarkt.

Nicht viel übrig geblieben von der viel beschworenen Solidarität …

Mit einem nachdrücklichen Kopfschütteln verscheuche ich die trübsinnigen Gedanken und drücke die Tür auf. Heute in einer Woche ist Heiligabend und somit der einzige Tag im Jahr, an dem das ARTHOUSE geschlossen hat. Da werde ich mit Lina, Mama und Papa unter dem Weihnachtsbaum feiern und mit Geschenken und gutem Essen den ganzen Mist für einen Tag vergessen.

Eine eisige Windböe erfasst mich jetzt und reißt mir fast die Tür aus der Hand.

Leise fluchend drücke ich sie unter Einsatz meines ganzen Körpergewichts zu, fummele den Schlüssel ins Schloss und drehe ihn zweimal herum.

»Clara?« Eine atemlose Stimme ruft etwas, das wie mein Name klingt. Schnelle, harte Schritte kommen näher. »Clara?«

Ich drehe mich um und sehe mich Paul gegenüber, der in dem Trainingsanzug seines Vereins steckt … »Paul! Du siehst schrecklich aus. Was ist passiert?«

Anstatt zu antworten, starrt er mich nur an. Dann hebt er seine Arme und umfasst meinen Kopf mit beiden Händen. »Clara.« Sein Brustkorb birst fast unter seinen heftigen Atemzügen.

»Paul?«

»Clara.« Er beugt sich zu mir herab, und als seine Lippen auf meine treffen, bewegen meine Hände sich instinktiv nach oben und legen sich auf seine Brust.

Doch anstatt ihn von mir wegzuschieben, packen meine Finger ihn an der Trainingsjacke und ziehen ihn heran.

Sein heißer Atem streicht im gleichen Takt über mein Gesicht wie das Heben und Senken seines Brustkorbs unter meinen Fingerspitzen.

Fast meine ich, das dumpfe Wummern seines Herzens zu ertasten, und noch bevor ich über diese Sinnestäuschung nachdenken kann, spüre ich, wie sich mein Mund öffnet und meine Zunge über seine Lippen leckt.

Er stöhnt, ächzt und seine Linke rutscht in meinen Nacken, während er tief in meinen Mund abtaucht. »Clara«, nuschelt er schließlich und als er mich fest an sich presst, spüre ich die Härte seiner Erektion durch den dünnen Stoff seiner Trainingshose an meinem Bauch.

Die Berührung muss mich wahnsinnig machen. Oder zumindest sämtliche diesbezüglichen Knöpfe an meinem Körper betätigen. Denn ich spüre augenblicklich, wie sich alle Muskeln meiner lang nicht benutzten Scheide anspannen, und sich verräterische Feuchte in mein Höschen ergießt.

»Clara.« Pauls Sprachzentrum scheint wie eine Schallplatte mit Sprung an einer Stelle hängengeblieben zu sein.

Aber was soll ich sagen? Meines ist komplett ausgefallen. Ich bekomme gar keine Silbe mehr heraus, erkunde lieber mit der Zunge seinen Mund und mit den Händen die verheißungsvollen Rundungen seiner Schultern.

Als er sich schließlich von mir löst und mich auf eine halbe Armlänge Abstand zu sich hält, ringe ich um Atem und würde zugleich am liebsten vor Enttäuschung über die Unterbrechung unseres Kusses losheulen. »Clara«, raunt er mit rauer Stimme. »Willst du …? Willst du mitkommen?«

Mitkommen? Wohin und wozu? Doch während mein Hirn noch grübelt und überlegt, lässt sich mein Unterleib eine Standleitung zu meinem Mund legen: »Ja«, höre ich mich sagen, und das hoffnungsvolle Aufleuchten von Pauls himmelblauen Augen tötet meine vage Hoffnung, dass ich mir meine Zustimmung nur eingebildet habe.

»Dann komm.« Seine Linke umfasst meine Rechte, und als er sich zielstrebig in Bewegung setzt, muss ich fast schon neben ihm her joggen.

Was tue ich hier? Doch mein Kopf hat keine Chance gegen das Prickeln, das von dem Körperteil in meinem feuchten Höschen ausgesendet wird und meinen ganzen Körper in

Flammen setzt. Nur peripher bekomme ich mit, wie wir in der Gasse zwischen den Weihnachtsmarktbuden und dem Gebäude entlanglaufen und um die Hausecke biegen.

Der Türöffner summt, als Paul sein Handy an den Empfänger des Schließsystems hält, und als er mir die Tür aufhält, zögere ich nur kurz, ehe ich ihm voran in die Lobby gehe. Der Platz hinter dem Tresen des Concierge-Bereichs ist leer, was Paul offenbar dazu animiert, mich erneut in eine innige Umarmung zu ziehen, ehe er mich küssend rückwärts drängt, bis wir heftig atmend gegen die Aufzugtür poltern.

»Clara«, nuschelt er erneut in meinen Mund, nachdem er den Lift mittels Smartphone auf Privacy-Betrieb geschaltet hat. Seine Hände sind überall: In meinem Nacken, an meinem Po, an meinem Hosenbund, wo sie mir die Bluse aus der Jeans zerren.

Ich fühle mich überwältigt – von meinen Emotionen. Ausgeliefert – an meine grenzenlose Lust. Und zugleich auf verwirrende Art … geborgen. In Sicherheit. Umhüllt von der Stärke ausstrahlenden, schieren physischen Existenz dieses nervigen Fußballstars.

Ein dezentes ›Ping‹ macht darauf aufmerksam, dass wir sein Penthouse erreicht haben, und kaum, dass Paul mich rückwärts in den mit dunklem Eichenparkett ausgelegten Wohnbereich geschoben hat, lässt er sämtliche Hemmungen fallen.

Er streift mir die Jacke von den Schultern, zerrt meine Bluse aus der Hose und hält sich nicht lange mit den Knöpfen auf, als er sie förmlich aufreißt. »Clara«, ächzt er so atemlos, als sei er kurz vorm Ersticken. Dann fasst er mich mit beiden Händen an der Taille und senkt seinen Mund auf meine Brust, um erst am einen, dann am anderen Nippel zu saugen.

Die Gier, mit der er vorgeht, steigert mein eigenes Verlangen ins Unermessliche, und da ich nicht an den Reißverschluss seiner blöden Trainingsjacke komme, packe ich sie kurzerhand am Bündchen und zerre sie hoch.

Heftig atmend lässt er mich los, zieht sich die Jacke über den Kopf und lässt sein Trikot gleich hinterher folgen. »Clara.«

Begleitet von Küssen bewegen wir uns quer durchs Wohnzimmer zum Schlaftrakt.

Er streift sich die Kickschuhe ab, hinterlässt eine Spur von Kleidungsstücken auf dem dicken, cremefarbenen Hochflorteppich: Trainingshose, Shorts, Socken, Stulpen.

Am Schlafzimmer angekommen, klammere ich mich am Türrahmen fest, schleudere die Stiefel von meinen Füßen und lasse erst einmal seine Nacktheit auf mich wirken.

»Clara.« Er scheint wirklich kein anderes Wort mehr zu kennen, nimmt mich hoch und lässt mich auf das Fußende des Bettes fallen. »Clara.« Sein vergeblicher Kampf mit dem Reißverschluss meiner Jeans lässt die Reste meiner kaum noch vorhandenen Geduld implodieren.

Mit bebenden Fingern helfe ich nach, und kaum ist dieses Hindernis überwunden, reißt er die Jeans mitsamt dem Höschen derart heftig herunter, dass seine kurzgeschnittenen Fingernägel über meine Schenkel schaben.

Der Schmerz treibt mir Tränen in die Augen und zugleich mein Verlangen auf einen vorläufigen Höhepunkt, und ehe ich mich versehe, finde ich mich splitterfasernackt auf seinem Bett, ihn zwischen meinen gespreizten Schenkeln kniend.

Er sieht mich unverwandt an, hypnotisiert mich förmlich mit seinem Blick. »Clara.«

Wie von einer Fernbedienung gesteuert, heben sich meine Arme und meine Hände krallen sich in seine muskulösen Schultern. Noch während ich mit den letzten Fetzen meiner Vernunft abwäge, ob ich ihn von mir stoßen sollte, taucht sein Finger in meine verräterisch klitschnasse Scham ein.

»Clara.« Sein entrücktes Lächeln ist das Letzte, was ich sehe, ehe er sich über mich beugt, mir die Hände auf die seidigen Laken nagelt und sein Glied bis zum Anschlag in meinen Schoß rammt.

Wogen von Schmerz und Lust schwappen über meinen Körper, als er mit jedem seiner Stöße meine eng gewordene Vagina dehnt. Oh verdammt! Wie sehr habe ich dieses Gefühl vermisst? Da er meine Hände inzwischen losgelassen hat, um sich auf der Matratze abzustützen, fahre ich behutsam über die

Muskeln, die seinen durchtrainierten Körper überziehen. Erlebe ich diesen geilen Fick gerade wirklich? Oder hänge ich nur in einem – sich sehr real anfühlenden, aber völlig unrealistischen – feuchten Traum fest?

Der Takt seines Zustoßens beschleunigt sich, kühle Schweißtropfen treffen meinen Leib, der in Flammen stehen muss, und ich lasse alles Denken los, stürze mich hinab in den schillernden Abgrund der Lust, um mich vom Tsunami der Endorphine bis in höchste Höhen schleudern zu lassen.

Geraume Zeit später liege ich ermattet, glücklich und irritiert zugleich neben Paul, der die Decke über uns zieht. »Was war das?«, frage ich ihn verwundert.

»Das ...« Er dreht sich auf die Seite, sieht mich an und streicht mir übers Haar. »... war unvermeidlich.«

»Unvermeidlich?« Ich schnaube ein Lachen heraus. »Worauf spielst du an?«

Sein Atem, der so furchtbar gut riecht, trifft mich im Gesicht, als er sich zu mir herüberbeugt und mich ganz keusch auf die Stirn küsst. »Es war unvermeidlich, dass wir zusammenkommen.«

»War es das?« Kann es sein, dass er ziemlich von sich überzeugt ist? Wobei, was er da sagt, wirft eine weitere Frage auf. »Was meinst du mit ›zusammenkommen‹?«

Jetzt lacht er. »Soll ich dir ein Briefchen zuschieben? So wie früher, in der Schule? ›Willst du mit mir gehen, Clara?‹« Er schüttelt den Kopf und legt mir den Finger auf den Mund, als ich ihn für eine Antwort öffne. »Nein, sag jetzt nichts.« Mit einem Ächzen dreht er sich auf den Rücken, verschränkt die Arme im Nacken und starrt hinauf an die Decke, wo das diffuse Halbdunkel der Großstadtnacht durch ein riesiges, rundes Dachfenster tropft. »Glaubst du an Liebe auf den ersten Blick?«

»Mhm«, ringe ich mir ein Grunzen ab, denn am ehesten habe ich Liebe auf den ersten Blick erlebt, als die Hebamme mir damals Lina auf den Bauch gelegt hat: verschrumpelt, zerknittert, mit Käseschmiere bedeckt. Aber dieser Paul, der da neben mir liegt, und gerade den phänomenalsten Sex seit Jahren mit mir gemacht hat – gut, ich unterschlage dabei, dass ich seit Linas Geburt nur noch welchen mit meinem Vibrator hatte – besitzt keinerlei Ähnlichkeit mit dem krebsroten, knittrigen und sein Unbehagen herauskrähenden Etwas von damals.

»Ich habe immer darüber gelacht.« Mit seinem Geständnis reißt Paul mich aus meinen Erinnerungen. »Wenn mir jemand vor einem halben Jahr was über Liebe auf den ersten Blick erzählt hätte: Ich hätte ihm den Vogel gezeigt.«

»Dem kann ich nicht widersprechen.« Endlich versteht er mich.

Er schnaubt. »Damit hast du aber auch kein bisschen hinter dem Berg gehalten, als mich diese Liebe so heimtückisch erwischt hat.« Erneut rollt er sich zu mir herüber, streicht mir in einer hauchzarten Bewegung das Haar aus dem Gesicht. »Wie sieht es aus, Clara? Hat es dir gefallen?« Ein hinterhältiges Grinsen zieht seine Mundwinkel in die Breite und bohrt Grübchen in seine Wangen, die ihn so verdammt jung, frech und begehrenswert erscheinen lassen. »Du musst nicht antworten, wenn du nicht möchtest. Man konnte deine Begeisterung nicht übersehen.«

»Du bist so ein Arsch«, sage ich und kneife ihn in seinen – nicht vorhandenen – Bauchspeck, woraufhin er unterdrückt quiekt.

»Autsch!«, macht er und schnalzt unter der Decke mit dem Finger gegen meine Brustwarze, was schmerzt und mich gleichzeitig anmacht. »Wie sieht es aus: Magst du nochmal Sex mit mir haben? Auch gerne was härter, da du ja anscheinend darauf stehst.« Er schiebt die Zungenspitze zwischen seinen Lippen vor und fängt meine Hand ein, bevor ich ihn erneut zwicken kann. »Ja? Das kannst du haben. Aber nur unter einer Bedingung.«

»Bedingung?« Worauf will er hinaus? Doch hoffentlich keine Sado-Maso-Spielchen, da er gerade ›was härter‹ erwähnt hat?

»Die Bedingung ist, dass wir zusammenkommen.« Er legt die Finger seiner Rechten auf meine Wange und platziert seinen Daumen auf meinem Kinn, während sein Blick mich fast durchbohrt. »Ich bin kein Mann für eine Nacht.«

»Pah!« Ich lache heraus und ziehe die Augenbrauen hoch. In der Presse konnte ich anderes lesen.

»Nicht mehr«, ergänzt er. »Diese Phase hab' ich schon länger hinter mir. Jetzt …« Er verstärkt den Druck auf mein Kinn. »Ich will was Festes, Clara. Jemanden, mit dem ich nicht nur das Bett, sondern auch den Tisch, das Sofa, den Kühlschrank und das Leben teilen kann.«

»Wow.« Das klingt ziemlich umfassend. Wobei …? »Und was ist mit Herzensdingen?«, frage ich und denke an Lina.

»Herzensdinge?« Er zieht die Luft ein, schließt die Augen und sieht schließlich an die Decke, ehe er seufzend ausatmet. »Gut. Weil du's bist, darfst du sogar die *Katze* fahren.«

Die *Katze*? »Dein Auto?« Ich glaube, ich höre nicht recht!

Er zuckt entschuldigend die Achseln. »Ich hab' nichts, was annähernd so wertvoll ist wie deine Tochter. Und die hast du mir ja schon anvertraut.«

Oh Scheiße! Gänsehaut rinnt mir über den Rücken. Ich spüre, wie mir Tränen in die Augen schießen, und blinzele heftig, um sie zu vertreiben.

»Hee, schh!« Sein Daumen verlässt mein Kinn, streicht mir das Nass vom Gesicht. »Warum weinst du?«

»Weil es viel zu süß ist!« Schniefend ziehe ich die Nase hoch. »Hör bloß auf damit! Sonst …« Ertappt halte ich inne, schaue ihn prüfend an.

»Sonst …?« Er legt die Stirn in Falten.

»Ich wollte sagen, dass ich mich sonst noch mit deinem Liebe-auf-dem-ersten-Blick-Gedöns anstecke«, gestehe ich. »Aber dann ist mir klargeworden, dass ich das schon längst habe.« Mist!

»Hast du das?« Er sieht unfassbar glücklich aus, wie er das sagt. So als hätte er gerade einen Elfmeter verwandelt.

»Habe ich.« Erneut seufze ich, aber nicht, weil es nervt, sondern eher, weil es sich so überraschend gut anfühlt.

»Also sind wir jetzt zusammen?«, vergewissert er sich, als würde er es nicht glauben können.

»Ja.« Ich verkneife mir jegliches Frotzeln, das mir auf der Zunge liegt. Dafür ist es mir zu ernst, und Paul scheint das zu fühlen, denn er küsst mich ganz zärtlich und keusch mit geschlossenen Lippen, während viel weiter südwärts seine Erektion beim Aufrichten über meine nackte Haut streift.

»Und?« Dieser Schalk leuchtet wieder in seinen Augen auf, als er sich von mir löst. »Willst du dann jetzt noch einmal Sex mit mir haben?«

»Als ob ich zu diesem Angebot Nein sagen könnte …« Mit der Daumenkuppe reibe ich über seine von der Vorhaut enthüllte Eichel, und er stöhnt tief auf. »Aber schau, ob du irgendwo Kondome findest. Das mit dem ungeschützten Verkehr sollten wir nicht zum Dauerzustand werden lassen.«

Er schaut mich an und ich sehe förmlich, wie es hinter seiner Stirn klick-klick macht. »O-ha!«, ruft er dann und springt förmlich aus dem Bett. »Dann sollt' ich wohl besser in die Puschen kommen, nich'?«

Während Paul leise fluchend nach Gummis sucht, habe ich mein Handy sofort gefunden.

Mit einem letzten, genießerischen Blick betrachte ich seine wohlgeformte Rückseite, die fahl im diffusen Licht aufleuchtet, als er sich über eine Schublade bückt. Dann eile ich zurück ins Schlafzimmer und mümmele mich fröstelnd unter den weichen Decken ein.

Mit einem Wisch ist das Smartphone entsperrt und WhatsApp gestartet.

Nur: Was schreibe ich?

HALLO MAMA, ICH KOMME ERST MORGEN. BLEIBE ÜBER NACHT IN MANNHEIM.

Ich lese den Text dreimal, ehe ich auf ›absenden‹ tippe. Perfekt. Nicht gelogen und nicht zu viel verraten.

Mamas Antwort kommt postwendend:

ACH, DU ARMER SCHATZ! MUSST DU IM KINO ÜBERNACHTEN, WEIL WIEDER EINE STRAßENBAHN AUSGEFALLEN IST?

Argh! Mist!

NEIN, ICH ÜBERNACHTE BEI PAUL.

PAUL? WELCHER PAUL?

Ich kann die Szene förmlich vor mir sehen. Wie Mama Papa meine Nachricht vorliest. Ihre Frage in gleicher Weise an ihn richtet. Welcher Paul? Ja, welcher Paul hat mi…

ANRUF VON: PAPA flammt im Display auf und mein Finger sträubt sich, ehe ich auf den grünen Kreis tippe.

»Hallo Papa.«

»Paul?« Er hält sich mit keinen Begrüßungsfloskeln auf. »Etwa Paul Lindt?«

Das war ja klar, dass Papa sofort eins und eins zusammenzählt. »Ja«, gebe ich grummelnd zu und wappne mich gegen Frotzeleien, dass Papa mich und Paul schon ewig als Traumpaar gesehen habe.

»Gut, dass du dich kümmerst«, antwortet er etwas, womit ich nicht gerechnet habe.

»Kümmern?«

»Ja, bei der EINTRACHT herrscht wohl ziemlicher Aufruhr. Erinnerst du dich an Tim, der nebenbei an der Bratwurstbräterei im Stadion jobbt?«

»Nein.« Ist der jetzt wichtig?

»Jedenfalls hat der mir gesteckt, dass die völlig aus dem Häuschen sind, weil Lindt nach der Sache mit Krummnagel plötzlich verschwunden war.«

»Nach welcher Sache mit welchem Krummnagel?« Papa spricht in Rätseln.

»Ja, hat dir Lindt das nicht gesagt?« Papas Empörung ist durch die Leitung zu greifen. »Er hat ihm das Leben gerettet!«

Mir bleibt die Spucke weg. Ob von dem, was mein Vater sagt, oder weil Paul gerade splitterfasernackt ins Schlafzimmer kommt.

»Im Bad«, raunt er mir zu. »Da müssen sie sein!«

»Was hast du gesagt, Clara?«, will Papa wissen.

»Nichts«, presse ich raus. »Du wolltest was sagen.«

»Ach ja, stimmt.« Papa atmet schwer. »Ich hab' das ja alles live gesehen! In der siebenundachtzigsten Minute, die Eintracht führte knapp, aber verdient mit Drei zu Zwei. Da ist Krummnagel plötzlich umgefallen wie ein gefällter Baum. Ich … Sowas hab' ich noch nie gesehen, und du weißt, ich hab' früher ja selbst gekickt. Aber das? Beängstigend! Jedenfalls ist Lindt wie ein Strich zu ihm rübergerannt, hat sofort Herzdruckmassage begonnen.«

»Oh«, kommt mir über die Lippen.

»Lindt hat geackert wie ein Pferd. Ich bin mir sicher, dass er Krummnagel das Leben gerettet hat. Vor allem, weil die Sanis … Also ich dachte echt, sind die besoffen oder was? Erst haben sie sich überhaupt nicht in Bewegung gesetzt, obwohl man sah, dass Lindt immer wieder was zur Trainerbank schrie. Und als sie dann mit ihrer Trage und dem ganzen Krempel endlich losliefen, glaubst du, dass die auf die völlig falsche Spielfeldhälfte gejoggt sind?«

»Echt jetzt?«

»Ja, wenn ich's dir doch sage!« Papa schnaubt. »Und während der ganzen Zeit, wie die da rumgeirrt sind wie Gehirnamputierte, da hat Lindt den Krummnagel reanimiert. Wie 'ne Maschine. Sah perfekter aus als in den Schulungsvideos, wenn wir Erste-Hilfe-Fortbildung haben.«

»Oh Mann.« Stück für Stück setzen sich in meinem Kopf Puzzleteile zusammen.

»… gut, dass du dich um ihn kümmerst. Er wird unter Schock stehen. Was ja klar ist.« Papas Redeschwall scheppert an mir vorbei. »Ist ein guter Mann, der Lindt. Kein anderer Spieler hat auch nur gezuckt. Von der Trainerbank ganz zu schweigen. Die saßen wie paralysiert auf ihren Stühlen. Lenk ihn ein bisschen ab, den Lindt. Damit er auf andere Gedanken kommt.«

»Da du gerade vorschlägst, dass ich ihn auf andere Gedanken bringen soll …« Aus dem Augenwinkel sehe ich zur Badezimmertür, aus der Paul, eine Packung XL-Kondome wie eine Trophäe vor sich haltend, gerade kommt. »Da ist er, Papa. Ciao-ciao. Lass uns morgen weiterreden.«

»Wer war das?« Paul setzt sich auf die Bettkante und grinst mich an, frech wie Oskar. »Muss ich eifersüchtig werden?«

»Mein Papa«, kläre ich Paul auf, ehe ich ihn zu mir zerre. »Er hat mir gesteckt, was du vor mir verheimlicht hast.«

»Verheimlicht?« Paul übt sich vergeblich in einem unschuldigen Gesichtsausdruck.

»Komm her und küss mich, du Held und Lebensretter«, flüstere ich, und er lässt sich nicht zweimal bitten.

KAPITEL 20: FAMILY AFFAIR - DANCE FOR ME (DAVID GUETTA & MARY J. BLIGE)

Paul

DREI TAGE SPÄTER

Wir sind zusammen. Sind zusammen. Zusammen. Mit geschlossenen Augen genieße ich den Nachhall und die Bedeutung dieser Worte. Clara und ich sind zusammen.

Man sollte meinen, Paul, dass der schwierigste Teil damit geschafft wäre.

Sollte man.

Doch irgendwie kommt es mir so vor, als läge die größte Herausforderung noch vor mir.

Ich atme tief ein, drücke das Kreuz durch. Das Papier, das den Blumenstrauß in meiner Hand umhüllt, knistert leise. Mein Finger zögert mit leichtem Beben, bevor er auf die Klingeltaste mit dem in Druckbuchstaben geschriebenen Namen ›Arnold‹ drückt.

»Bist du das, Paul?«, dringt Sekundenbruchteile später das von der Gegensprechanlage verzerrte Quäken von Linas Stimme aus dem Lautsprecher.

Ich räuspere mich. »Ja, ich bin's. Paul.«

»Komm rein!« Sie giggelt, wie ich das schon kenne. »Beeil dich! Wir warten schon!«

Irritiert checke ich die Uhrzeit auf meinem Handy. Ich bin mehr als überpünktlich. Was meint sie?

Der Türöffner summt, ich drücke die altmodische Stahlhaustür mit Drahtglasfüllung auf.

Im Treppenhaus mit 70er-Jahre-Charme empfängt mich der typische Mehrfamilienhaus-Geruch. Eine Mischung aus Geschmacksverstärkern von Fix-Produkten, aufdringlichen Deodorants und der scharfen Säure, die alte Turnschuhe ausdünsten. Und das scheppernde Echo von Linas Rufen.

»Du musst hoch in den dritten Stock, Paul!«

Natürlich kein Lift.

Die Sohlen meiner Schuhe verursachen hallendes Patschen auf den schwarzen Kunststeinstufen. Auf dem ersten Treppenpodest stapeln sich Schuhe, auf dem zweiten muss ich mich durch einen wahren Dschungel an Topfpflanzen schlängeln.

Kaum dass ich das letzte Stockwerk zur Hälfte erklommen habe, springt Lina mich förmlich an.

»Du bist da! Du bist da!«

»Hallo Wirbelwind.« Behutsam stelle ich sie ab, schiele argwöhnisch zu den Blumen. Hoffentlich haben sie die Attacke halbwegs überlebt.

Lina packt meine Hand, zerrt mich die letzten Stufen hoch. »Komm schon, komm! Worauf wartest du?«

Vor der angelehnten Wohnungstür wartet Clara. Frierend hat sie die Arme um sich geschlungen, tritt von einem in Socken steckenden Fuß auf den anderen. »Hallo Paul«, sagt sie so scheu, dass ich mich kaum traue, sie zu umarmen.

Mein Kuss, keusch, aber innig, scheint das Eis zu brechen, in das sie sich zurückgezogen hat.

Sie schmiegt sich an mich. Atmet tief durch und sieht mich von unten her an. »Bereit für die Höhle des Löwen?«

Das kann ich zwar nicht behaupten, lüge sie aber routiniert an. »So bereit war ich noch nie.«

Sie grinst. War ja klar, dass sie mir mein Flunkern nicht abnimmt. »Komm rein.«

Lina schiebt mich durch einen Flur mit vor Jacken überquellender Garderobe, zerrt mich in ein kombiniertes Wohn-Esszimmer mit schlichter Mitnahme-Möbelmarkt-Einrichtung.

»Hallo.« Eine herbe, aber recht gut erhaltene Mittfünfzigerin erhebt sich vom Esstisch, auf dem alle vier Kerzen von einem Adventskranz brennen. Kommt mit ausgestreckter Hand auf mich zu.

Claras Mutter. Ich unterdrücke den Reiz, die Rechte am Hosenbein abzuwischen. Vertraue darauf, dass die Werbung des Antitranspirants hält, was sie verspricht. Schließlich habe ich meine Handfläche förmlich imprägniert. »Hallo, Frau Arnold. Schön, Sie kennenzulernen.«

Ihr Händedruck ist fest und warm. Wenig überraschend. »Nicole, bitte. Schön, dass du uns besuchst.«

Ich halte ihr den Strauß hin. »Die sind für dich.« Denke, Paul, geht's noch? Für wen sollten die Blumen sonst sein?

Doch Nicole lächelt mich nur warm an. »Dann stell' ich die mal ins Wasser.« Sie geht an mir vorbei in einen angrenzenden Raum. Wahrscheinlich die Küche, denn ich höre Wasser plätschern.

Irgendwas sagt mir, dass Nicole mich mag. Ich spüre, wie ein erleichtertes Lächeln an meinen Mundwinkeln zupft. Lasse meinen Blick über eine knietiefe Fensterfront wandern.

Auf dem Fensterbrett blühen Orchideen. Darüber an der Scheibe kleben Sterne aus buntem Transparentpapier, die in ihrer unperfekten Perfektion von niemand anderem als Lina stammen können.

Gerade, als ich mich an Claras Tochter wenden will, deren Zwiesprache mit ihrem Spielzeug aus irgendeiner Ecke dringt, kollidiert mein Blick mit dem eines vierschrötigen Mannes.

Breitbeinig sitzt er auf dem sichtlich abgenutzten Sofa. Sieht mich mit vorgeschobenem Unterkiefer an.

Claras Vater. Diese Angriffslustigkeit kenne ich zu gut von ihr.

»Paul Lindt«, sagt er anstelle einer Begrüßung. Mit der gezügelten Energie eines Zirkusbären erhebt er sich von dem Sitzmöbel.

»Hallo, Herr Arnold.« Mit ausgestreckter Hand gehe ich auf ihn zu. »Vielen Dank für die Einladung.«

Er packt meine Rechte und zerquetscht sie fast.

Will er ein Kräftemessen? Das kann er haben. Ich verwandele meine Hand in eine Schraubzwinge. Lasse den Druck um kein Newton nach, auch als er seine Anstrengungen verdoppelt.

Plötzlich lacht er los, schlägt mir mit der Linken auf die Schulter. »Paul Lindt. Stürmerstar der EINTRACHT. In meinem Wohnzimmer. Ich fass' es nicht!« Er lässt meine Hand los, lässt sich auf die Couch fallen und patscht neben sich aufs Sitzpolster. »Komm her. Setz dich. Auch ein Bier?« Er nickt Clara auffordernd zu. »Los, hol zwei Flaschen.«

»Wollten wir mit Claras Freund nicht Kaffeetrinken, Frank?« Nicoles Stimme und das leise Klappern von Geschirr retten mich. »Clara und Lina haben tonnenweise Plätzchen gebacken. Irgendjemand muss die essen.« Sie lacht. »Und Bier passt zu dem Zuckerguss nicht …«

Frank rollt mit den Augen. Grinst mich dann verschmitzt an. »Frauen«, raunt er mir zu, nachdem er aufgestanden ist und an mir vorbeigeht. »Leider haben sie meistens recht.«

Zwei Stunden später, draußen vor den Scheiben des Wohnzimmers hat sich die Dunkelheit über die Stadt gesenkt, kommt die Sprache auf den Punkt, vor dem ich den größten Bammel hab': Weihnachten.

»… feierst du eigentlich an Heiligabend und den Feiertagen?« Claras Vater trifft mit seiner Frage zielsicher in jenes Schwarze, das ich so gerne vermeiden wollte.

»Jetzt bedräng' den jungen Mann doch nicht so sehr, Frank!«, springt ihre Mutter mir bei.

»Wann soll ich denn fragen?« Frank schnaubt. »Der vierundzwanzigste ist schon am Freitag!«

»Trotzdem ...« Nicole seufzt.

»Nun ja, bevor letztes Jahr mit den pandemiebedingten Lockdowns gar nichts mehr ging«, beeile ich mich zu erklären, »bin ich in der spielfreien Zeit um Weihnachten und Silvester immer zu einem Kurzurlaub in den Süden geflogen.«

»Ganz allein?«, will Lina wissen, die sich ganz brav mit einem Ausmalbuch beschäftigt.

›Ganz allein‹ war ich keinesfalls, aber ich glaube nicht, dass ich meine wechselnden Damenbekanntschaften der letzten Jahre vor Lina und vor Claras Eltern zur Sprache bringen sollte.

»Ich kann mir nicht vorstellen, wie man Weihnachten ohne Mama, Oma und Opa feiern kann«, stellt Lina fest.

Ein komisches Druckgefühl breitet sich bei ihren Worten in meiner Brust aus.

»Geht's dir nicht gut, Paul?« Claras Finger fassen nach meiner Hand, drücken sie vorsichtig.

»Neinneinnein!« Ich ringe mir ein Lachen ab. »Alles gut. Alles gut.«

Claras Blick liegt schwer auf mir. Sie glaubt mir kein Wort.

»Lina hat recht«, ringe ich mir ab. »Ich konnte mir das auch nie vorstellen. Weihnachten ohne meine Mum, Omi und Opi. Vor allem, nachdem mein Paps bei dem Autounfall ...«

»Paul!« Clara verzieht ihr hübsches Gesicht voller Mitgefühl.

Ich presse ihre zierlichen Finger, die mir so überraschend festen Halt geben. »Mit siebzehn, fast achtzehn hatte ich keinen Bock mehr auf die piefige Kleinbürgerlichkeit der Pension, in der Mum, Omi, Opi und ich seit eh und je den Sommerurlaub verbracht haben. Stattdessen eigene Pläne.« Aus dem Augenwinkel schiele ich zu Lina, die mit staunenden Augen zu mir hochschaut. »Ich hätte gern, dass du dir die Ohren zuhältst, Lina.«

»Warum?« Natürlich muss sie nachfragen. Sie wäre sonst nicht Claras Tochter.

»Weil ich damals ziemlichen Stuss gebaut habe und ich nicht möchte, dass du mir das nachmachst«, erkläre ich. Dann sehe ich reihum in die erwartungsvollen Gesichter. »Ich habe Mums Unterschrift auf der Einverständniserklärung gefälscht. Weil ich lieber zum Probetraining bei der EINTRACHT gehen wollte, als irgendwo in der Eifel tot überm Zaun zu hängen[5].«

»Oha«, macht Nicole und sieht ihre Tochter mit hochgezogener Augenbraue an.

»Bei welcher EINTRACHT?«, will Frank wissen. »Doch nicht etwa bei unserer? EINTRACHT KÄFERTAL? Na, Zufälle gibt es ...«

»Und dann bist du nicht mit deiner Mutter und deinen Großeltern in Urlaub gefahren?« Clara sieht mich warmherzig an.

Weil mir die Worte fehlen für das nächste Geständnis, nicke ich nur.

Nicole legt ihre Finger auf meine Hand. »Willst du uns sagen, was dann passiert ist, Paul?«

Ich muss hart schlucken, um meine Stimme wieder zu finden. »Sie ist abgebrannt. Diese verfickte Scheiß-Pension ist abgebrannt. Und alle, die sich drin befanden ...«

»Oh Paul!« Claras Gesicht ist ein einziger Schmerz. »Dann hast du als einziger deiner Familie überlebt?«

»Mensch, Mama!« Lina seufzt übertrieben. »Frag doch nicht so doof.« Im nächsten Moment schmiegt sie sich an mich. »Ich bin froh, dass du damals beschissen hast«, sagt sie mit der entwaffnenden Ehrlichkeit, die nur Fünfjährige besitzen. »Sonst wärst du jetzt nicht da.«

Einige Zeit später besteht Frank darauf, dass ich mit ihm in den nahegelegenen Wald gehe. Ein Bekannter von ihm besitzt dort eine Christbaumplantage zum selber Schlagen. »Hast du

---

5 »Da möchte man nicht tot überm Zaun hängen« - schnoddrige Umschreibung dafür, wenn man einen Ort unattraktiv und geradezu abstoßend findet

ordentliche Schuhe an?« Kritisch lugt er runter zu meinen Füßen, nickt dann. »Mantel, Schal, Mütze? Handschuhe?«

Beim letzten Punkt muss ich passen, doch Claras Vater zaubert aus irgendeiner Dielenschublade ein zweites Paar.

»Hier, lass uns nicht trödeln! Sonst sind die schönen Bäume alle weg!«

»Was erzählst du für einen Quatsch, Frank?« Nicole schnaubt ein Lachen heraus. »Dein Kumpel reserviert doch immer einen perfekten Baum für uns!«

»Für uns, ja!«, entgegnet ihr Mann. »Aber Paul braucht auch einen!«

»Und wie soll Paul den nach Mannheim transportieren?« Clara sieht vom Abräumen des Kaffeetischs hoch.

»Mit seinem Auto?« Frank wendet sich an mich. »Du wirst doch kaum mit Straßenbahn und Bus hier rausgegondelt sein?«

»Papa!« Clara verdreht die Augen. »Paul fährt einen Oldtimer-Sportwagen! Wie sollte da ein Baum reinpassen?«

»Du hast völlig recht.« Ich ziehe sie an mich und stehle mir einen Kuss. »Und liegst gleichzeitig meilenweit daneben. Bei Regen, Schnee und Matsch bleibt die *Katze* natürlich brav in ihrer Garage.«

»Und womit bist du dann gefahren?«

»Natürlich mit dem Auto, das den Spielern vom Hauptsponsor zur Verfügung gestellt wird.«

»Und?« Ihr Vater schiebt die Schultern vor. »Ist das auch so ein Spielzeug oder ein richtiger Wagen?«

»Weiß nicht, wofür du eine G-Klasse hältst, aber ein Weihnachtsbaum passt da rein.« Ich lache und werfe ihm die Schlüssel des vierschrötigen Geländewagens zu. »Magst du fahren?«

»Da sage ich nicht nein!« Frank grinst und wackelt mit den Augenbrauen.

Die freie Zeit zum Jahreswechsel ist geradezu vorübergeflogen. Heiligabend feierten wir mit Claras Familie in deren Wohnung, die Feiertage hingegen verbrachten wir alle in den erheblich großzügigeren Räumlichkeiten meiner Wohnung. Ich hatte verschiedene Menüs geordert, die Claras Eltern den Ausschluss von Restaurantbesuchen vergessen ließen.

In den Tagen ›zwischen den Jahren‹, wie Clara es nennt, musste sie arbeiten. Da Linas Kindergarten geschlossen hatte, bin ich mit ihr ins Planetarium gegangen, in den Tierpark und sogar in ein anderes Kino, in dem Kinderprogramm läuft.

Silvester hat die Kleine bei den Großeltern verbracht, und ich habe mir Clara geschnappt, sobald der letzte Kunde um kurz nach neun gegangen war. Aufräumen konnten wir noch später, hab' ich ihr gesagt. Aber ich bekomme einfach nicht genug von dieser Frau!

Jetzt sitze ich hier in den Katakomben von OLD TRAFFORD und vermisse sie so sehr, dass es schmerzt. Verdammt, Paul, jetzt nicht diese Gedanken! Du brauchst Positivität für das bevorstehende Spiel!

Während die Mannschaftskameraden sich mit den üblichen Frotzeleien mental auf Betriebstemperatur bringen, kauere ich auf der Bank.

Starre auf das Display meines Smartphones, lese dumpf ›Mittwoch, 5. Januar 2022‹ ab.

Nein, Paul! Jetzt nicht noch einmal durch die gefühlt tausend Selfies mit Clara blättern! Dadurch fehlt sie dir noch mehr!

Weg mit dem Ding! Ich stehe auf und will das Handy gerade in meinen Schrank legen, als NACHRICHT VON: CLARA auf dem Display erscheint.

Wieso schreibt sie mir? Ich hatte ihr doch eindeutig klargemacht, dass sie mich vor einem Spiel nur im Notfall kontaktieren darf. Insbesondere vor *der* Champions-League-Begegnung der Saison!

ICH HABE KEINE AHNUNG, WIE DAS PASSIERT IST, erscheint im Vorschaufeld.

Was ist geschehen? Alarmiert entsperre ich das Handy. Starre auf das Foto, das Clara angehängt hat. Versuche zu verstehen. Erfasse, was ich sehe. Und begreife dennoch: nichts.

Als seien die zwei Striche auf dem abfotografierten Ergebnisfeld eines Testkits die Augen einer Schlange, starre ich wie hypnotisiert auf den Bildschirm.

Gottverdammter Fick!

Das war's mit meinem heiß herbeigesehnten Einsatz gegen MANCHESTER UNITED. Das heißt … Wahrscheinlich wird jetzt die komplette EINTRACHT unter Quarantäne gestellt. Oder? Wir saßen doch alle in einem Flieger. Hinterher alle in einem Bus. Oder? Wie sind gerade die beschissenen Regeln?

»Was ist hier los, *meu amigo*?« Marcelinhos Pranke legt sich auf meine Schulter. »Du schaust aus … Wie heißt das? *Um fantasma*? Als hättest du was Unheiliges gesehen.«

Soll ich's ihm sagen? Ich seufze. Ist auch egal, wer es zuerst erfährt. Niedergeschlagen halte ich ihm das Handy hin.

Kapitel 21:

Joe Le Taxi (Vanessa Paradis)

Clara

einige Zeit später

am gleichen Tag

Wie konnte das passieren? Und war es richtig, Paul ein Foto vom Testergebnis zu schicken? Vor dem Spiel, von dem er seit mindestens Silvester ununterbrochen spricht?

Meine Gedanken fahren Achterbahn, während ich Lina aus ihrem allerliebsten Bilderbuch vorlese. Normalerweise das Schönste, was es an einem arbeitsfreien Tag für mich gibt. Aber heute?

Endlich schlummert die Kleine ein, doch ich bleibe grübelnd auf der Bettkante sitzen.

Aus dem Wohnzimmer dringen die gedämpften Geräusche des Fernsehers. Da Papa die erste Januarwoche freigenommen hat, läuft natürlich das Champions-League-Spiel der EINTRACHT gegen MANCHESTER UNITED.

Hätte ich mit der Info bis nach der Begegnung warten sollen? Oh verdammt! Wieso habe ich nicht zuerst nachgedacht und dann auf ›absenden‹ getippt? Seufzend stehe ich auf, weil mir vom Hocken auf der niedrigen Bettkante der Po schmerzt. Auf leisen Füßen gehe ich aus dem Zimmer, drücke die Tür vorsichtig ins Schloss, damit Lina nicht aufwacht.

Was jetzt? Ich verfluche ein weiteres Mal den Umstand, dass ich mit meiner Tochter zu meinen Eltern ziehen musste. Wenn ich meine eigene Wohnung noch hätte, könnte ich mich jetzt in meinem eigenen Schlafzimmer ins Bett kuscheln und ein Buch lesen. Oder mir im Wohnzimmer eine NETFLIX-Serie reinziehen, um das Gedankenkarussell zu betäuben.

Stattdessen stehe ich wie ein falsch abgeliefertes Paket im Flur herum.

Hinter der nur angelehnten Tür zum Wohnzimmer redet der DAZN-Kommentator sich in Rage, die Geräuschkulisse des Stadions brandet auf, und gerade, als ich den Lärm nutzen will, um mich in die Küche zu verkriechen, jubelt Papa los.

»Tor! Tor! Tooooor!«

Immerhin scheint Pauls Mannschaft zu funktionieren. Und er? Mir wird plötzlich ganz kalt und ich drehe mich gerade um hundertachtzig Grad, um mich im dunklen Kinderzimmer unter meinen Decken zu verkriechen, als Papas fragende Stimme mich aufhält.

»Clara? Clara?« Erst leise, steigert sich seine Lautstärke. »Clara? Kannst du bitte mal kommen?«

Ich kneife die Augen zu, schlucke vergebens gegen den Kloß in meinem Hals an und trotte ins Wohnzimmer wie ein Delinquent, der zum Richtblock geführt wird. »Ja, Papa?«

Er sieht mich mit leicht schräg gelegtem Kopf an, deutet mit der Fernbedienung auf den Fernseher, während Mama nervös mit ihrem Ehering spielt.

Argwöhnisch schaue ich zum TV-Gerät und erstarre.

»Warum habt ihr es uns nicht einfach gesagt?« Papa seufzt. »Ich meine: Ja, es ist wunderbar, dass Paul sich derart freut. Sich beim Torjubel den Ball unters Trikot zu stopfen, während seine Teamkollegen ihn feiern – ich gönn' ihm das! Keine Frage!« Er schüttelt den Kopf in einer resignierten Geste. »Aber …«

Aber? Ich wage gar nicht, meine Frage laut auszusprechen, angesichts von Mamas vorwurfsvollem Blick.

»Aber wie, glaubst du, fühlt sich das an, Clara?« Sie presst die Lippen aufeinander, zeigt auf den Bildschirm. »Aus dem

Fernseher davon zu erfahren, nochmal Oma und Opa zu werden? Als wären wir irgendwelche x-beliebigen Fußballfans? Und nicht deine Eltern?«

Mit weichen Knien lasse ich mich auf den Fußhocker sinken. »Ich …« Mit zusammengekniffenen Augen lehne ich die Stirn in meine Hand. »Es hört sich jetzt wahrscheinlich wie eine lahme Ausrede an, aber ich dachte, es wäre richtig, dass ich Paul als Vater zuerst informiere.«

Papa zieht die Augenbrauen hoch und macht eine Schnute, die Linas in Schatten stellt. »Das haben wir ja auch überhaupt nicht in Abrede gestellt. Aber der nächste Schritt hätte vielleicht sein sollen, mit uns zu reden?«

Ich atme tief durch und spiegele seinen Gesichtsausdruck. »Der nächste Schritt hätte vielleicht sein sollen, dass Paul mir auf meine Nachricht antwortet.«

»Nachricht?« Mamas Stimme kiekst. »Du … Du willst doch nicht behaupten, dass du ihm geschrieben hast?«

»*Hallo Liebling, wir sind schwanger*«, sagt Papa mit verstelltem Tonfall und lacht heiser. »Tja, was soll der arme Kerl darauf antworten?«

Dass ich Paul einfach kommentarlos ein Foto vom Schwangerschaftstest gesendet habe, verrate ich ihnen besser nicht. So wie sie sich schon über eine Nachricht echauffieren.

»Wann hast du ihm die Nachricht denn geschickt?«, fragt Mama, nachdem sich das Schweigen zwischen uns schon arg in die Länge gezogen hat.

Ich zucke die Achseln und krame das Handy aus der Hosentasche. »Um 20:23 Uhr«, lese ich ab, nachdem ich das Smartphone entsperrt habe.

»Heute?« Mama reißt die Augen auf.

Ich nicke, woraufhin Papa ein Heulen von sich gibt wie ein angeschossener Wolf.

»Vor dem Spiel?« Theatralisch rauft er sich die Haare. »Bist du …? Hast du …? Mal nachgedacht?«

Seufzend verdrehe ich die Augen. »Inzwischen ist mir auch klar geworden, dass es wahrscheinlich nicht der perfekte Zeitpunkt war.«

Mama steht auf und gibt mir mit einer Kopfbewegung zu verstehen, dass ich ihr in die Küche folgen soll. »Mutter-Tochter-Gespräch«, informiert sie Papa, der das Gesicht verzieht.

Da mir kaum etwas anderes übrigbleibt, trotte ich hinter ihr her.

»Und?«, ist alles, was sie fragt, nachdem sie die Küchentür hinter uns geschlossen hat.

»Was?«

»Wieso hast du Paul erst heute Abend geschrieben? Den Test, den macht man doch mit dem ersten Morgenurin!«

Ich schüttele den Kopf. »Nein. Heutzutage nicht mehr. Das geht jetzt zu jeder Tageszeit.« Soll oder muss ich ihr die ganze Wahrheit sagen? Es ist wahrscheinlich besser. »Ich weiß auch nicht, wie ich es ausdrücken soll. Ich hatte so ein komisches Gefühl. Vorgestern hatte ich meine Tage bekommen, zwei Tage zu früh. Aber gut. Sowas kommt vor.« Ich zucke die Achseln. »Aber nachdem die Blutung heute Mittag schon vorbei war, und meine Tampons beim Wechseln kaum benetzt …«

»Eine Schmierblutung?« Mama nickt verstehend.

»Auf dem Heimweg vom Spielplatz bin ich noch schnell zum Drogeriemarkt und hab' mir einen Frühtest besorgt. Nach dem Abendessen dachte ich: Komm, bring's hinter dich. Je früher du Bescheid weißt, umso besser.«

»Tja. Das ging wohl nach hinten los.« Mama hebt gerade die Hand, um mir tröstend über den Arm zu streichen, als Papas Stimme aus dem Wohnzimmer dröhnt.

»Ich weiß ja nicht, ob ihr Zwillinge bekommt, aber Paul hat eben das Zwei zu Eins geschossen und gibt seine Darbietung gerade noch einmal zum Besten!«

An diesem Abend hat Paul sogar noch seinen ersten Hattrick der Saison verwandelt. Da er auch noch jeweils einen Treffer von Marcelinho und Yunus aufgelegt hat, ist die EINTRACHT mit einem Fünf zu Zwei eine Runde weitergekommen.

Als er sich am nächsten Tag von einem Taxi direkt vom Flughafen hier abliefern ließ, musste der Fahrer ihm beim Schleppen der Mitbringsel helfen.

Seine Freude über das Baby – Was sag' ich ›Freude‹? Es war pure Begeisterung! – steckte alle an.

Mit Papa ist er jetzt beste Buddys, Mama stammelte nur noch etwas von ›so ein guter Junge‹ und Lina betet den Boden unter Pauls Füßen an, weil er ihr den Babybruder schenkt, den sie sich schon so lange wie heimlich wünscht.

Und ich? Paul freut sich so sehr, dass ich heulen musste wie ein Schlossgespenst.

Ihm haben meine Tränen aber nichts ausgemacht. Er hat sie weg geküsst und mich gefragt, ob ich mir kurzfristig den Samstag freinehmen kann. Wegen einer Überraschung.

Als ob wir nicht schon genügend davon hätten …

Aber gut, jetzt ist Samstagabend und ich stehe in Pauls Schlafzimmer vor dem bodentiefen Spiegel und erkenne mich kaum wieder: Eine Friseurmeisterin, die Paul bestellt hatte, hat mein sonst so widerspenstiges Haar in eine seidig schimmernde Hochsteckfrisur verwandelt. Außerdem hat sie mich geschminkt und zum ersten Mal in meinem Leben fühle ich mich mit Make-up nicht angemalt. In meinen Ohren schaukeln goldene Smaragdohrringe, deren Steine im gleichen Grün funkeln wie das bodenlange, schmal geschnittene Abendkleid, das Paul im ELFENSCHÖN, einer der angesehensten Boutiquen Mannheims, gekauft hat.

Jetzt tritt er hinter mich, sieht über meine Schulter ebenfalls in den Spiegel. »Darf ich?«, fragt er, doch er wartet meine Antwort nicht ab und legt mir mit warmen Händen eine Choker-Halskette um.

»Paul!« Ich taste nach den goldgefassten Smaragden, die perfekt zu den Ohrringen passen, die er mir vorhin schon geschenkt hat. »Bist du verrückt?«

»Ja.« Er grinst mich über den Spiegel an. »Ich bin verrückt. Verrückt nach dir.« Dann streicht er sich das Jackett seines dunkelblauen Anzugs glatt, ehe er seine Hände auf das kleine Speckröllchen meines Bauches legt, das man für die noch gar nicht vorhandene Wölbung der Schwangerschaft halten könnte. »Na, wie sehen wir aus?«

Ich lasse meinen Blick über ihn gleiten, vom schwarz schimmernden Leder seiner handgenähten Chelsea Boots hoch über die Bügelfalten der Hosen, das Jackett, die Krawatte in Kontrastfarben und den Kragen des feingemusterten Hemdes. »Wenn du deine unvermeidlichen *Messy-Spikes* nicht genauso unordentlich wie sonst hochgestylt hättest, würde ich dich fast nicht erkennen«, frotzele ich ihn.

Gespielt beleidigt fasst er sich an den *Short-Shaggy*-Look. »Dabei habe ich mir so viel Mühe gegeben!«

Ein Brummen ertönt, er fischt das Handy aus der Innentasche des Jacketts.

»Das Taxi ist da.« Er hält mir ein flauschiges schwarzes Bolerojäckchen hin, und ich schlüpfe eilig hinein. »Komm!«

Im Rausgehen streift mein Blick meinen Rucksack, der an der Garderobe hängt. »Meinst du wirklich, ich soll Handy und Geldbeutel hierlassen?«

»Du kannst sie schlecht unter den Arm klemmen. Nicht?«

»Wenn sie in einer Clutch stecken würden …«

»In einer was?« Er hebt die Augenbrauen.

»Eine Handtasche, mit der man genau das macht: Sie unter den Arm stecken.«

Leise schnaubend lässt er mich in den Aufzug vorgehen. »Ich wusste, dass ich etwas vergessen hatte. Kannst du mir verzeihen? Nur dieses eine Mal?«

»Als ob ich anders könnte.« Ich betrachte unser Abbild in den spiegelnden Wänden des Lifts.

Paul steht leicht versetzt hinter mir, sieht mir über die Schulter. Das Himmelblau seines Hemds hat exakt die Färbung seiner Augen, die voller Stolz, aber auch Zuneigung auf mir liegen.

Plötzlich fühle ich mich so sicher und geborgen wie noch nie zuvor. Geliebt. Ich mache einen halben Schritt rückwärts und lehne mich gegen seine Brust. Dank der ungewohnten High Heels reiche ich ihm bis ans Kinn, statt sonst nur bis zur Schulter. »Na, wie sehen wir aus?«

»Wie wir aussehen?« Er lacht so jungenhaft, wie nur er es kann. Dann beugt er sich vor, bringt seinen Mund an mein Ohr. »Wie verfickte Könige! Wir sind der King und die Queen dieser Nacht. Die anderen müssen sich verdammt warm anziehen!«

Der Zweifel, den ich mühsam in Schach halte, seit Paul mir offenbart hat, wohin wir unterwegs sind, nutzt die kurze Taxifahrt zum ROSENGARTEN, um mich hinterrücks zu überfallen. Wird man mich wirklich zu der Gala einlassen, bei der die Sportler des Jahres geehrt werden?

Paul hat meine Bedenken weggelacht. »Du glaubst doch nicht wirklich, dass die auf dem roten Teppich damit anfangen, die Corona-App auf den Handys der Ehrengäste zu scannen?«

Gut, dass wir über den roten Teppich flanieren werden, das hatte er mir vorenthalten, dieser Schuft.

Beim Gedanken an Blitzlichtgewitter wird mir ein bisschen schlecht. Vor Corona hatten wir im Kino Premieren mit berühmten Regisseuren und international bekannten Schauspielern; ich habe das hinter dem Tresen stehend miterlebt. Und jetzt soll ich der Co-Star neben Paul sein?

»Keine Sorge.« Paul greift nach meiner Hand und drückt meine Finger fest und behutsam zugleich. »Ich werde die ganze Zeit an deiner Seite sein. Du musst nichts machen und nichts sagen. Sei einfach so süß und zauberhaft wie immer, ...« Er beugt sich zu mir herüber und küsst mich. », ... wenn du nicht wütend bist.«

Bitte? Ich will ihm gerade meine Meinung sagen, als die Taxe vor dem Jugendstil-Sandsteinbau des ROSENGARTENS ausrollt.

Ein Livrierter öffnet mir die Tür, und ich prügele die Panik nieder, als augenblicklich Blitzlichter aufflammen.

Ganz ruhig, Clara. Ganz ruhig. Behutsam stelle ich erst den einen, dann den anderen Fuß in den mörderischen Heels auf den Boden, dann beugt sich schon eine vertraute Gestalt über mich und reicht mir die Hand.

»Siehst du? Es gibt Überlebende.« Paul legt seine Rechte auf meine Hand, die seinen linken Unterarm umklammert, nachdem er mich mit einer Eleganz vom Rücksitz hochgezogen hat, als würde er das täglich trainieren.

Und keine Ballartistik. Ich lächele dankbar zu ihm hoch, doch der intime Augenblick zerrinnt.

»Paule!«, schreit es vom Rand des roten Teppichs, wo sich hinter zwischen goldenen Pylonen aufgehängten Samtseilen Menschenmassen drängen. »Paul! Ein Autogramm!«

Paul führt mich hinüber, lacht und scherzt mit dem Fan. Mit einem Edding, der ihm gereicht wird, setzt er seinen Namen auf Trikots, Bälle und Maskottchen.

Hände werden ihm gereicht, die er freundlich schüttelt.

Hier ein flapsiger Spruch, dort das Verwuscheln des Haarschopfs eines Zehnjährigen, der in die erste Reihe geschoben wird.

Wenn ich mir Paul so ansehe, kommen mir Zweifel, ob Fußball wirklich das ist, was er am besten beherrscht. Oder doch das Bad in der Menge?

Wir haben uns schon die halbe Strecke zum Eingang vorgearbeitet, als ein hektisch aussehender Uniformierter auf ihn zurauscht.

»O mein Gott, Herr Lindt!« Er reißt theatralisch die Augen auf. »Was machen Sie hier? Wurden Sie nicht über die Änderung des Ablaufplans informiert?«

»Nein«, sagt Paul und gibt weiter Autogramme. »Sonst wäre ich kaum hier, nicht?«

Der Mann stutzt kurz, der Hauch von Verärgerung zeigt sich auf seinem Gesicht, ehe er sein professionelles Lächeln wieder anschaltet. »Dann ist es ja perfekt, dass ich Sie hier gefunden habe. Kommen Sie bitte mit?«

»Wenn Sie mich so freundlich fragen …« Paul zwinkert mir zu und reicht mir den Arm, den er gebraucht hatte, um seine Fans zu erfreuen. »Komm, Clara.«

»Ähm«, macht der Mann und sieht mich an, wie Lina Rosenkohl auf dem Teller. »Ich meinte Sie, Herr Lindt. Nicht Ihre Begleitung. Der Präsident will vor der Veranstaltung noch eine interne Besprechung mit der Mannschaft halten.«

»Intern?«, fragt Paul und seufzt, als der Mann nickt. »Gut, aber sorgen Sie dafür, dass sich jemand um Clara kümmert, ja?«

»Selbstverständlich.« Der Mann winkt einer Frau, die eine ähnlich aussehende Uniform trägt. »Bringst du Frau Clara bitte zu Herrn Lindts Plätzen?« Dann wendet er sich an Paul. »Herr Lindt?«

»Bis gleich«, flüstert Paul und küsst mich auf die Wange, ehe er dem Uniformierten folgt.

Verdattert bleibe ich zurück. Das kann doch nicht wahr sein! Er hatte versprochen, dass …

»Würden Sie mir bitte folgen?«, fragt die junge Frau und lächelt so warm, dass ich meine Befürchtungen von mir schubse.

Ich atme tief durch und mache gerade den ersten Schritt an ihrer Seite, als eine empörte Frauenstimme von der anderen Seite des roten Teppichs ertönt.

»Hee, Sie! So geht das nicht!«

»Kommen Sie«, raunt die Uniformierte mir zu und nimmt mich am Ellenbogen. »Achten Sie nicht au…«

»Ich sagte: So geht das nicht!«, keift die weibliche Stimme erneut. »Sie können keine Ungeimpfte zur Veranstaltung einlassen!«

»Ungeimpfte?« Das Wort wird zigfach aufgenommen und aus unzählbar vielen Mündern geraunt.

Die junge Frau neben mir zögert, läuft aber weiter.

»Stopp!«, schreit die andere jetzt. »Wenn Sie diese trotzige Covidiotin nicht aufhalten, rufe ich die Polizei! Dann ist nicht nur sie dran, sondern auch Sie selbst!«

Der bedrohliche Chor der »Ungeimpfte«-Rufer grollt.

»Jetzt machen Sie mal halblang«, sagt meine Begleiterin mit mehr Mut, als ich aufbringen kann. »Woher wollen Sie das überhaupt wissen? Kennen Sie sie überhaupt?«

»Kennen? Ich hatte gedacht, ich würde sie kennen!« Es entsteht ein kurzer Tumult hinter der Absperrung, dann tritt die Anklägerin vor und ich erstarre. »Das ist Clara Arnold«, sagt sie und zeigt mit dem Finger auf mich. »Ich kannte sie seit dem Kindergarten. Ich hielt sie für meine beste Freundin. Aber dann war diese abgedrehte Verschwörungsmythikerin nicht einmal bereit, sich impfen zu lassen, um mich in der Klinik zu besuchen. Nach all dem, was ich für sie getan habe!«

»Stimmt das, was sie sagt?« Die Uniformierte macht einen Schritt weg von mir. »Kennen Sie sie?«

»Judith.« Ich nicke, obwohl ich am liebsten den Kopf schütteln würde. Denn von der guten Seele meiner besten Freundin ist scheinbar nichts übriggeblieben.

»Ja, dann ...« Meine Begleiterin zuckt die Achseln, dreht sich um und lässt mich stehen.

»Spinnern wie dir sei gesagt: Es wird keine Normalität mehr geben wie vorher«, kreischt Judith, während ich orientierungslos vom Eingang wegstrebe. »Die Mehrheit in unserem Land lässt sich impfen, um sich und andere zu schützen. Diejenigen, die sich nicht impfen lassen, setzen ihre eigene Gesundheit aufs Spiel, und sie gefährden uns alle.«

»Ungeimpfte, Ungeimpfte«, raunen die Leute, die gerade noch so erpicht auf Pauls Aufmerksamkeit waren.

Als ich mich der Absperrung nähere, weichen sie zurück.

Bis auf einen. »Österland für die online Ausgabe der MANNHEIMER MORGENPOST«, stellt er sich vor und rammt mir fast sein Handy ins Gesicht. »Darf ich Ihnen ein paar Fragen stellen, Frau Arnold?«

Fragen? »Nein!«, wehre ich ab und starre auf sein Smartphone. Hat er das alles gefilmt? Panisch drehe ich mich um und laufe los. Nur weg von hier! Weg!

Hupen und Bremsenquietschen ist das Nächste, was ich wahrnehme, dann verliere ich das Gleichgewicht und kann mich gerade noch mit beiden Händen auf dem warmen Blech einer Motorhaube abstützen.

KAPITEL 22: LIONHEART - FEARLESS (JOEL CORRY & TOM GRENNAN)

Paul

Die Ansprache, die der Präsident uns unbedingt halten musste, war ebenso langweilig wie unnötig. Hinterher blieb keine Zeit, dass ich mich noch einmal zu Clara ins Publikum hätte setzen können. Denn wenig überraschend wurde die EINTRACHT vor dem Eishockey-Team der ADLER MANNHEIM und den Handballern der RHEIN-NECKAR-LÖWEN zur Mannschaft des Jahres gewählt.

Gerade, als ich mich wie abgesprochen ans Mikrofon stellen will, wird ein weißhaariger Mann auf die Bühne geführt. Was soll der Scheiß? Genervt gestikuliere ich zum Regisseur, mit dem ich meine Vereinbarung getroffen habe.

Doch der mahnt mich mit beschwichtigenden Handbewegungen zur Geduld.

Notgedrungen richte ich meine Aufmerksamkeit auf den Greis.

Er stellt sich als Ministerpräsident des Bundeslandes heraus, der gekommen ist, um mir den ›Landesorden‹ zu verleihen. Weil ich Krummnagel das Leben gerettet habe.

Was eine Selbstverständlichkeit ist, die jeder machen würde. Als ich das sage, überschlägt sich der tüdelige Alte fast vor Begeisterung.

Ein ›Vorbild‹ sei ich, ein ›Sportidol‹, dem ›die Jugend nacheifern‹ solle. Und noch mehr peinlichen Stuss gibt er von sich.

Aber: Er lässt mich ans Mikrofon!

Ich bedanke mich höflich. Bei dem greisen Ministerpräsidenten, bei meinen Mannschaftskameraden, bei denen, die uns gewählt haben. Und dann kommt der Part, an dem ich seit Tagen feile.

»Meinen besonderen Dank aussprechen will ich all jenen hier in Mannheim, die mich vor einem halben Jahr so freundlich aufgenommen haben. Allen Mitarbeitern der EINTRACHT, den Angestellten der Restaurants, Clubs und Läden, die mir hier das Gefühl gegeben haben, hier Zuhause zu sein. Doch vor allen anderen gilt dir mein Dank, Clara. Du hast gleich am allerersten Tag in den Quadraten mein Herz gestohlen. Du hast zugelassen, dass ich in monatelangen Gefechten das deinige erobern durfte. Ich liebe dich, Clara.« Mit einem Nicken gebe ich dem Regisseur das vereinbarte Zeichen.

Spotlichter wirbeln durch den Saal, während ich am Hosenbein meines Anzugs zupfe und mich aufs linke Knie sinken lasse.

»Clara Luise Arnold«, sage ich und suche nach ihrem Gesicht in der vom Licht erhellten Sitzreihe. »Willst du meine Frau werden?«

Ein Raunen, Murmeln, Branden geht durchs Publikum.

Ich fokussiere jedes einzelne der angestrahlten Gesichter. Clara? Wo ist Clara? Mein Blick wird angesaugt von einem einsamen, leeren Platz zwischen all den Unbekannten. Wo ist meine Frau?

Hinter den Kulissen wehre ich Yunus' und Marcelinhos Nachfragen ab. Folge den Leuchtzeichen zum Notausgang.

Fummele mit zitternden Fingern mein Handy aus der Innentasche des Jacketts und schalte es an.

23 ANRUFE VON: CLARA, lese ich vom Display ab. Darunter: 8 NEUE NACHRICHTEN VON: CLARA

Scheiße! Scheiße! Verfickter Scheiß! Wütend boxe ich mit der Faust gegen die Wand. Stoße die nächstgelegene Tür mit dem Notausgang-Zeichen auf und ignoriere das Schrillen des Alarms. Stürme quer über Außentreppen runter zur Straße.

Das Telefon wählt. Es klingelt. Und, endlich:

»Ja?«, fragt ihre Stimme, die irgendwie müde klingt. Erschöpft.

Was ist mit ihr? »Wo bist du?«, will ich das Naheliegendste wissen.

»Zuhause«, sagt sie und seufzt.

Zuhause? Wo ›Zuhause‹? »Bei deinen Eltern oder …?« Ich wage nicht weiter zu fragen.

»Bei dir«, flüstert sie und ohne Scheiß, mir fällt ein Stein vom Herzen, der größer sein muss als der Mond. »Und … Du musst Niklas das Geld fürs Taxi zurückgeben. Der Concierge hat mir aus der Klemme geholfen.«

Als ob das jetzt wichtig wäre. Zudem bucht die Hausverwaltung solche Auslagen automatisch von meinem Konto ab. »Ich komme«, sage ich zu ihr und renne winkend auf den Taxistand zu. »Ich bin gleich bei dir.«

Keine fünfzehn Minuten später schließe ich sie in die Arme. »Clara.«

»Oh, Paul!« Sie schmiegt sich an mich. »Ich fürchte, alles ist schiefgelaufen.«

»Warum?« Will sie meinen Antrag ablehnen?

»Da war ein Reporter. Er hat, glaube ich, alles aufgenommen.«

»Der ganze Saal war voller Journalisten und Fernsehkameras«, erläutere ich. »Die Preisverleihung wurde live im Regionalfernsehen übertragen.«

»Ich meine nicht den Sportler-Ball.« Sie ächzt. »Ausgerechnet Judith stand am Rande des roten Teppichs und genoss sichtbar ihre Rache, indem sie mich als ungeimpft geoutet hat.«

»Judith?« War das nicht die Tusse, die Clara ghostet, weil sie von ihr nicht in der Klinik besucht wurde? »Deine beste Freundin seit dem Kindergarten?«

»Warum sind alle so voller Hass?« Clara verschmiert ihr Make-up noch mehr, als sie ihre Tränen unwirsch wegwischt.

»Ich weiß es nicht.« Vorsichtig streichele ich ihr Knie. »Aber ich weiß etwas anderes.«

Sie schnieft, schaut mich von der Seite her an. »Was denn?«

Ich stehe auf, zupfe am linken Hosenbein und lasse mich vor dem Sofa aufs Knie nieder. »Vor allen anderen Menschen gilt dir mein Dank, Clara«, sage ich meinen auswendig gelernten Text mit leichter Abweichung auf. »Gleich am allerersten Tag in den Quadraten hast du mein Herz gestohlen. Du hast zugelassen, dass ich in monatelangen Gefechten dein Herz erobern durfte. Ich liebe dich, Clara.«

»Oh, Paul.« Noch mehr Tränenströme.

Ich hebe die Hand, um sie zum Schweigen zu bringen. »Clara Luise Arnold.« Ich sehe zu ihr auf und ertrinke in den tiefen, braunen Seen ihrer Iriden, in denen die orangenen Feuer gerade nur schwach glimmen. »Willst du meine Frau werden?«

»Ich?«, kiekst sie? »Ich … was?«

»Willst du meine Frau werden?«, wiederhole ich.

Sie verzieht das Gesicht und heult schlimmer los als zuvor.

Will sie nicht? Verdammter Mist, Paul, jetzt nicht diese Gedanken! Ich sehe sie mit bittend angehobener Augenbraue an.

»Ich will«, schluchzt sie und wirft sich mir in die Arme. »Ich will! Und wie ich will!«

Die nächsten Tage sind mit unendlich vielen Aktivitäten gefüllt: Lina und ich machen Möbelhäuser unsicher. Schließlich will das perfekte Prinzessinnen-Zimmer eingerichtet werden. Dann steht der Umzug von ihr und Clara bevor.

Parallel setze ich Steiger darauf an, schnellstmöglich die Formalitäten für die Hochzeit zu organisieren.

Schließlich der Besuch bei Claras Gynäkologen.

Ich schäme mich nicht, einzugestehen, dass ich beim Anblick des Ultraschallbilds ein paar Tränen vergossen habe. Es ist eine Sache, zwei Striche auf einem Teststäbchen zu betrachten. Aber eine ganz andere, das winzige Möhrchen mit eigenen Augen auf dem Display zu sehen.

Wegen Claras Arbeitsplatz gab es ein kleines Hin und Her. Aufgrund der Schwangerschaft darf sie nach zweiundzwanzig Uhr nicht beschäftigt werden und braucht für die Zeit zwischen zwanzig und zweiundzwanzig Uhr eine behördliche Genehmigung.

Ich war der Meinung, dass sie kündigen soll. Schließlich verdiene ich mehr als genug.

Aber wenn Clara sich etwas vorgenommen hat, kann man ihr das nicht so leicht ausreden. Sagte ich schon, dass ich genau diesen Charakterzug an ihr liebe?

Meinen anderen Vorschlag hat sie jedoch angenommen. Da die Hormonumstellung sich auf ihren Geruchssinn auswirkt, reagiert sie mit Übelkeit auf den Eigengeruch aller Masken. Keine Ahnung, wie viele unterschiedliche Produkte wir ausprobiert haben. Es war immer das gleiche, unschöne und ungesunde Ergebnis. Um die Maskenpflicht in Bussen und Bahnen zu umgehen, habe ich ihr kurzerhand ein Auto gekauft. Und einen Kindersitz, damit sie Lina zum Kindergarten fahren kann.

All das geht mir im Kopf herum, während meine Füße auf dem Laufband in meinem Gym Kilometer hinlegen. Schweiß rinnt mir von der Stirn. Mit dem Handtuch, das ich über die Schultern gelegt habe, wische ich ihn ab.

Das Familienleben ist mega. Mega anstrengend. Mega turbulent. Und mega wunderschön.

Völlig im Einklang mit mir und meinem Körper lege ich einen kleinen Zwischensprint hin.

Durch die einen Spalt offenstehende Terrassentür dringt kühle Januarluft herein und das fröhliche Giggeln von zwei Kleinmädchenstimmen.

Ich könnte ewig so laufen. Fühl mich so leicht und frei und glücklich wie schon lange nicht. Schritt um Schritt um Schritt. Die Muskeln warm, locker und längst nicht an der Grenze ihrer Leistungsfähigkeit. Diese Saison ist der vorläufige Höhepunkt meiner Karriere. Selbst wenn ich ab sofort nur noch in jedem dritten Spiel ein Tor mache, werde ich den bisherigen Rekord der Bundesliga einstellen. Der Torschützenkönig sollte mir auf jeden Fall sicher sein, schließlich liege ich mit fast zehn Toren vor dem nä…

»Pa-ul?«, reißt ein Stimmchen mich aus meinen Träumen.

Ich schalte das Laufband aus, trockne mir das Gesicht ab und seh zur Terrassentür. »Lina?«

Sie sagt nichts, sieht mich nur aus weit aufgerissenen Augen an.

»Lina?« Beunruhigt lauf' ich rüber zu ihr, geh' mit einem guten halben Meter Abstand zu ihr in die Knie. »Alles in Ordnung?«

Sie schluckt sichtbar, schüttelt den Kopf. »Mh-mh.«

»Ist …« … ihre kleine Freundin im Whirlpool ertrunken? Verdammt, Paul, jetzt nicht diese Gedanken! Denk positiv! »… mit Naomi alles okay?«

»Mh-mh«, macht Lina erneut. »Mit Naomi schon. Aber …«

»Aber?« Puh, vor Erleichterung wird mir ganz schwummrig.

»Ich …« Plötzlich laufen Tränen über Linas Wangen. »Sie …« Sie schnieft, der ganze kleine Körper wird förmlich durchgeschüttelt. »Das …«

»Ruhig«, sage ich und strecke die Hand aus. »Ganz ruhig.«

Sie zuckt leicht zusammen, als ich ihre Finger berühre. Lässt mich sie dann aber halten.

»Also …« Ich überlege, was meine Mutter früher in solchen Situationen gesagt hat. »Wie wäre es, wenn du mit dem Anfang anfängst?«

Lina, die den Blick zu Boden gerichtet hatte, lässt ihren Kopf hoch zucken. Riesengroße braune Augen starren mich an. »Mh-mh.« Kurz und heftig schüttelt sie den Kopf.

Okay, Mutti. Deine Masche funktioniert bei ihr nicht. Kurz denke ich nach. »Und was, wenn du mit dem Schluss anfängst?«

»Mit dem Schluss?« Argwöhnisch legt Lina den Kopf schief.

Ich nicke möglichst überzeugend.

»Damit, dass ich die Tür aufgeschoben hab' und dich gerufen hab'?«, will sie wissen.

»Ganz genau.« Aufmunternd lächele ich sie an. »Siehste, schon ist der Anfang gemacht.«

»Mhm.« So ganz scheint sie mir nicht zu glauben.

»So, und was war davor?«, frage ich nach einer kleinen Pause nach. Ich will, ich sollte sie nicht drängen.

»Bevor ich die Terrassentür aufgemacht hab'?«

Verdammte Kacke, dieses Kind macht mich noch wahnsinnig. War ich früher auch so? »Ja«, sage ich möglichst geduldig.

»Da hat Naomi nochmal gefragt, ob sie nicht sagen soll, dass sie es war.«

»O-K?« Also kann es sich nicht gerade um irgendeine Lappalie handeln. Aber da Lina komplett verängstigt aussieht, dringe ich lieber nicht weiter in sie, was sie angestellt hat. »Warum wollte deine Freundin es denn auf sich nehmen?« Was auch immer du angerichtet hast?

»Weil …« Linas Unterlippe zittert. Ein neuer Tränenstrom ergießt sich aus ihren Augen. »Weil es besser ist, wenn du sie rauswirfst. Und nicht mich.«

»Warum sollte ich dich rauswerfen?« Himmel, was hat sie nur getan?

»Weil …« Sie schnieft, wischt sich mit dem Unterarm übers Gesicht und verteilt eine breite Spur aus Rotze über ihre Wange. »Weil man nur seine eigenen Kinder nicht rauswerfen kann.«

Jetzt komme ich überhaupt nicht mehr mit. »Wer hat das gesagt?«

»Naomi.« Lina schluckt. »Sie hat gesagt, ihr Papa würde mich rauswerfen.«

»Aber Naomi nicht?« Puh, diskutieren mit einer Fünfjährigen ist alles andere als easy.

»Nee.«

»Und: Warum nicht?«

Lina sieht mich von halb unten her mit diesem Blick an, den auch ihre Mutter draufhat. ›Bist du so begriffsstutzig oder tust du nur so?‹, sagt er. »Weil Naomis Papa ihr Papa ist.«

Okay. Puzzlestück um Puzzlestück setzt sich das Rätsel zusammen. »Und dich würde er rauswerfen, weil er nicht dein Papa ist.«

»Mh-hm«, macht sie und schnieft wieder. »So wie du.«

Mir … Es ist echt noch nicht oft vorgekommen, aber mir fehlen die Worte.

»Du bist nur der Papa vom Möhrchen«, wispert sie jetzt mit kaum hörbarer Stimme.

»Und deswegen denkst du, ich werf' dich jetzt raus?« Unfassbar, was Kinder sich so zusammenspinnen.

»Mh-hm.« Das Unglück in Person sieht sie mich an.

»Quatsch«, sag ich. »Gar nicht. Niemals.«

»Niemals?«, fragt sie piepsend.

»Niemals«, bestätige ich. Leg die Hand auf das Herz. Überleg', ob ich was von Ehrenwort sag', und verwerf's. Stattdessen nehm' ich sie an beiden Händen. »Ich hab' dich nämlich genauso lieb wie das Möhrchen.«

»Ehrlich?« Auch wenn es gar nicht geht, werden ihre Augen noch größer. »Echt?«

»Klar.«

»Ich hab' dich auch lieb.« Sie springt mich geradezu an. Erwürgt mich fast mit ihrer Umarmung.

Behutsam drücke ich sie an mich, ehe ich sie vorsichtig von mir löse. »Und? Nachdem das geklärt ist: Was ist passiert?«

Sie saugt die Unterlippe ein, kaut darauf rum. Holt tief Luft. »Ich hab' der Barbie die Haare gewaschen. Ich wollte nur so tun, als ob ich Shampoo aus der Flasche drauf tu. Aber dann war der Deckel nicht richtig draufgeschraubt.«

»Shampoo?« Im Whirlpool? »Und jetzt?«

Anstatt zu antworten, schaut Lina nur über die Schulter.

Ich lasse meine Augen ihrem Blick folgen und kippe fast um, denn:

Ein fast meterhoher Schaumberg türmt sich über dem Pool.

»Fast so, als ob es geschneit hätte«, kommentiert Lina.

Ich kann nicht anders, muss lauthals heraus lachen.

»Und jetzt?«, piepst sie, während sie ihre kleine Hand in meine schiebt.

»Jetzt rufe ich den Techniker«, entscheide ich. »Der soll das Wasser austauschen.« Erst jetzt fällt mir Linas Freundin auf, die in ein Handtuch gewickelt vor dem Schaumgebirge steht und ziemlich durchgefroren aussieht. »Und in der Zwischenzeit duscht ihr zwei euch ab und zieht euch an. Dann gibt's heißen Kakao zum Aufwärmen.«

»Kaba?«, jubelt Lina und hüpft in die Höhe. »Mit Schlagsahne und Schokostreusel?«

Ich muss grinsen. »Also gut. Mit Schlagsahne und Schokostreuseln. Aber nur, wenn du es deiner Mama nicht verrätst.«

»Ehrenwort.« Sie hält mir den kleinen Finger hin und ich ergreife ihn mit meinem.

»Gebongt.«

Kapitel 23:

Our House (Madness)

Clara

einige Zeit später

am gleichen Tag

»Hallooo!« Ächzend lasse ich die Einkaufstasche zu Boden gleiten und schlüpfe aus den Schuhen. »Ich bin zurück! Niemand da?« Wo stecken Paul und die Mädchen nur? Während ich meine Winterjacke aufhänge, spitze ich die Ohren.

Von irgendwoher ertönt ein mechanisches Brummen, ich folge ihm quer durchs Wohnzimmer in den Flur zum Schlafbereich. Die Tür zum Schlafzimmer ist nur angelehnt.

Neugierig stoße ich sie auf und bleibe wie angewurzelt stehen. »Was machst du da?«, frage ich Paul, der auf der Bettkante sitzt, während meine Tochter zwischen seinen Knien steht. »Wieso hältst du Lina den Handgriff des Staubsaugerschlauchs an den Kopf?«

Paul sieht hoch, nickt. »Augenblick, gleich haben wir's.«

Völlig konsterniert beobachte ich, wie er ein Haargummi vom Rohr des Handgriffs in Richtung von Linas Kopfhaut abrollt, mit dem in den unvermeidbaren Adiletten steckenden Fuß den Staubsauger ausschaltet und den Griff nach dem Ersterben des Motors von Lina wegzieht.

»Hallo Clara.« Seine Augen strahlen mich an. »Du bist schon zurück? Hab' dich gar nicht kommen gehört.«

Das wundert mich nicht, denn aus dem Bad dringt immer noch ein weiteres, hochfrequentes Brummen, das ich mit einem Blick aus dem Augenwinkel als den Föhn identifiziere, mit dem Naomi sich das Haar zu Berge bläst. »Hallo Paul«, antworte ich und schüttele den Kopf. »Was machst du da? Mit dem Staubsauger?« Ich fasse es immer noch nicht, dass er Linas Haar eingesaugt hatte!

»Ich wollte einen Pferdeschwanz!«, erklärt meine Tochter. »Aber Paul hat das nicht hinbekommen.«

»Wie? Nicht hinbekommen?« Es gibt doch keine einfachere Frisur!

»Frag mich nicht, wie viele YouTube Videos ich angeschaut habe.« Paul lacht, während er den Staubsauger wegräumt. »Eins verwirrender als das andere. Bis ich auf ›Papa frisiert seiner Tochter einen Ponytail‹ stieß. Oder so ähnlich.«

»Oder so ähnlich.« Mir fällt nichts mehr ein.

»Hat er das nicht klasse gemacht?« Auf einem Bein hüpfend, lässt Lina den Kopf kreisen, sodass der Pferdeschwanz nur so fliegt.

»Na ja.« Ich schaue genauer hin. »Nicht schlecht, aber …«

»Und es hat nicht mal geziept!« Lina strahlt ihn an. »Und jetzt macht er Kaba für Naomi und mich. Mit Schlagsahne und Streuseln! Hat er versprochen!«

»Mit Schlagsahne und Streuseln?«

Paul sieht mich schuldbewusst an, küsst mich dann zärtlich. »Du bekommst natürlich auch einen.«

»Na, dann …« … kann ich schlecht ›Nein‹ sagen. »Aber vorher räumst du noch die Einkäufe ein, während ich Naomi frisiere.« Und zwar auf die herkömmliche Art und Weise. Ich brauche keinen aufgebrachten Anruf einer Mutter, weil mein Verlobter komische Sachen mit ihrer Tochter macht!

»Und solche Videos gibt's wirklich?«, frage ich einige Zeit später und nippe, an der Küchentheke sitzend, den letzten Rest der heißen Schokolade.

Paul stellt die Tassen der Mädchen in die Spülmaschine, die längst schon wieder zum Spielen in Linas Zimmer abgedüst sind. Er schiebt den Korb rein und sieht mich von der Seite an. »Klar. Glaubst du mir nicht?« Während er mit dem Fuß die Klappe schließt, angelt er nach seinem Handy auf der Arbeitsplatte. »Muss ich es dir beweisen?«

»›Papa frisiert seiner Tochter einen Ponytail‹?« Ich hebe die Augenbrauen.

»Jepp.« Er hält mir das Display hin.

»Wahrhaftig. Dabei hätte ich sonst was geschworen, dass nur du dir sowas Verrücktes ausdenken kannst.« Ich schüttele den Kopf. »Und dann noch ›Papa frisiert seine Tochter‹.«

Paul sucht meinen Blick, hält ihn gefangen. »Von wegen Papa …«

»Ja?« Ich kann es nicht verhindern, dass sich Argwohn in meine Stimme schleicht. Mir ist allzu bewusst, dass Lina sich möglicherweise – Was sag' ich! Natürlich! – dem Baby in meinem Bauch gegenüber zurückgesetzt fühlt, weil das einen Papa haben wird. Und sie nicht.

»… gab da etwas Kuddelmuddel …« Paul hat weitergesprochen, während ich meinen wohnsitzlos umherziehenden Gedanken nachhing. »Und da Linas Freundin besorgt war, ich könnte böse werden, weil Lina nicht meine Tochter ist …«

Scheiße. Dann beschäftigt sie es so sehr, dass sie sogar mit Naomi darüber redet! Was jetzt?

»… gefragt, und sie hat ›Ja‹ gesagt.« Paul sieht mich so selbstzufrieden an wie sonst höchstens nach einer sehr ausgiebigen ›Trainingseinheit‹ zwischen den Laken. Oder wenn er einen Hattrick geschossen hat.

»Wozu hat sie zugestimmt?« Ich hebe entschuldigend die Achseln und kratze die letzten Reste des Sahne-Kakao-Gemischs aus der Tasse. »Sorry, ich war in Gedanken.«

»Dass ich ihr Papa werde«, sagt Paul, und ich habe das Gefühl, als ob mir jemand den Stuhl unterm Po wegzieht.

»Was?«, quetsche ich heraus. »Was hast du gesagt? Und überhaupt: Wie soll das gehen?«

»Das wusste ich auch nicht«, gibt Paul zu. »Aber so nervig Steiger sonst auch ist: Er hat mir in Nullkommanix den Kontakt zu einem Notar vermittelt. Der hat mir das Vorgehen nicht nur erklärt, sondern kann es auch für uns beurkunden. Natürlich nur, wenn du zustimmst.«

»Beurkunden?« Notar? Sein nervtötender Spielerberater? »Was?«

»Meine Vaterschaftsanerkennung für Lina«, erklärt Paul und strahlt. »Ist total easy. Da Kim das nicht gemacht hatte, …«

…, weil er sich am Tag von Linas Geburt mit seinem beschissenen Moped totgefahren hat.

»…, steht einer Vaterschaftserklärung meinerseits nichts im Weg.«

»Ist das so?«

»Dein Einverständnis und das von Lina vorausgesetzt?« Er nickt. »Ja.«

»Echt?«

»Echt.« Ein Strahlen breitet sich auf seinem Gesicht aus. »Stell dir vor, wie schön das wäre. Damit wären wir eine richtige Familie. Möhrchen, Lina, du und ich. Nicht bloß Patchwork. Wenn wir das noch vor unserer Hochzeit machen, und laut Notar schaffen wir das, wird Lina bei der Gelegenheit auch gleich als eheliches Kind eingetragen.«

Bäm. Mein Herz setzt für einen Sekundenbruchteil aus. Will ich das überhaupt?

Zwei schlaflose Nächte und endlose Gespräche mit Mama später ist mir klar: Wenn Lina und Paul das wollen, will ich das auch.

Im Laufe der Woche bringen wir den Termin bei dem überraschend freundlichen Notar hinter uns. Am Wochenende steht ein Auswärtsspiel der EINTRACHT in Mainz an – binnen weniger Wochen hat sich mein kompletter Lebensrhythmus auf die Spieltage von Bundesliga und Champions

League eingependelt – zudem wurde Paul zum Interview mit Joachim Knorrer vom AKTUELLEN SPORTREPORT eingeladen.

Er ist deshalb mindestens so aufgeregt wie Lina, als sie damals, vor Corona, im Krippenspiel des Kindergartens einen der Engel darstellen durfte. Gott, ist er süß!

»Lass es uns noch einmal durchspielen.« Bestimmt zum zehnten Mal bittet er mich an seinen PC. »Hast du mein Passwort? Gut, dann log dich ein. Weißt du noch, wie das Programm heißt?«

»Ja.« Ich seufze unterdrückt. »Es heißt O-TV-REC.« Mit einigen Klicks öffne ich die Anwendung und gebe die Zugangsdaten ein. »So, wie du siehst, bin ich jetzt online.« Ich deute auf die Seitenleiste der App. »Aber warum programmierst du die Sendung nicht ein, damit sie automatisch aufnimmt?«

»Das mache ich in den beiden anderen Online-Recordern, die angeboten werden«, gibt er mit einem Knurren zu. »Aber was, wenn die einen technischen Defekt haben? Bitte, Clara, du musst das für mich tun.« Er sieht mich mit einem derart drolligen Gesichtsausdruck an, dass ich nicht anders kann, als ihn in seinen nicht vorhandenen Bauchspeck zu zwicken.

»Manchmal bist du so ein nerviger Chaot!« Ich gebe vor, verzweifelt zu sein. »Wieso musste ich mich ausgerechnet in dich verlieben?«

Sein Kuss erstickt meine Argumentation, und da Lina bereits in ihrem Bett schlummert, landen wir wie so oft in unserem.

Aber an Schlaf ist zunächst nicht zu denken …

Endlich ist Samstag. Das Spiel der EINTRACHT in Mainz habe ich bei meinen Eltern zusammen mit Papa geschaut, während Mama mit Lina die Spielplätze unsicher gemacht hat.

Papa ist voll des Lobs über den SKY-Account, den Paul ihm spendiert hat. »Live ist es doch ein ganz anderes Erlebnis als die Zusammenfassungen in der SPORTSCHAU.«

Natürlich hat Paul wieder zwei Tore geschossen und ein weiteres ›aufgelegt‹. Ha! Langsam, aber sicher lerne ich noch die typischen Fußball-Begriffe!

»Wollt ihr nicht über Nacht bleiben?«, fragt Mama, nachdem ich ihr mit dem Abräumen des Abendbrottischs geholfen habe. »Wer weiß, wie spät es wird, bis Paul nach dem Interview nach Hause kommt. Der AKTUELLE SPORTREPORT läuft doch erst so spät am Abend.«

»Erstens will er dann bestimmt reden«, sage ich, obwohl ich mir vorstellen kann, dass Paul dann etwas anderes im Sinn hat. »Und zweitens habe ich ihm versprochen, die ganze Sendung aufzunehmen.«

»Ja, dann!« Mama lacht. »Da kann ich dir nur viel Spaß wünschen!«

»Total.« Ich rolle mit den Augen und ziehe die Nase kraus. »Also dann. Ciao-ciao!«

»Soll ich dir helfen?« Papa springt schon halb vom Sofa auf. »Lina ins Auto tragen? Sie ist doch so müde.«

»Nein!« Meine Tochter schüttelt den Kopf und rennt zur Wohnungstür. »Ich bin grellwach!«

Ganz so ›grellwach‹ ist sie nicht mehr, als ich den Mercedes-SUV in der Tiefgarage von THE SIX abstelle.

Schon recht routiniert von den paar Tagen Übung schnalle ich sie ab und nehme sie auf den Arm. Der Lift bringt uns in Sekunden hoch zu Pauls Maisonette und zwanzig Minuten später habe ich Lina ihren Pyjama angezogen und nach einer Katzenwäsche mit Zähneputzen ins Bett gesteckt.

Unten im Wohnzimmer schalte ich den Fernseher an, stelle allerdings den Ton aus, da noch irgendein Weltuntergangs-Thriller läuft. Ich fahre das Laptop hoch, das Paul auf dem Esstisch stehen ließ und starte gerade rechtzeitig mit dem Beginn der Ausstrahlung die Aufzeichnung.

Der Moderator spult seine Begrüßung ab und ich gehe in die Küche, um mir einen Saft einzuschenken, ehe ich mich aufs Sofa setze.

Da kommt Paul ins Studio! Ich schnappe mir die Fernbedienung und hebe die Stummschaltung auf.

»… willkommen: Paul Lindt von der EINTRACHT KÄFERTAL!«

Applaus brandet auf, Paul nickt Joachim Knorrer freundlich zu und nimmt auf dem Sessel Platz, der gut drei Meter vom Moderator entfernt steht. Auf Händeschütteln wird seit Beginn der Pandemie überall verzichtet, aber immerhin muss Paul keine Maske tragen.

»Vielen Dank für die Einladung.« Paul lächelt ins Publikum und in die Kamera. Zu mir.

»Paul Lindt, Stürmerstar der Mannheimer, seit letztem Herbst im Kader der Nationalmannschaft«, stellt der Moderator ihn vor. »Auf dem besten Weg, Robert Lewandowskis Rekord in den wenigsten Spielminuten pro Tor einzustellen. Insbesondere, seit der allseits beliebte Goalgetter beim Mannheimer Sportlerball der Dame seines Herzens einen so überaus herzerwärmenden Heiratsantrag gemacht hat.« Knorrers Gesicht passt nicht zu seinen freundlichen Worten, und ich rutsche alarmiert auf dem Sofa herum.

Was geht da ab?

»Vielen Dank«, sagt Paul erneut und lächelt.

»Leider gab es dabei ein kleines Missgeschick.« Joachim Knorrer spricht jetzt in die Kamera. »Falls Sie es nicht mitbekommen haben: Paul Lindts Verlobte wurde aufgrund der geltenden Corona-Verordnung nicht eingelassen.«

Es folgt ein Einspieler von jenem Abend im ROSENGARTEN, den ich schon so oft angeschaut habe, dass ich mir zur Beruhigung meiner Nerven einen Joghurt aus dem Kühlschrank hole.

»… stellen Sie sich das weiter vor?«, schnappe ich die Frage des Moderators auf, als ich wieder zurück im Wohnzimmer bin.

»Was soll ich mir vorstellen?« Paul lächelt charmant.

»Nun, als Spitzenspieler und Kader der Nationalmannschaft haben Sie eine gewisse Vorbildfunktion.«

»Ja?« Paul zuckt die Achseln und zwinkert spitzbübisch, was ihm einige vereinzelte Lacher aus dem Publikum einbringt.

»Ja«, bestätigt Knorrer sichtlich angespannt. »Sie und Ihre Verlobte!«

»Ach so! Das!« Paul macht mit den Armen eine Bewegung, als würde er ein Baby wiegen, und lacht. »Danke der Nachfrage. Aber keine Sorge, wir legalisieren alles. Der Termin für unsere Hochzeit steht.«

»Das meinte ich nicht.« Knorrer ringt sich ein dürres Lächeln ab. »Sondern den Impfstatus Ihrer Verlobten.«

»Ich wüsste ni…«

»Denken Sie an Ihre Vorbildfunktion«, unterbricht der Moderator Paul. »Sie umschließt auch Ihre Lebensgefährtin.«

Paul kneift ganz kurz die Augen zusammen. Nur wer ihn so gut kennt wie ich, kann anhand dessen abschätzen, wie sehr ihm das widerstrebt, was jetzt folgt. »Wie ich bereits angedeutet habe …« Er wiederholt die Baby-Wiege-Geste. »Meine Verlobte ist schwanger.«

»Ja genau!« Knorrer überschlägt sich fast vor Begeisterung. »Darum geht es doch! Die Vorbildfunktion Ihrer Verlobten als werdende Mutter.«

»Ähm, nein.« Paul schüttelt voller Nachdruck den Kopf. »Es handelt sich um ein nur bedingt zugelassenes Medizinprodukt. Es gibt keinerlei Langzeitbeobachtungen, wie es sich auf die Entwicklung des Ungeborenen auswirkt.«

»Geschwurbel irgendwelcher Fake-News-Verbreiter!« Verärgert winkt der Moderator ab. »Hören Sie, wozu eine echte Expertin rät. Wir haben heute Nachmittag eine Botschaft der Top-Virologin Prof. Dr. Anabel Birkenberger aufgenommen.« Er weist auf die Videoleinwand hinter ihnen.

Dort wird eine schlanke Mittvierzigerin eingeblendet. Das brünette Haar ist geglättet und eine knallrote Hornbrille – passend zu ihrem Lippenstift – sitzt ihr auf der Nase. Sie zeigt ein Blendax-Lächeln und gestikuliert in die Kamera. »Also eine

Botschaft an Herrn Lindt wäre … ähh … Das wäre das Angebot, dass er gerne mal anrufen kann. Ich glaube, die wichtige Frage ist: Sollten sich Schwangere impfen lassen? Und da ist meine Empfehlung ganz klar: Ja, denn das Risiko für einen schweren Verlauf während der Schwangerschaft ist sehr, sehr hoch für die Mutter.«

Geraune im Publikum. Ich kann die Angst der Zuschauer förmlich greifen.

»Und auch das ungeborene Kind kann, ähh, sterben während einer COVID-19-Infektion. Das Risiko ist wirklich leider sehr stark erhöht.«

KAPITEL 24: DO IT RIGHT (MARTIN SOLVEIG & TKAY MAIDZA)

Paul

»Die Impfung kann das Kind nicht schädigen. Der Impfstoff gelangt nicht über die Plazenta zum Kind. Der verbleibt im Oberarm und kommt da nicht weg und wird auch relativ bald wieder abgebaut.« Die seltsam herumfuchtelnde Virologin holt Luft und legt die Hand auf ihr Herz. »Aber die Impfung kann das Kind schützen, denn wenn die schwangere Mutter nach der Impfung Antikörper gegen das Spike-Protein bildet, dann können diese Antikörper zum Kind gelangen.«

Ach ja? Ich versuche, Augenkontakt mit Knorrer aufzunehmen, um herauszufinden, ob ich eine Zwischenfrage stellen kann.

Er sieht eisern auf den Bildschirm.

Das ist doch ein Widerspruch! Wenn die Plazenta die Antikörper nicht abhalten kann, auf welche Art soll sie das Eindringen des Impfstoffs verhindern? Ganz abgesehen davon, dass der Impfstoff schon in ganz unterschiedlichen Organen gefunden wurde, was bedeutet, dass er eben nicht im Arm verbleibt? Ich sag' nur: Krummnagels Herzstillstand aufgrund Myokarditis.

»Und wenn die Mutter sich während der Schwangerschaft impfen lässt, ist das Kind, das diese Antikörper schon hat, geschützt vor der Infektion. Denn gerade Neugeborene sind häufig sehr anfällig für Infektionen. Und das Sicherheitsprofil dieser Impfstoffe ist fantastisch!«

So ›fantastisch‹, dass ihr die Leute mit 2G zur Spritze erpressen müsst? In mir brodelt es. Ich muss an Claras Verzweiflung denken, als sie Lina in Hausschuhen durch halb Mannheim geschleppt hat. Im Schneetreiben!

»... angesichts von Herrn Lindts Vorbildfunktion, schließlich sind so viele Leute große Fans von ihm, ...« Die Virologin hat weitergesprochen, während ich in Gedanken war. »..., wäre das ein ganz, ganz tolles Zeichen, wenn seine Verlobte sich jetzt impfen lassen würde.« Erneut lässt sie ein Lachen erklingen, das mich irgendwie an das Quietschen von Schulkreide auf der Tafel erinnert. »Und ich kann sie beide beruhigen. Ich bin auch gerne dabei, wenn seine Verlobte sich impfen lässt, wenn sie eine Hand braucht, während sie geimpft wird. Das, ähm, ich würd' mich total freuen.«

Das Video auf dem Bildschirm wird ausgeblendet, und ich frage mich, ob das jetzt gerade ein komplett irrer Albtraum war.

Ich meine, ich wurde doch zum AKTUELLEN SPORTREPORT eingeladen und nicht zu 37 GRAD LEBEN oder zu irgendeiner anderen Sendung mit Gesundheitsthemen!

»Also, Herr Lindt ...« Die Hände zu einer Merkel-Raute gefaltet, lehnt Knorrer sich mit einem gönnerhaften Lächeln vor. »Wie schaut's aus? Sie werden doch kaum behaupten wollen, dass Sie – beziehungsweise Ihre Verlobte – das großherzige Angebot von Frau Professorin ablehnen können.«

Ist er komplett durchgedreht? Will er mir eine Zusage zu diesem irren Vorhaben abpressen? Nein, Paul, jetzt nicht diese Gedanken! Lächele!

»Ich verstehe ja, dass Sie als werdender Vater übervorsichtig sind.« Der Moderator ringt seinen Jacketkronen ein ebenso falsches Lächeln ab. »Aber ich kann Sie beruhigen. Extra wegen Ihnen habe ich noch eine weitere Expertin gefragt. Die sagte mir sinngemäß, dass sie sehr viel Erfahrung zu den mRNA Impfstoffen haben und auch viele Monate später keine Schädigung des Kindes durch die Impfung entsteht.«

Hört er sich eigentlich selbst zu? Während ich versuche, mein Lächeln nicht einfrieren zu lassen, steigt die Betriebstemperatur meiner grauen Zellen. Diese Impfstoffe wurden doch erst letztes Jahr entwickelt. Eine Schwangerschaft dauert neun Monate. Wie viele Monate lang können Knorrers sogenannte Experten die Kinder von während der Gestation geimpften Frauen beobachtet haben?

»Herr Lindt?« Immerhin klingt der Moderator nun nicht mehr gar so selbstsicher. »Wollen … Möchten Sie noch eine Frage stellen?«

»Ja: Rein zufällig habe ich ein paar Fragen an Sie.« Ich verziehe mein Gesicht zu einer noch freundlicheren Miene. Lass ihn nicht spüren, wie angepisst du bist! Denk an deinen Marktwert. Und daran, dass du Clara und die Kinder versorgen musst! Möglichst gelassen reibe ich mir das Kinn. »Wie sieht es aus? Wollen Sie mich heute Abend noch zu meinen sportlichen Leistungen befragen? Zu den Aussichten meines Clubs in der Bundesliga und in der Champions League? Zu meinem Engagement in der Nationalmannschaft?«

»Ähm.« Der Moderator späht nervös in Richtung der Regie.

»Nein?«

»Der Fokus unseres Gesprächs sollte eigentli…«

»Nun, wenn Sie meine Einschätzung zum Fußball nicht benötigen, …« Ganz geruhsam erhebe ich mich vom Sessel. »…, dann kann ich jetzt wohl gehen. Schönen Abend noch.«

Natürlich hatte mein Weggang aus dem Fernsehstudio später noch ein Nachspiel beim Club. Der Präsident hat mich zu einem Vieraugengespräch einbestellt, der Sportdirektor mir in Anwesenheit der Personalchefin eine Abmahnung erteilt, und was tat Rudi Flock? Der Trainer brummte mir zur Strafe zusätzliche Trainingseinheiten auf.

Aber das Strahlen von Claras Augen, als sie mich spät in dieser Nacht erwartete, wog all das mehr als auf. »Du bist einfach aufgestanden und hast diesen Blödmann sitzen lassen!« Sie sprang mich förmlich an und erstickte mich beinahe mit ihren Küssen.

Und obwohl ich mir im Taxi von Mainz nach Mannheim Streichhölzer zwischen die Augenlider stecken musste: Im Rest der Nacht bekamen wir kaum Schlaf ab. Da waren wir anderweitig beschäftigt.

Beim Gedanken an besagte Aktivitäten drängt sich mir jetzt ein fettes Grinsen aufs Gesicht. Es ist dem feierlichen Anlass keinesfalls angemessen und zum ersten Mal seit langer Zeit bin ich dankbar für die beschissene Maskenpflicht.

»Ich frage Sie, Herr Lindt«, reißt mich der Standesbeamte aus meinem unkeuschen Tagtraum, »sind Sie bereit, mit der hier anwesenden Braut Clara Luise Arnold die Ehe einzugehen?«

Ich räuspere mich und sehe Clara von der Seite an.

Sie sieht wunderschön aus in ihrem cremefarbenen Cocktailkleid, noch königlicher als in der grünen Abendrobe, die ich für meinen Antrag besorgt hatte. Die orangenen Sprenkel in ihren braunen Augen flammen auf, als sie meinem Blick begegnet.

»Ja, ich will.« In meinem ganzen Leben habe ich noch nie etwas so sehr gewollt.

Der Standesbeamte nickt, dann richtet er sein Wort an Clara. »Ich frage Sie, Frau Arnold, sind Sie bereit, mit dem hier anwesenden Bräutigam Paul Lindt die Ehe einzugehen?«

Claras Brust hebt sich auf äußerst verlockende Weise, als sie tief Luft holt. »Ja, ich will«, sagt sie mit fester Stimme.

»Nachdem Sie beide meine Fragen bejaht haben«, stellt der Standesbeamte fest, »erkläre ich, dass Sie nunmehr rechtmäßig verbundene Eheleute sind.« Dann wendet er sich an Lina, die zwischen uns sitzt, und schiebt ein kleines silbernes Tablett durch den Spalt zwischen der von der Decke hängenden

Plexiglasscheibe und dem Tisch. »Du darfst deinen Eltern jetzt die Ringe reichen.« Er sucht meinen Blick. »Dem Papa zuerst?«

Ich nicke und schon präsentiert Lina mir die Platte. Meine Finger zittern ganz leicht, als ich den kleineren der beiden nehme.

Clara hat sich mir zugewandt und hält mir die Rechte hin.

»Geliebte Clara, du bist meine Gefährtin und mein Gegenstück.« Überraschend mühelos gleitet der Ring auf ihren Finger. »Ich werde dich lieben und ehren, in guten wie in schlechten Tagen, solange ich lebe.«

Sie lächelt mich an und nimmt den zweiten Ring von dem Tablett. »Geliebter Paul, du bist mein Gefährte und mein Gegenstück.«

Der Knöchel meines Ringfingers, der seit einer Kollision in der B-Jugend ein bisschen dick ist, sperrt sich.

Aber Clara überwindet diesen Widerstand wie alles, das sich ihr in den Weg stellt. »Ich werde dich lieben und ehren, in guten wie in schlechten Tagen, solange ich lebe.«

»Wunderbar«, stellt der Standesbeamte fest. Mit einer altmodischen Löschwiege wippt er über eine Seite, ehe er das kleine Buch zuklappt und ebenfalls durch den Schlitz steckt. »Ihr Familienstammbuch. Da ist auch die neue Geburtsurkunde für Ihre Tochter drin.« Er steht auf und streicht sich das Jackett glatt. »Herzlichen Glückwunsch. Auf Händeschütteln können wir dank der Pandemie ja verzichten.«

Clara sieht mich mit hochgezogener Augenbraue an, nachdem der Standesbeamte das Trauzimmer grußlos durch eine Tür an der Rückwand verlassen hat. »Huch? Was war das?«

»Keine Ahnung.« Ich nehme Lina das Silbertablett ab und tausche es gegen das Stammbuch. »Ist mir, ehrlich gesagt, auch egal. Wir sind verheiratet. Das ist alles, was zählt.«

»Und du bist jetzt mein Papa«, wirft die Kleine ein und reckt die Arme, damit ich sie hochnehme. »Mein richtiger, echter Papa. Ganz ohne Scheiß und Flunkern.«

»Das bin ich. Mit Haut und Haar.«

Claras Blick küsst mich, als ich Lina auf meinem Arm zurechtrücke und meine Nase in ihrem Haar vergrabe.

Dann biete ich Clara meinen Arm an, sie reißt sich die Maske vom Gesicht und wir machen unsere ersten Schritte als Ehepaar hinaus in die Welt.

Claras Eltern warten in unserem Penthouse auf uns. Wir stoßen gerade mit Sekt und Orangensaft für die beiden jüngeren Damen an, als die diensthabende Concierge Steiger ankündigt.

Meinen Spielerberater? Ich meine, klar, nachdem er die Hochzeit organisiert hat, weiß er natürlich das Datum. Aber er hat uns doch schon per E-Mail gratuliert. Aber mir bleibt keine Zeit zum Rätseln, denn schon öffnet sich die Lifttür und spuckt einen monstermäßigen Blumenstrauß aus.

»Mensch, Junge …« Nachdem er Clara mit den Blumen fast überhäuft hat, patscht er mir auf die Schulter. »Jetzt kann ich in Ruhe mein Privatier-Dasein am Südseestrand planen. Mein mit Abstand schwierigster Fall ist erfolgreich unter der Haube.« Er wendet sich meiner Ehefrau zu, die mit Hilfe ihrer Mutter den Strauß im Sektkühler untergebracht hat. »Und auch noch unter so einer außerordentlich hübschen Haube!«

Kapitel 25:

Monchild (Neuer Cherry)

Clara

eineinhalb Wochen später

Trotz des unhöflichen Standesbeamten wurde unser Hochzeitstag dann richtig schön. Dass wir im kleinsten Kreis feierten, war mir, ehrlich gesagt, mehr als recht. Bösartige Zungen könnten behaupten, ich sei nach dem Abend vorm ROSENGARTEN ein gebranntes Kind. Ich würde ihnen nicht widersprechen.

Als Pauls Berater unverhofft auftauchte, war ich infolgedessen nicht wirklich begeistert. Aber im Verlauf des Abends stellte sich heraus, dass er nicht nur amüsante Geschichten erzählen kann und einen etwas altmodischen, aber irgendwie unwiderstehlichen Charme versprüht. Sondern, dass er Paul wirklich gern hat.

Ich weiß wirklich nicht, wieso Paul ihn immer ›nervig‹ nennt. Als Herr Steiger mitbekam, dass ich seit Bestehen meiner Schwangerschaft den chemischen Geruch nicht mehr ertrage, der von Masken ausgeht, wusste er sofort eine Lösung.

Wir hatten natürlich meinen Gynäkologen gefragt, aber anscheinend wagen es Ärzte nicht mehr, Atteste zur Maskenbefreiung auszustellen, seit etliche ihrer Kollegen verklagt wurden und teilweise sogar zu Haftstrafen verurteilt wurden.

Herr Steiger ließ einen ganzen Sturzbach an Formulierungen los: »Kinners, das ist ganz einfach! Laut § 3 Absatz 2 der baden-württembergischen Corona-Verordnung gilt eine Ausnahme von der Maskenpflicht für Personen, die glaubhaft machen können, dass ihnen das Tragen aus gewichtigen und unabweisbaren Gründen unzumutbar oder nicht möglich ist.«

»Wie soll das gehen?« Papa zeigte sich skeptisch.

»Ihrer Tochter wird vom Eigengeruch der vorgeschriebenen Masken derart übel, dass sie sich fast übergeben muss«, fasste Herr Steiger zusammen. »Richtig?«

»Das stimmt«, gab Papa zu. »Sie sieht dann ganz schlecht aus.«

»Und, wie verhält sich das mit Übelkeit in der Schwangerschaft?« Herrn Steigers Augen blitzten. »Sogar die britische Kronprinzessin wurde wegen ihrer Schwangerschaftsübelkeit von öffentlichen Auftritten befreit. Weil es dem Kind schadet, wenn die Mutter sich die Seele aus dem Leib kotzt.« Er seufzte und deutete einen Diener in Mamas Richtung an. »Verzeihen Sie meine Wortwahl, gnädige Frau. Aber so verhält es sich doch.«

Mama winkte lachend ab. »Und Sie meinen, das hilft wirklich?«

Herr Steiger kramte einen Umschlag aus der Innentasche seines Jacketts. »Nun, es sollte kein hingerotzter Schmierzettel sein.« Er holte ein Blatt heraus, entfaltete es und schob es über den Tisch zu Mama. »Aber anständig aufbereitet, funktioniert das sehr wohl!«

»Glaubhaftmachung«, las Mama vor. »Befreiung von der Maskenpflicht. Unter Berufung auf die aktuell gültige Corona-Verordnung des Landes Baden-Württemberg, § 3 Mund-Nasen-Bedeckung, Absatz 2; Eine Verpflichtung zum Tragen einer Mund-Nasen-Bedeckung besteht nicht …«

»Zeig her«, verlangte Papa und nahm ihr das Schreiben ab. »… besteht nicht … blablabla … Ahh, hier: … mache ich, Oliver Steiger, geb. 16.01.1965, hiermit glaubhaft, dass mir das Tragen einer Mund-Nasen-Bedeckung aus gesundheitlichen und ähnlich gewichtigen und unabweisbaren Gründen nicht möglich und nicht zumutbar ist.«

Das Blatt wanderte weiter zu Paul, der es kritisch beäugte. »Ort, Datum, Unterschrift. Darunter ein QR-Code?« Er fummelte sein Handy aus der Hosentasche und entsperrte es.

»Brauchst du nicht zu scannen«, Herr Steiger nahm ihm das Papier ab. »Der Code führt zur Webseite des Landes Baden-Württemberg, wo der Volltext der Verordnung hinterlegt ist.«

»Das ist clever!« Mama wippte auf ihrem Stuhl, wie immer, wenn sie freudig erregt ist. »Kann ich an deinen Computer, Paul? Dann bastele ich das kurz für Clara zusammen.«

»Die gnädige Frau hat es sofort erkannt.« Steiger schob mir sein geleertes Sektglas hin. »Die Luft darin möchte bitte befreit werden, werte Frau Lindt.« Dann zauberte er einen zweiten Umschlag hervor, den er ebenfalls zu Mama rüberreichte. »Und wenn Sie schon dabei sind, basteln Sie noch ein ärztliches Maskenbefreiungsattest für Ihre Frau Tochter.«

»Ein Attest?« Paul hatte sein Notebook geholt und startete es. »Wozu das, Steiger? Ich dachte, Ihre Glaubhaftmachung funktioniert so mega toll?«

»Tut sie auch.« Herr Steiger prostete mir mit dem Sektglas zu, das ich gerade gefüllt hatte. »Wenn man es mit Amtsträgern zu tun hat. Aber irgendein Fuzzi von der Marktleitung oder gar ein kaum des Deutschen mächtiger Security?« Er lachte seine Erheiterung heraus. »Nee, nee. Die lesen ›Glaubhaftmachung‹ und verstehen Bahnhof. ›Du kein Attest!‹, ist alles, was sie dazu stammelnd vorbringen.« Mit einem ernsten Blick wandte er sich erneut an mich. »Wenn so ein Muggel, Marktleiter oder anderer Misanthrop von Ihnen wissen will, weshalb Sie keine Maske tragen, dann überreichen Sie ihm das …« Er malte Anführungsstriche in die Luft. »… Attest. Hält Sie aber jemand vom Ordnungsamt an oder wird ein Polizist in den Laden gerufen, stecken Sie das Pseudo-Attest weg und zeigen Sie ihm ausschließlich die Glaubhaftmachung. Verstanden?«

»Verstanden«, bestätigte ich, doch er bestand darauf, dass ich ihm die Hand darauf gebe.

Jetzt drängt sich angesichts dieser Erinnerung ein Schmunzeln auf mein Gesicht, während ich hinters Steuer des Mercedes kraxele.

Nachdem ich Lina gerade im Kindergarten abgegeben habe – das Fake-Attest, das Mama unter Herrn Steigers Anleitung gebastelt hatte, wirkt dort Wunder – muss ich mich wieder einmal erst zurechtfinden mit der ganzen Technik des SUV.

Natürlich lag Paul komplett richtig mit seiner Feststellung, dass ich ein Auto brauche. Mit der Straßenbahn wäre ich mindestens doppelt so lange unterwegs, um Lina zu bringen und zu holen. Zudem müsste ich im öffentlichen Nahverkehr bei jeder Fahrt mein ›Maskenattest‹ vorlegen. Weil irgendwelche Busfahrer oder Straßenbahn-Kontrolleure das mit der Glaubhaftmachung nicht checken. Aber musste es unbedingt ein GLB sein? Klar, spätestens, wenn Möhrchen erst einmal gelandet ist, wird die Riesenkarre alles erleichtern. Der Rücksitz bietet neben Linas Kindersitz noch genügend Platz für mich und eine Babyschale. Und in den Kofferraum passt der stylishe Kinderwagen, den Paul natürlich auch schon gekauft hat, sogar ohne Zusammenklappen.

Trotzdem fluche ich bei jeder Fahrt mindestens fünfmal über die riesenhaften Ausmaße des Autos. Ja, wunderbare Rundumsicht, exzellente aktive und passive Sicherheit. Aber ich erwische immer noch jedes zweite Mal den Wählhebel fürs Automatikgetriebe, wenn ich den Scheibenwischer anstellen will. Keine Ahnung, wer auf die bescheuerte Idee gekommen ist, den sogenannten Kombischalter, mit dem man bei Mercedes das einstellt, auf der linken Seite des Lenkrads anzuordnen.

Während ich mit der Technik hadere, tut sich endlich eine Lücke im fließenden Verkehr auf. Nach einem Schulterblick gebe ich behutsam Gas und genieße dann doch, dass ich nicht schalten muss.

So, was nun? Normalerweise schaue ich nach dem Wegbringen von Lina bei Mama vorbei, trinke einen Kaffee mit ihr – beziehungsweise den eklig gesunden Multivitaminsaft, den sie mir stattdessen kredenzt. Als ob Koffein in der

Schwangerschaft schaden könnte. Ich verdrehe die Augen und lache still in mich hinein. Mama und ihr Gesundheitsfimmel. Aber da sie heute ein Meeting im Büro hat, werde ich mir meinen geliebten Cappuccino einfach an der Bäckertheke des Supermarkts holen, ehe ich die Einkäufe mache.

Kurze Zeit später rollt der Benz auf den Parkplatz, ich finde auf Anhieb drei freie Stellplätze nebeneinander – auf die automatische Einparkvorrichtung vertraue ich nicht, auch wenn Paul sich darüber kringelig lachen kann – und stelle den Wagen ab. Ich schnappe mir meine Handtasche und die Klappbox mit dem Leergut aus dem Kofferraum, ehe ich mir einen Einkaufswagen löse.

Der moderne, inhabergeführte Supermarkt am Rande einer Kleinstadt liegt zwar eigentlich nicht auf meinem Weg, aber dort regt sich keiner auf, weil ich keine Maske trage. Nur einmal hat eine andere Kundin Randale gemacht. Daraufhin ließ der stellvertretende Marktleiter sich das ›Maskenattest‹ zeigen.

Mir war todschlecht, doch er überflog die Fälschung nur kurz, ehe er sich wortreich für die Umstände entschuldigte. Und seitdem kennen mich die Angestellten, lassen mich in Ruhe.

Auch die Bäckereiverkäuferin, die mich jetzt mit einem fröhlichen »Wie immer, Frau Lindt?« begrüßt.

»Wie immer«, bestätige ich und deute auf ein mit Fleischkäse dick belegtes Brötchen. »Ist da Gurke drauf? Dann nehm' ich es, denn das *Möhrchen* …« Beim Kosenamen, den Paul für unser Baby gefunden hat, streiche ich mir beiläufig über den Bauch.

Doch mein Blick, der meiner Hand gefolgt ist, bleibt auf den mattweißen Keramikfliesen kleben, die den Boden bedecken.

»… ist los, Frau Lindt?«, wabert die Stimme der Verkäuferin wie durch dicke Nebelschwaden in mein Ohr.

»Ein Fleck«, beschreibe ich, was ich da zwischen meinen Füßen erkenne. »Ein runder, roter, etwa Zwei-Euro-Stück großer Fleck. Kann das Blut sein?«

»Blut?« Ihre Stimme klingt alarmiert, und ihre Beunruhigung überträgt sich schlagartig auf mich, denn …

… zum ersten Fleck gesellt sich gerade ein zweiter. Und dritter. Und vierter. »Ich …« Mein Blickfeld verengt sich, ich sehe, wie meine Hand auf der vergeblichen Suche nach Halt an der Glasscheibe der Verkaufsvitrine abgleitet.

»Frau Lindt!«, schreit die Verkäuferin, und ich höre eilige Schritte. »Was ist mit Ihnen?«, fragt sie dann viel näher.

Wenn ich das nur wüsste! Bestürzt stelle ich fest, dass meine Knie nachgegeben haben und ich auf dem Boden kauere.

»Warten Sie, ich helf' Ihnen auf!« Beherzte Hände packen mich am Oberarm, ziehen mich hoch. »Wir setzen Sie drüben an einen der Cafétische, ja?«

»Ich …« … bin nicht geimpft, will ich sie warnen, doch als sie mich hochzieht, fällt mir etwas anderes auf. »Ich blute!« O mein Gott, das ist mein Blut, das da zunehmend schneller zwischen meinen Beinen auf den Boden tropft. »Mein Baby!« O mein Gott! »Verliere ich mein Baby?« Hilfesuchend sehe ich zu ihr hoch, doch sie hat sich abgewendet, ruft Anordnungen zu den Kassen des Supermarkts rüber.

»… Krankenwagen …«, schnappe ich auf. »… Notarzt … Rettungsdecke … besser nicht bewegen …«

Dann wird mir übel. Doch ich muss mich nicht übergeben, stattdessen fließt heißes Nass über meine Wangen. »Bitte, bitte«, höre ich mich flüstern. »Bitte. Keine Fehlgeburt.«

Ich weiß nicht, wie viel Zeit vergeht, ehe die Rettung eintrifft. Da ich weder Paul noch Mama telefonisch erreiche, spreche ich beiden aufs Band. Dann warte ich. Mir kommt es vor wie Stunden, dabei können es nur wenige Minuten sein, denn das Kreiskrankenhaus befindet sich in Sichtweite des Supermarkts.

»… nehmen Sie besser mit«, entscheidet der Sanitäter, der ungefähr mein Alter hat und dessen braune Augen so viel Verständnis ausstrahlen, nachdem er meinen Mutterpass gecheckt hat. »Meinen Sie, Sie können selbst rüberrutschen?« Er zeigt auf die Trage, die sein Kollege direkt neben mich geschoben hat.

Die Hand auf den Bauch gepresst, schüttele ich den Kopf.

»Red' keinen Blödsinn«, entscheidet der andere. »Natürlich heben wir sie rüber. Eins, …«

Ich fühle mich unter den Achseln und Knien gepackt und … »… zwei, … drei« auf der Trage abgelegt.

Warme Finger streichen mir beruhigend über die Hand, während andere mich mit Gurten sichern. »Wir bringen Sie sofort in die Notaufnahme. Dort wird man sich um Sie kümmern.«

Dankbar sehe ich in die Gesichter der Sanitäter hoch.

Sie klappen das Fahrgestell der Trage aus und schieben mich schon zur Tür hinaus, als mir plötzlich etwas ganz Wichtiges einfällt …

»Ich kann keine Maske tragen!«, platzt es aus mir raus, weil ich erst jetzt die FFP2-Masken der beiden wahrnehme. »Kann ich nicht! Der Geruch ist unerträglich, seit ich schwanger bin u…«

»Ruhig, ganz ruhig«, sagt der Ältere, während sie mich schon in den Rettungswagen schieben. »Das ist kein Problem. Wir sagen denen in der Notaufnahme Bescheid. Sie haben ja keine Symptome, daher reicht ein Test.«

»Bestimmt?«, frage ich und erschrecke darüber, wie dünn meine Stimme klingt. Als ob die Angst um das Möhrchen sie in die Länge gezogen hätte wie den Käse bei Linas Lieblingsgericht *Mac and Cheese*.

»Bestimmt«, bestätigt er, und dann rollt der Krankenwagen schon unter Aufheulen des Martinshorns runter auf die Straße.

Auf der Trage so gut es geht zusammengekauert, halte ich meinen Bauch, bete still das Mantra vor mich hin, von dem ich gar nicht weiß, an wen ich es richte: ›Lass' das Möhrchen nicht sterben. Lass' das Möhrchen nicht sterben. Lass' es nicht sterben.‹

Und was, wenn es schon längst gestorben ist?

›Sei still!‹, will ich diese innere Stimme anschreien. Aber sogar dafür fehlt mir die Kraft.

Wenn das Möhrchen tot ist … Mir wird ganz dunkel vor Augen. Wenn das Möhrchen tot ist …

»Frau Lindt?« Eine Hand rüttelt mich an der Schulter. »Frau Lindt? Frau Lindt? Bleiben Sie bei uns! Hallo, hören Sie? Verdammt, Michi, mach schneller! Ich fürchte, sie verblutet uns!«

»Wir sind schon da!«, antwortet eine andere Stimme, dann spüre ich, wie der Wagen zum Stillstand kommt.

Türen werden aufgerissen, ich werde hin und her geschüttelt, als die Trage aus der Kabine geholt wird. Metallisches Klackern, noch mehr Schütteln, endlich rollt man mich über unebenen Asphalt.

»Ganz ruhig, Frau Lindt. Ganz ruhig.« Wieder eine Hand, die meinen Arm tätschelt.

Die Dunkelheit vertieft sich. Wenn das Möhrchen tot ist …

»… Schwangerschaft … Woche … vaginale Blutung …« Gesprächsfetzen wabern an mir vorbei, lassen mich seltsam ungerührt.

Wenn das Möhrchen tot ist …

»… keinen Behandlungsraum frei …«

»… Notfall … wirklich viel Blut …«

»… sein muss … Behandlungsliege … Flur …«

Benommen spüre ich, dass ich erneut hochgehoben werde und auf eine andere, weichere Unterlage gebettet werde. Ich rolle mich auf die Seite, ziehe die Knie an die Brust und umschlinge meine Schienbeine mit den Armen. Wenn das Möhrchen tot ist …

»… machen Sie's gut …« Warme Finger drücken meinen Handrücken. »… ja, Frau Lindt?«

»Mhm«, höre ich mich mit fremder Stimme machen. Wenn das Möhrchen tot ist …

»… schauen, was los ist …« Eine Frau spricht mich an. »… Ultraschall … Sie freimachen, ja?« Unerbittliche Hände lösen meinen Klammergriff um meine Beine, schieben mir das Kleid hoch und streifen mir die Leggings mitsamt der Unterhose über die Oberschenkel. »… Vorlage … später … jetzt erst einmal Ultraschall …«

Kaltes Gel wird mir auf den Bauch geklatscht, ich zucke zusammen.

Aber wenn das Möhrchen tot ist, ist das auch egal …

»So, gleich haben wir's.« Das Rollen von kleinen Rädern ist zu hören, das Betätigen von Tasten. Etwas drückt mir auf den Bauch.

Das muss der Schallkopf sein. Gleich werde ich erfahren, was los ist. Mir wird noch ein Stück übler, mühsam fokussiere ich meinen Blick und erkenne eine entsetzlich junge Krankenschwester, die unbeholfen auf den Schaltern und Knöpfen des Ultraschallgeräts herumtappt.

»…fluchtes Scheißding … ausgerechnet mich?« Röte breitet sich auf ihren Wangen aus. »*Fuck*!«, flucht sie weiter. »Wenn ich nur wüsste, wo …«

Hinter ihr nehme ich eine Bewegung wahr. Jemand kommt näher. Ein Mann. Nein, zwei Männer. Sind das Gynäkologen, die mit dem Ultraschall umgehen können?

Doch die beiden … Ich weiß, es mag vorurteilsbehaftet klingen, aber sie sehen nicht wie ausgebildete Ärzte aus. Eher wie die schmierigen Typen, wegen denen Frauen nachts den Straßenbahnwaggon wechseln, weil sie jedes weibliche Wesen unter siebzig mit den Augen nackt ausziehen.

»…dammt, verdammt, verdammt!« Das Schimpfen der Schwesternschülerin erregt meine Aufmerksamkeit.

Warum macht sie den Ärzten nicht Platz, sondern kämpft immer noch erfolglos mit dem Gerät?

Ich will sie gerade auf die beiden aufmerksam machen, sehe hoch zu ihnen – und starre geradewegs in ihre fast schon sabbernden Mienen, mit denen sie meine nackte Scham fixieren. Das … So hat mich noch nie ein Arzt angeschaut. Dann sind das wirklich keine Doktoren?

Da sie anscheinend meine Aufmerksamkeit bemerkt haben, gehen sie weiter.

Halbwegs erleichtert wende ich mich der Schwester zu, die mich kopfschüttelnd ansieht. »Es tut mir leid. Ich komme einfach nicht klar mit diesem Ultraschall-Modell. Warten Sie kurz, ich hole jemanden, der sich damit auskennt.«

Als ob ich irgendwohin laufen würde, solange noch Hoffnung besteht, dass mein Möhrchen noch leben könnte. Obwohl die Menge an Blut, die sich da auf der Papierauflage der Liege ausbreitet und meine Leggings durchnässt hat, ganz eindeutig gegen diese Hoffnung spricht. Bitte!, flehe ich still irgendjemanden an, ich weiß gar nicht, wen. Bitte, lass' das Möhrchen nicht gestorben sein. Bitte!

Ein Schatten fällt auf mich, ist das die Hilfe, von der die Schwester sprach?

Doch es sind nur die zwei bärtigen Typen, denen fast die Augen aus dem Kopf treten, während sie mich anstieren. Wenn ich nicht so verzweifelt wäre, würde ich ihnen die Meinung geigen. Aber jetzt zählt nur eins: Lass' das Möhrchen nicht gestorben sein!

»... denn los?«, dringt eine schnarrende Frauenstimme in meine Wahrnehmung, und die Gaffer machen sich aus dem Staub. »... nicht mitbekommen, was los ist? ... um alles selbst kümmern?«

Kümmern. Ja, hoffentlich kümmert sie sich um das Ultraschallgerät. Und hoffentlich zeigt das dann, dass mein Möh...

»Ja überhaupt keine Maske!«, kreischt die Frauenstimme jetzt. »Sind Sie wahnsinnig?«

»Aber die Sanitä...«

»Ist mir scheißegal, was die Sanis sagen!«, schneidet die Frau der Schwesternschülerin das Wort ab. »Wir befinden uns in einer Pandemie! In einer tödlichen Pandemie! Verstanden?«

Verwirrt sehe ich hoch. Pandemie? Ich habe kein Covid. Mein Möh...

Zwei Hände bewegen sich auf mich zu, halten eine FFP2. Kommen näher, näher und ... pressen die Maske so fest auf mein Gesicht, dass ich fast seitlich von der Liege runterkippe.

Ich schnappe nach Luft. Atme den Gestank ein. Spüre Übelkeit. Atemnot. Todesangst.

Mehr Übelkeit, die mir den Hals zuschnürt. Noch größere Atemnot, die meine Todesangst steigert.

Ich meine, in einen Abgrund zu sehen. Spüre Verzweiflung. Ausweglosigkeit.

Und Wut.

Grenzenlose Wut. Von meiner Todesangst befeuerte Wut. Wut, wie ich sie noch nie gespürt habe.

»Weg!«, höre ich mich schreien …

… und auf einmal ist es so, als würde ich mich aus der Perspektive einer Drohne sehen, die hoch droben, unter der Decke des Flurs der Notaufnahme schwebt.

Ich sehe Clara, also mich, entblößt und halbnackt auf der Liege.

Clara stößt die Frau mit der Maske weg. Sie zerrt sich beim Aufrappeln auf der Liege notdürftig die Hose hoch und schubst, kaum dass sie auf dem Boden steht, die Frau mit der FFP2 und die Schwesternschülerin noch einmal weg. Rennt los. Den Flur hinunter. Die Gaffer von vorhin kommen ihr entgegen. Sie muss nicht mal schreien, sie gehen ihr von selbst aus dem Weg. Dann vier Männer in Arztkitteln.

»Aus dem Weg!«, schreit Clara – schreie ich?

Als sie nicht zur Seite weichen, rennt sie drauflos, die beiden in der Mitte werden förmlich weggesprengt.

Als ob Obelix durch die Reihen der Römer bricht. Völlig irr, der Gedanke. Aber einen anderen habe ich nicht.

Am Ausgang zum Hof stehen die Sanis, die mich hergebracht haben. Werfen die Zigaretten weg. »Frau Lindt!«

»Fassen Sie mich nicht an!«, schreit Clara ihnen entgegen. »Fassen Sie mich ja nicht an, hören Sie?«

Verunsichert gehen sie zur Seite.

Clara rennt weiter, läuft zwischen Rettungswagen über den Hof. Ihr Kopf wendet sich nach links und rechts, während sie sich orientiert. Ihre Schritte beschleunigen sich, als sie die Zufahrt entlangläuft, die leicht bergab führt.

Sie rennt. Eilt dahin. Flieht förmlich.

Schließlich erreicht sie das Besucherparkhaus, ein paar hundert Meter vom Krankenhaus entfernt. Taumelnd überwindet sie die letzten paar Schritte, bricht auf dem Grünstreifen neben einem winterkahlen Busch zusammen.

Leise jammernd komme ich zu mir.

In der frostigen Februarluft spüre ich das Blut überdeutlich, das mir warm über die Schenkel rinnt.

O mein Gott. Was habe ich getan?

Wenn das Möhrchen noch gelebt haben sollte, als ich in die Notaufnahme kam – nach meiner mörderischen Flucht muss es jetzt tot sein.

All das viele Blut! Dickflüssiges, tiefrotes Nass, das sich in einer Pfütze zu meinen Füßen sammelt. Der Lebenssaft meines Möhrchens, der träge im Boden versickert.

»Frau Lindt?« Eine männliche Stimme, gehetzt und gedämpft zugleich, spricht mich an.

Ich sehe hoch, blicke in das Gesicht eines Mannes, das zur Hälfte hinter einer FFP2-Maske verborgen ist.

Eine zweite am ausgestreckten Arm gehalten, kommt er auf mich zu.

»Nein!«, schreie ich und fühle, wie der Anblick mich triggert. »Nein! Geh'n Sie weg!«

»Ich kann nicht weggehen, Frau Lindt«, sagt er und kommt noch näher. »Ich bin ein Arzt.«

»Tun Sie die Maske weg!« Ich spüre, dass ich zu hyperventilieren beginne. »Bitte!«

»Frau Lindt.« Er seufzt. »Wir müssen Sie behandeln.«

Müssen sie das? Ich schiele zu der Blutlache zu meinen Füßen, und während ich versuche, meinen galoppierenden Atem zu regulieren, taucht seine Hand in meinem Blickfeld auf.

Mit der FFP2-Maske!

Es schnürt mir den Hals ab. Der Geruch steigt mir in die Nase, bringt mich zum Würgen.

»Weg!«, japse ich. »Tun Sie die Maske weg!«

»Die Maske?« Er dreht sie vor meinem Gesicht hin und her. »Diese Maske?«

Der Anblick triggert mich noch mehr. »Weg! Bitte! Bitte, weg!«

»Aber warum denn?« Das schaukelnde Ding in seiner Hand kommt noch näher.

Angeekelt drehe ich den Kopf weg. »Bitte! Mir wird schlecht!« Ich würge und spucke einen halbverdauten Rest des Frühstücks aus. »Ich …« Schwer atmend wische ich mir die Kotze vom Mundwinkel. »Ich bekomme keine Luft!«

Er sieht mich abschätzig an, bewegt weder sich noch die Maske.

»Ich. Bekomme. Keine. Luft.« Mit dem letzten Atem presse ich die Worte hervor. »Weg! Weg! Tun Sie sie weg!«

»Die Maske?«, fragt er saublöd. »Aber: Warum?« Da er mir das Scheißding bei seinen Worten keine fünfzehn Zentimeter vors Gesicht hält, rauscht die Panik abermals durch meine Adern.

»Weil sie stinkt!«, schreie ich und schlage nach seiner Hand. »Und mir davon übel wird!« Würgend fasse ich mir an den Hals. Zudem bekomme ich Atemnot.

»Also gut«, sagt er träge und nimmt die Maske im Schneckentempo weg.

Argwöhnisch beobachte ich, wie er sie in die Tasche seines Kasacks steckt.

»Kommen Sie jetzt mit?« Er beugt sich vor und alles verschwimmt vor meinen Augen.

Bis auf die FFP2, die er trägt.

»Nein!«, mache ich erstickt. »Nein! Geh'n Sie weg!« In meinem Kopf spult sich die Szene immer und immer wieder ab, wie die Schwester mir die Maske aufs Gesicht gedrückt hat.

Ihre kühlen, vom Desinfektionsmittel noch leicht feuchten Finger übten unbarmherzigen Druck auf meine Wangen aus.

Vorsichtig befühle ich mein Gesicht und zucke vor Schmerz zusammen.

» … Sie mit?« Eine ebenso kühle Hand packt mich am Arm, ich schlage sie weg.

»Nein!« Panisch krabbele ich rückwärts, die stacheligen Zweige des Gestrüpps bohren sich in meinen Po und Rücken.

Der Arzt seufzt übertrieben, sodass seine FFP2-Maske flattert wie ein Geist im Spukschloss. »Was wollen Sie dann?«

Was will ich? »Paul«, stoße ich schluchzend hervor. »Ich will, dass mein Mann kommt.«

»Wollen Sie das?«, fragt der Arzt voller Hohn.

Was hat er für ein Problem? Ich kratze die letzten Reste meiner Selbstbeherrschung zusammen. »Ich will, dass mein Mann kommt und mich abholt.« Endlich fällt mir wieder ein, dass der Riemen meiner Handtasche immer noch quer über meine Brust verläuft. Ich taste nach ihr, fummele das Handy heraus.

»Ihr Mann ist toxisch«, behauptet der Arzt aus dem Nichts und greift nach meinem Telefon.

Wir ringen förmlich um das Gerät.

»Lassen Sie los!« Mit aller Kraft versuche ich, es im festen Griff zu behalten. Aber meine Finger sind zu schwach und das Handy fällt zu Boden.

»Ihr Mann ist der Grund für Ihr Problem!«, bellt der Arzt. »Er ist toxisch! Er vergiftet Sie!«

Ist er verrückt geworden? »Sie kennen ihn doch überhau…«

»Sie kommen jetzt mit!«, unterbricht er mich und reißt mich an dem Arm hoch, mit dem ich nach dem Telefon taste.

Zu dieser wahnsinnigen Gewalttäterin? »Nein!« Mit der freien Hand stoße ich ihn von mir, überrumpelt lässt er mich los und ich stolpere, so schnell ich kann, durch die Büsche aus dem Grünstreifen hinaus. »Nein!«

Schwarz verschlingt mich abermals die Panik.

Als würde ich durch ein langes, dunkles Rohr sehen, verengt sich mein Blickfeld. Während meine Füße schneller und immer schneller laufen, nehme ich nur noch den bergab führenden Fußweg entlang der Straße zum Krankenhaus wahr.

KAPITEL 26:
VOIS SUR TON CHEMIN - TECHNO MIX (BENNETT)

Paul

KURZE ZEIT ZUVOR

AM GLEICHEN TAG

Als ich nach dem Training zurück in die Kabine komme, reiße ich mir nicht die verschwitzten Klamotten vom Leib. Das war früher. Seit dem Vorfall im ROSENGARTEN checke ich als Erstes das Handy.

ANRUF VON: CLARA lese ich vom Display ab.

Mein Blutdruck steigt. Schnell entsperre ich das Telefon, rufe zurück.

Sie geht nicht dran. Nur ihre Mailbox.

Ich verspüre leichte Übelkeit. Was ist mit meiner Frau? Oder ist Lina etwas geschehen? Hat die Kleine sich beim Toben verletzt? Mühsam konzentriere ich mich, tippe den Code zum Abhören meiner Mailbox ein.

»Paul, hier Clara.« Sie klingt abgehetzt, gepresst. »Ich … Nachdem ich Lina in den Kindergarten gebracht hatte, bin ich zum Supermarkt und wollte mir gerade einen Kaffee kaufen, als …« Ihr Atem ist zu hören. Im Hintergrund Stimmengewirr.

Was ist passiert?

»Paul, ich … Ich fürchte, ich habe eine Fehlgeburt. Ich blute wie verrückt. Gerade kommt der Rettungswagen. Sie bringen mich ins Kreiskrankenhaus. Ich muss … Ich …« Die Aufzeichnung bricht ab.

Clara! Ich springe auf, schmeiße meine Klamotten in die Sporttasche und werfe meine Brieftasche hinterher. Die Tasche und die Autoschlüssel in der einen, das Handy in der anderen Hand, haste ich zur Tür.

»Paul? Was ist los?« Yunus, ein Handtuch um den ansonsten nackten Leib geschlungen, kommt aus der Dusche.

»Meine Frau«, ist alles, was ich rausbringe. Dann renne ich schon durch die Flure, raus aus dem Gebäude und quer über den Parkplatz zur *Katze*. Ich schließe auf, schmeiße mein Zeug auf den Beifahrersitz. Steige ein.

Der Motor springt mit einem donnernden Röhren an.

Ich lege den Rückwärtsgang ein, rangiere aus der Parklücke und gebe Vollgas, sobald ich das Gelände der Eintracht verlassen habe.

Geschwindigkeitsbegrenzungen? Scheiß drauf. Es geht um das Leben meiner Frau!

Gut zwanzig Minuten später stelle ich die *Katze* im Parkhaus des Kreiskrankenhauses ab. Die Stollen meiner Kickschuhe erzeugen auf dem Asphalt ein mechanisches Klacken, das von den nackten Betonwänden zurückgeworfen wird. Drei Stufen auf einmal nehmend, haste ich die Treppe ins Erdgeschoss hinab. Auf dem Weg nach draußen stoße ich fast mit einer Gruppe älterer Damen zusammen. Können die ihren Tratsch nicht in irgendeinem Café abhalten? Nein, Paul, lass' es. Jetzt nicht diese Gedanken! Renn lieber!

Die Automatiktüren zum Eingangsbereich öffnen sich mit aufreizender Langsamkeit.

Ich brauche meine gesamte Selbstbeherrschung, um mit der Faust nicht gegen die gläsernen Schiebetürflügel zu schlagen! Verdammt! Geht's nicht schneller?

Endlich ist der Spalt breit genug, um mich durchzulassen.

Kurz bleib' ich stehen, um mich zu orientieren. Da! Rechts der gläserne Pförtnerkubus!

Zwischen ihm und mir ein Rentner, der auf einen Rollator gestützt auf den Empfang zu schlurft.

Ich schlage sämtliche Manieren in den Wind, überhole ihn mit langen Schritten und erreiche einen Meter vor ihm das Ziel.

»Unverschämtheit!«, krächzt er.

Aber ich lasse mich nicht ablenken. »Paul Lindt«, stelle ich mich vor. »Meine Frau wu…«

»Maske!«, schnarrt der Pförtner und drückt sich die seine fester ins Gesicht.

Maske? Scheiße, wo …? Ich taste die Taschen meines Trainingsanzugs ab, spüre eine verdächtige Wölbung und ziehe eine FFP2 heraus, die dem Anschein nach schon mindestens fünfmal mitgewaschen wurde. Egal. Todesmutig schlinge ich die Gummis hinter die Ohren. »Meine Frau wu…«

»Impfnachweis?«, unterbricht der Pförtner mich erneut rüde.

Himmel, Arsch und Zwirn! Es handelt sich um einen Notfall! Resigniert hole ich mein Handy raus, entsperre es und suche nach der Corona-App. »Hier.« Mit dem letzten Rest an Geduld schiebe ich das Telefon unter der Plexiglasscheibe hindurch.

»Was soll ich damit?« Der Pförtner verdreht die Augen. »Sie müssen es schon anschalten und entsperren!«

»Das habe ich doch!« Irritiert schnappe ich mir das Handy, tappe auf dem Display herum und drücke ebenso vergeblich auf die Tasten. Das darf doch jetzt nicht wahr sein! Mir fällt ein, dass der Akkustand in der Umkleide bei nur noch sechs Prozent lag. Aber so schnell kann der sich doch nicht völlig geleert haben?

»Impfausweis«, wiederholt der Pförtner sichtlich genervt. »Ohne kommen Sie hier nicht rein«, grunzt er ohne jeden Anflug von Gnade.

»Ich bin Paul Lindt!«, erkläre ich. »Jeder weiß, dass ich geimpft bin. Nur meine Ehefrau nicht.«

»Und wenn Sie der Kaiser von China sind.« Der Pförtner trommelt mit den Fingern auf die Platte. »Ich muss Ihren Impfstatus überprüfen.« Erneut presst er sich den Rand der Maske mit zwei Fingern ins Gesicht. »Ihren Impfpass haben Sie nicht zufälligerweise dabei? Das gelbe Heftchen?«

Der Impfpass! »Aber klar doch!« Mit der flachen Hand schlage ich mir vor die Stirn und krame meine Brieftasche hervor. »Hier.« Ich schiebe ihm das abgegriffene und zerknitterte Heft rüber.

»Ausweis?«, blafft er nur und ich presse den Perso gegen die Plexiglasscheibe, damit er Name, Geburtsdatum und Foto vergleichen kann.

»Mh-hm.« Er nickt mürrisch.

Während ich den Ausweis wieder einstecke, zoomt mein peripheres Sehen eine verdächtige Bewegung draußen hinter der verglasten Front der Krankenhaus-Lobby heran. Was ist das?

Eine zierliche Brünette rennt, stolpert, hetzt weiter bergab. Kess weht eine wilde Lockenmähne hinter der Bildhübschen her.

»Verdammt!« Kess, bildhübsch, brünett. Das ist Clara! Laut fluchend drehe ich mich auf der Ferse um, rempele im Loslaufen fast den Alten mit dem Rollator um und sprinte durch die sich gerade schließenden Schiebetüren. »Clara! Clara!« Den linken Arm zu einem Stopp-Zeichen erhoben, zwinge ich einen heranrasenden Kombi zu einer Vollbremsung. Dann überquere ich die Straße. Fange Clara genau in dem Moment auf, als sie zusammenbricht.

»Bist … Bist du das, Paul?« Das Nass rinnt ihr über die Wangen. Tränenblind tastet sie nach mir.

»Clara.« Ich schiebe meine Arme unter ihre Knie und den Rücken, nehme sie hoch. »Was machst du hier draußen?« Sollte sie nicht in der Gynäkologie oder wenigstens der Notaufnahme sein?

Ein wahrer Sturzbach an Tränen schießt aus ihren Augen. Stockend berichtet sie, was vorgefallen ist.

»Sie haben was?« Am liebsten würde ich mit Clara auf den Armen in die Notaufnahme stürmen und alles kurz und klein hauen. »Denen werde ich je…«

»Nein!« Clara schreit voller Panik auf, als ich mich umdrehe. »Nicht! Ich will … Ich kann dort nicht mehr hin! Nein! Nein! Nicht, Paul! Bitte! Ich bitte dich!« Ihre heißen Tränen brennen sich durch meine Trainingsjacke, das Trikot und meine Haut bis direkt in mein Herz.

»Wohin soll ich dich bringen?«

»Nach Hause«, schluchzt sie. »Bitte, bring mich nach Hause.«

Dort sind wir jetzt. Zuvor bin ich noch beim Kindergarten vorbeigefahren und habe Lina etwas früher abgeholt.

Die Kleine darf jetzt unter der Aufsicht der Concierge in der Spielecke des Foyers von THE SIX spielen, damit ich mich in Ruhe um ihre Mutter kümmern kann.

Behutsam lege ich Clara aufs Bett, decke sie zu und bringe ihr erst einmal ein Glas Wasser. Dann schließe ich leise die Schlafzimmertür hinter mir. Ich muss eine Weile suchen, ehe ich die Nummer der Hebamme finde, die Claras Schwangerschaft begleiten wird. Nachdem der Anruf erledigt ist, gehe ich zurück ins Schlafzimmer.

Claras blasses Gesicht, das unter der Decke hervorlugt, scheint nur aus einer spitzen Nase und eingefallenen Wangen zu bestehen.

Bei dem Anblick bekommt mein Herz einen Knacks wie damals Michael Ballacks vordere Syndemose nach Boatengs Blutgrätsche. Diskret will ich mich zurückziehen. Doch kaum, dass ich die Tür eine Handbreit zugezogen habe, schlägt Clara die Augen auf.

»Paul?«, piepst sie kraftlos. »Bist du das, Paul?«

»Ja.« Ich eile zu ihr ans Bett, nehme ihre eiskalte Hand, die sie mir entgegen reckt. »Die Hebamme kommt so schnell wie möglich. Sie bringt ihr mobiles Ultraschallgerät mit.«

Clara nickt. Dann schreckt sie auf. »Wie ist das eigentlich? Brauche ich eine Ausschabung nach der Fehlgeburt?« Ihre Augen weit aufgerissen starrt sie mich an. »Ich kann nicht ins Krankenhaus, Paul! Das … Ich kann das nicht!«

»Ganz ruhig.« Ich drücke und streichele ihre Hand. »Erstens ist gar nicht gesagt, dass du eine Fehlgeburt hattest. Und zweitens finden wir dann eine Lösung.«

»Da war so viel Blut …« Clara sieht nicht so aus, als ob sie mir glauben könnte. Dann geht ein Ruck durch sie. »Apropos Blut … Ich muss mich saubermachen! So kann ich der Hebamme nicht gegenübertreten!«

In der letzten Sekunde verhindere ich, dass sie aus dem Bett klettert. »Lass mich das machen!«, befehle ich. »Du bewegst dich keinen Millimeter. Klar?«

Als die Hebamme gut zwanzig Minuten später kommt, ist Clara gewaschen. Da meine Frau meine Vorliebe fürs Nacktschlafen teilt, steckt sie in Ermangelung eines Nachthemds in einem meiner T-Shirts mit dem Aufdruck meines Lieblings-Football-Teams der NFL.

Ich habe sogar das Bett abgezogen und saubere Laken aufgezogen, ohne dass Clara auch nur einen Fuß auf den Boden gesetzt hat.

Als die Hebamme schließlich ihr Gerät ausgepackt hat und mit der Untersuchung beginnt, wird mir mindestens so übel, wie es Clara unter den Staubschutzmasken werden muss.

Ich schlucke, schlucke und schlucke. Und bekomme fast nicht ihre erlösenden Worte mit.

»… ist ja das kleine Herzchen«, sagt sie warm. »Pumpt gesund und munter!«

»Das Möhrchen lebt!« Clara heult auf der Stelle los. Nur noch schlimmer als zuvor.

Meine Fresse, ich wusste nicht, dass so viel Tränenflüssigkeit in eine derart zierliche Frau passt! Ich schüttle den Kopf, denke, Paul, geht's noch? Inzwischen sollte dir klar geworden sein, dass diese Frau, deine Ehefrau, ein fleischgewordenes Wunder ist!

Während die Hebamme ihre Sachen einpackt, informiert sie uns über ihre Diagnose. »Ihr ›Möhrchen‹ – niedlicher Kosename, übrigens – hat sich einen etwas ungeschickten Platz zur Einnistung in der Gebärmutter ausgesucht. Direkt am Muttermund. Und genau dort, ringförmig, wächst die Gebärmutter, sodass die Plazenta erst gedehnt wurde und dann ein Stückchen von der Gebärmutterwand abgerissen ist.«

»Liegt die Plazenta vor dem Muttermund?« Claras alarmiertem Tonfall nach zu schließen, wäre das ganz und gar nicht gut. »Brauche ich einen Kaiserschnitt?«

»Ruhig, ruhig.« Die Hebamme hebt die Hand. »Nichts wird so heiß gegessen, wie es gekocht wird. Sie sind jetzt in der zehnten Woche. Bis zur Geburt tut sich da viel. Und soweit ich erkennen konnte, scheint die Plazenta sich jetzt außerhalb des Wachstums-Rings zu befinden.« Dann gibt sie uns Anweisungen für die nächste Zeit: Clara muss das Bett hüten. Gegen die erhöhte Thrombose-Gefahr muss ich für sie Kompressionsstrümpfe besorgen.

Absolut kein Problem, obwohl Clara beides sichtlich nicht schmeckt.

Beim dritten Punkt der Hebamme muss ich allerdings schwer schlucken: »Mindestens für die nächsten sechs Wochen kein Geschlechtsverkehr«, legt sie uns eindringlich nahe.

Scheiße. Aber ich mache das, was von mir erwartet wird, und küsse Claras Hand, die ich schon während der ganzen Untersuchung halte. »Überhaupt kein Problem!«

Dafür taucht am nächsten Wochenende ein anderes Problem auf.

Um Clara am spiel- und trainingsfreien Sonntag die benötigte Ruhe zu geben, damit sie in Abwesenheit neugieriger Ohren mit ihren Eltern sprechen kann, bin ich mit Lina gerade auf dem Weg zu einem Indoor-Spielparadies, als Steiger anruft.

»Gestern den AKTUELLEN SPORTREPORT geschaut?«, fragt er. Wie üblich ohne Begrüßung.

»Nein, wieso?«, will ich voller Argwohn wissen. »Wir hatten das Auswärtsspiel am Abend. Als ich endlich zu Hause war, wollte ich nur noch ins Bett.« Zu Clara.

»Eins muss man diesem Knorrer ja zugutehalten …« Steiger grunzt ein bitteres Lachen raus. »Humor hat er. Beziehungsweise seine Lohnschreiberlinge. ›Beherrscht der EINTRACHT-Stürmer die Gabe der Teleportation?‹, hat er als Aufhänger gefragt.«

»Warum sollte ich das?« Leider muss ich zugeben, dass ich auf dem Schlauch stehe.

Steiger seufzt. »Weil es schlecht möglich ist, dass du dich an zwei Orten gleichzeitig befindest.«

»Und wie kommt Knorrer darauf, dass ich das getan hätte?« Seit er mich wegen Claras Impfstatus so gegrillt hat, ist mir der Sportmoderator noch unsympathischer als zuvor.

»Weil jeder selbst online nachprüfen kann, von wann bis wann die Nationalmannschaft zum Testspiel in Saudi-Arabien war«, erklärt Steiger eine Selbstverständlichkeit. »Und auch, dass du dabei warst. Schließlich hast du ein Tor geschossen.«

Das sollte meinen Spielerberater eigentlich glücklich machen. Oder nicht?

»Mann, Kinners!«, poltert er jetzt los. »Da habt ihr euch in die Scheiße geritten! Leck mich am Arsch!«

Durch den Innenspiegel spähe ich zu Lina auf der Rückbank.

Zum Glück ist sie in ihrem Kindersitz tief in ein Pixie-Buch vertieft und hat Steigers Fluch augenscheinlich nicht mitbekommen. »Bisschen piano«, bitte ich meinen Berater. »Meine Tochter ist mit im Wagen.«

»Dann halt die Karre halt an und steig aus!«

»Das geht schlecht«, antworte ich mit einem Blick auf die Scheibenwischer. Selbst in höchster Geschwindigkeit schaffen sie es kaum, das dichte Schnee-Regen-Graupel-Gemisch von der Windschutzscheibe zu schieben. »Aber was ist jetzt so schlimm daran, dass ich in Saudi-Arabien ein Tor für die Nationalelf geschossen habe?«

»Daran? Nichts.« Steiger knurrt. »Das Timing für deine Auffrischungsimpfung. Vorgenommen in Hamburg. Genau an dem Tag, als die ganze Welt dich in Riad spielen sah.«

»Oh«, mache ich. Mehr fällt mir nicht ein.

»Ich hab' diesem Idioten von Dr. Shinwara schon die Messe gelesen«, schimpft Steiger und ich räuspere mich.

»Sie waren es, der mich für die ›Impfungen‹ zu diesem Arzt geschickt hat«, erinnere ich ihn.

»Stimmt auch wieder«, grummelt er. »Aber, Mensch, Junge! Auf das Datum hättest du auch mal achten können!«

Ertappt schweige ich. »Wieso kommen die jetzt überhaupt da drauf?«, grübele ich dann. »Ich weiß nicht, wo überall ich seit dieser ›Auffrischungsimpfung‹ meinen Impfstatus nachgewiesen habe.« Sogar bei Clara. Im Kino.

»Vielleicht, weil du bei den anderen Gelegenheiten nur die App auf dem Handy vorgezeigt hast und nicht irgendwelchen Fanatikern tagelang dein gelbes Impf-Heftchen überlassen hast?«, höhnt Steiger. »Damit sie es fotografieren und in Fernsehkameras halten können?«

Das hat der Pförtner des Krankenhauses getan? »Aber ist das nicht ein Verstoß gegen den Datenschutz?« Empörung brodelt in meinen Gedärmen. »Wir sollten den Typen verklagen!«

»Das sollten wir nicht, Junge.« Steigers Stimme ist so ruhig, wie immer, wenn es in ihm kocht. »Wir werden den Ball schön flach halten und darauf hoffen, dass recht schnell Gras über die Sache wächst. Zusammen mit Dr. Shinwara habe ich schon einen glaubhaften Plot konstruiert: ein ebenso simpler wie folgenreicher Zahlendreher beim Datum. Du wurdest am 12. Oktober 21 geimpft, aber die schusselige Arzthelferin hat den 21. Oktober in den Impfpass eingetragen. Zwölf statt einundzwanzig. Klar? Egal, wer dich fragt, bleib bei dieser Story. Hast du das verstanden?«

Ob das klappt? Grübelnd reibe ich mir mit der Hand über die Stirn.

»Ob du das verstanden hast, Junge, hab' ich gefragt!«, schnarrt Steigers Stimme aus den Lautsprechern des Geländewagens.

»Ja. Ja! Natürlich habe ich das verstanden!« Denkt er, ich sei blöd?

»Also dann. Tschüss.« Steiger beendet abrupt das Gespräch.

Was für ein Mist! Zum Glück hat die Ampel, vor der ich stehe, eine überlange Rotphase. Das gibt mir die Gelegenheit, meine Gedanken zu ord…

»Du-u, Papa?«, tönt von der Rücksitzbank Linas Stimmchen. »Der Onkel Steiger, der ist aber ganz schön streng mit dir. Kann das sein?«

Obwohl mir nicht danach ist, muss ich lachen. »Ja, das ist er. Aber er meint es gut.«

»Ahh«, macht Lina. »Dann meint Onkel Steiger es hoffentlich nie gut mit mir.«

Natürlich wurde ich vor den Präsidenten der EINTRACHT zitiert. Rechts und links flankiert vom Sportdirektor, der Personalchefin und dem Trainer hielt er mir eine Gardinenpredigt, die sich gewaschen hatte.

Ich ignorierte die inquisitorischen Fragen der Personalerin und blieb eisern bei unserer Story: ein dummes Missgeschick, ein blöder Zahlendreher bei der Eintragung.

Haben sie es mir abgekauft? Bei Rudi Flock und beim Präsidenten bin ich mir fast sicher. Der Sportdirektor? Er kann mich sowieso nicht leiden, hätte lieber Tizian Fischer von Wolfsburg verpflichtet. Und die Personalchefin? Ihr Blick sagte so eiskalt wie eindeutig, dass sie mir kein Wort glaubte.

Gut, muss sie auch nicht. Beweise zählen. Keine Verdächtigungen. Und Beweise haben sie keine.

Die Presse kocht die Sache natürlich erbarmungslos hoch.

In Absprache mit Steiger verweise ich sämtliche Interviewanfragen an ihn.

Steiger lässt sie entweder im Sande verlaufen oder bietet Termine zu den unmöglichsten Zeiten an. Er ist schon ein Fuchs, der Steiger.

Das muss ich ihm zugutehalten. Und sein Verständnis, als ich ihn im letzten Sommer um Rat fragte wegen dieser neuartigen Impfung. Er hat es nicht infrage gestellt, dass ich Bedenken hatte. Stattdessen kam er kurze Zeit später mit diesem Arzt aus Hamburg um die Ecke. Ein paar Wochen danach hatte ich die Einträge in meinem Impfausweis – und meine Ruhe. Mehr hatte ich nie gewollt. Meinen Sport ausüben und mein Leben leben.

Mein Leben, zu dem jetzt Clara und Lina gehören. Und das Möhrchen.

Verdammt, ich liebe sie alle drei so sehr!

Da Clara seit dem Plazentaabriss krankgeschrieben ist, haben wir mehr Zeit füreinander denn je. Gut, als sie davon erfahren hat, dass ich in Wirklichkeit ungeimpft bin, hat sie ein geraumes Maß dieser Zeit darauf verwendet, mir Vorwürfe zu machen.

Warum habe ich sie genauso angelogen wie alle anderen?

Weil ich zu Beginn nicht wissen konnte, ob sie meinen Betrug deckt.

Und wieso habe ich ihr später die Wahrheit vorenthalten?

Muss ich ehrlich sein? Weil ich mich dafür geschämt habe, ihr nicht vertraut zu haben.

Sie hat gegrummelt, mir dann aber doch recht rasch vergeben.

Und so genieße ich jede einzelne Sekunde der Stunden, die wir miteinander verbringen. Im Gegensatz zu ihr. Denn verständlicherweise leidet sie unter der ihr aufgezwungenen Untätigkeit.

Wenn ich mir vorstelle, ich dürfte nur vom Bett aufs Klo, unter die Dusche und zurück? Ich würde wahnsinnig werden. Aber das Möhrchen hat nun einmal Priorität!

Doch zum Ausgleich habe ich mir etwas einfallen lassen. Klar, um die fragile Schwangerschaft zu schützen, dürfen wir weder vaginalen noch analen Geschlechtsverkehr haben. Aber nichts spricht dagegen, dass ich Clara anderweitig verwöhne.

Sobald ich heute Abend also Lina ins Bett gebracht habe und sich Stille über die Wohnung gesenkt hat, krabbele ich ins Bett zu Clara.

Splitternackt bis auf die unentbehrlichen Stützstrümpfe hat sie sich eingemummelt. Inhaliert auf ihrem E-Book-Reader irgendwelche ›historischen Wikingerromanzen‹ von ihrer Lieblingsautorin.

Ganz keusch küsse ich sie auf die Schläfe. Rücke mit meinem Kissen ganz nah an sie heran und ziehe ihren Leib zu mir rüber.

Sobald ihr Hinterkopf an meiner Brust ruht und sie weiterliest, übe ich mich in Geduld.

Ich schlinge den rechten Arm so um sie, dass die Hand wie zufällig unter ihrer rechten Brust zu liegen kommt. Mit der anderen streiche ich ihr übers Haar.

Minutenlang mache ich nichts anderes, bis sie seufzt. Ein Blick über ihre Schulter offenbart, dass sie eine der für diese Romane typischen ›Prickelszenen‹ erreicht hat.

Behutsam lasse ich meine Rechte hochwandern, umfasse Claras Brust und wiege die erst kürzlich entwickelte Fülle in meiner Hand.

Clara seufzt und bewegt sich leicht.

Ich nutze die Gelegenheit, schiebe mit der Nase ihr Haar beiseite und beiße vorsichtig in ihr Ohrläppchen.

»Paul!« Sie keucht, wehrt mich aber nicht ab.

Mit der Zunge fahre ich die verschnörkelten Falten ihrer Ohrmuschel nach. Knabbere und lecke.

Claras Atmung beschleunigt sich.

Auch mich lässt die Intimität nicht kalt. Meine Lungen holen tiefer Luft und mein Glied füllt sich zunehmend mit Blut.

Aber ich übergehe die damit einhergehenden Empfindungen. Jetzt geht es um den Dienst an meiner Dame. Einen Runterholen kann ich mir immer noch danach.

Dass ihre Linke jetzt den E-Reader loslässt und unter der Decke nach mir tastet, erleichtert mir die Konzentration nicht gerade.

Aber ich fokussiere mich darauf, an ihrem Ohrläppchen zu saugen.

»Mh-hm«, macht sie genießerisch.

Ich spüre, wie die Temperatur ihrer Haut steigt. Mit Daumen und Zeigefinger der Rechten kneife ich sie in die Brustwarze, woraufhin sie einen spitzten Schrei ausstößt.

»Ahh!« Ihre Finger krallen sich in meinen Oberschenkel, was mich überraschenderweise anmacht. »Paul!«

»Ja?« Ich lasse ihr Ohrläppchen los, ziehe mit der Zunge eine feuchte Spur über ihren Hals hinab bis zu ihrem Brustansatz.

Sie keucht erneut. »Paul! Paul! Was machst du …? Du …«

Nachdem ich mit der Zunge ihren Warzenhof dreimal umkreist habe, nehme ich ihre Brustwarze in den Mund und sauge.

»Paul!« Mit beiden Händen umfasst sie meinen Kopf, drückt mich von sich weg. »Das … Du machst mich komplett wuschig!«

»Ist dem so?« Von unten her zwinkere ich ihr zu. »Wunderbar. Das war Zweck der Übung!« Ich befreie mich aus ihrer Umklammerung, lehne mich über sie und widme mich ihrer anderen Brust.

»Aber … Du … Das …« Seufzend und keuchend stammelt sie sinnlos herum. »Wenn du mich jetzt so heiß machst, ist es hinterher noch schlimmer, wenn wir keinen Sex haben dürfen!«

»Ist dem so?«, murmele ich mit vollem Mund und verstärke mein Saugen.

»Ja!«, quiekt sie mit spitzer Stimme.

Ich lasse ihre Brust los, sehe zu ihr hoch. »Wenn du nicht heiß werden willst, solltest du keine versauten Bücher lesen!«

»Kátla Mortensens Bücher sind nicht versaut!« Mit dem E-Book-Reader verpasst sie mir einen Klaps auf den Kopf.

Ich grinse und nehme ihre linke Brustwarze zwischen die Schneidezähne, was ihr ein kehliges Ächzen entlockt.

»Oh, Paul!« Sie windet sich unter mir, was mich noch mehr anmacht.

Rasch lasse ich meine Linke über die zarte Wölbung ihres Bauchs nach unten gleiten. Über stoppelige Haut hinweg tauche ich ein in den Spalt zwischen ihren Beinen. Ertaste Feuchte und Hitze und zarte Falten.

»Paul!«, jammert sie qualvoll, während sie ihre Schenkel spreizt. »Du kannst nicht! Wir dürfen nicht …«

»… dürfen kein Petting machen?« Mein Finger hat am oberen Ende ihrer Scham den kleinen Knoten ihrer Lust erspürt. Mit kreisenden Bewegungen umzirkele ich ihn, bis sie den Kopf in den Nacken wirft.

Nach einer Weile richtet sie sich stöhnend auf. »Petting?« Sie fragt, als hätte sie den Begriff noch nie zuvor gehört.

»Petting.« Ich grinse sie an und lasse meinen Finger in ihre Scham eintauchen. »Auch Vorspiel genannt.«

»Ich weiß, was Petting heißt!« Sie japst, als ich den Finger rhythmisch rausziehe und wieder reinschiebe. »Und ich weiß auch, wozu es führt!«

»Ist dem so?« Ich nehme einen zweiten Finger dazu, was sie voller Erregung jammern lässt. »Meines Wissens gehen nicht wenige Spielbegegnungen auseinander, ohne dass der Ball …« Mit dem Daumen reibe ich über den kleinen Knoten. »… jemals im Tor landet.«

Ihre Nasenflügel blähen sich, ihre Hüften heben sich an und spiegeln mit kleinen Zuckungen mein Eintauchen in ihren Spalt. »Du … Du …« Sie ächzt, als müsse sie ihre Sinne sammeln. »Du vergleichst unser Bettgeflüster jetzt nicht ernsthaft mit Fußball? Paul?«

»Doch.« Ich nehme meine Finger weg, schiebe mich auf dem Bett weiter runter und küsse sie auf ihre fast schon dampfende Scham. »Warum sollte ich das nicht tun?«

»Weil …« Sie gibt einen quiekenden Lustschrei von sich, als ich mit dem Mund tiefer rutsche und mit der Zunge das Knötchen umkreise. »Verdammt, Paul! Fußball?«

Ich atme ihren wunderbaren Duft tief ein, dann schaue ich hoch zu ihr. »Ja. Fußball. Eines der schönsten und wichtigsten Dinge auf der Welt.« Dann spreize ich erneut ihre Schenkel, die sie fest zusammengepresst hat. »Eines der anderen bist du. Also, lass das Spiel beginnen …«

»Paul? Paul?« Leises Wispern dringt in meinen tiefen Erschöpfungsschlaf.

Meine Dame nur mittels Petting dreimal zum Höhepunkt zu treiben, hat geraume Zeit gebraucht. Zeit, in der ich mich sonst erhole. Müde räkele ich mich. Schlaf. Schlafen.

»Paul?«, flüstert es erneut. »Bist du wach?«

Jetzt ja. Ich kapituliere und schlage ein Auge auf.

Es ist stockdunkel. Durch das Oberlicht über dem Bett dringt nur das undefinierbare Zwielicht der Großstadtnacht.

Wie spät, zum Geier, ist es?

»Paul?«, raunt die fragende Stimme erneut.

Das ist Clara! Schlagartig bin ich hellwach und setze mich mit einem Ruck auf. »Was ist los?« In mir schrillen alle Alarmglocken.

Sie küsst mich, schmiegt sich an mich. Ihre Hand … »Ich …« Ihre Hand tastet zielsicher nach meiner Morgenlatte.

Ich atme scharf ein. »Du …?« Die Berührung schlägt ein wie ein direkter Strafstoß ins Tor.

»Ich …« Sie räuspert sich und lacht ebenso leise wie verlegen. »Was du gestern Abend gemacht hast, war …« Als sie mit den Fingern meine Vorhaut zurückzieht und die Eichel offenlegt, muss ich scharf einatmen. »Es war so schön. Ich möchte mich gerne bedanken.«

»Mhm?« Was soll ich darauf antworten?

Sie reibt und drückt zupackender. »Ich dachte, da du mich … Und da ich …« Mit einem entwaffnenden Kichern wirft sie den Kopf zurück. Ihre wilden Locken treffen mich im Gesicht und am Oberkörper. Dann beugt sie sich vor und küsst mich.

»Was hast du vor, Frau?«, frage ich, als ihre Lippen und Zunge endlich von mir abgelassen haben.

Ihr Atem geht laut und tief. Sie zieht das Schweigen äußerst effektvoll in die Länge. Schließlich gibt sie sich einen Ruck. »Was hältst du davon, wenn ich ... Wenn wir ... französisch?«

Französisch? Mein von ihren sinnlichen Berührungen umnebeltes Hirn braucht einen Moment, ehe es ›klick‹ macht. »Du schlägst mir einen Blowjob vor? Autsch!« Verwirrt reibe ich mir die schmerzende Stelle auf meinem Oberarm. »Wieso haust du mich?«

»Blowjob«, faucht sie und knurrt. »Wie sich das anhört. Total abtörnend.«

»Kann ich so nicht bestätigen.« Ich muss breit grinsen, als sie schnaubt.

»Also magst du? Oder nicht?«

»Ich würde es lieben!«, gestehe ich und suche in der Dunkelheit ihren Mund, um sie zu küssen. »Aber nur, wenn ich dich hinterher lecken kann.«

»Blowjob, lecken.« Sie gibt das Geräusch von sich, das immer ihr Augenrollen begleitet. »Demnächst müssen wir über dein Vokabular reden.« Voller Nachdruck gibt sie mir einen Schubs. »Aber jetzt stell dich ans Fußende vom Bett.«

Was hat sie vor? Gehorsam befolge ich ihre Anweisung. Höre, wie sie ebenfalls zur unteren Seite der Matratze kriecht. »Da bin ich«, informiere ich sie. »Wo bist du?«

»Hier.«

Ich spüre ihre Hände auf meinen Pobacken, taste entlang ihrer Arme und stelle fest, dass sie vor mir auf der Bettkante sitzt.

Sie löst eine ihrer Hände, umfasst mein erigiertes Glied und dann sind ihre Lippen auf meiner Eichel. Ihre Zunge tastet neckend am Schlitz der Harnröhre. Das katapultiert mich schlagartig in den Himmel. Ihr heißer Atem streift meinen

Bauch, als sie tief ausatmet und mein Glied dann förmlich in ihren Mund saugt.

»Oh, Clara!«

Sie ist wundervoll. Neigt den Kopf nach rechts und links, während sie mit dem Mund über den Schaft meines Glieds vorwärts und rückwärts reibt.

Die schraubenartigen Bewegungen rauben mir fast den Verstand. Den Rest killen ihre Finger, die meine Hoden kraulen.

Ich schließe die Augen, gebe mich ihrer Verwöhnung hin. Verliere mich im endlosen Universum der Sinnlichkeit. Lasse los, treibe dahin. Selig. Glückselig. Berauscht.

Claras Bewegungen beschleunigen sich. Intuitiv spürt sie, dass ich jeden Augenblick komme.

Ein Kribbeln sammelt sich in meinem Nacken, rinnt mir entlang der Wirbelsäule hinab und mit einem kehligen Ächzen zögere ich die Explosion heraus, damit mein Sperma nicht in Claras Mund landet, als …

… grelles Licht das Schlafzimmer strahlender als am Tag erhellt.

Mein Samen schießt aus mir heraus. Ich nehme schwere Schritte wahr, drehe mich um und sehe mich einem halben Dutzend schwarz gekleideter Typen mit Helmen und Skimasken gegenüber.

Ein Raubüberfall? Oder wollen sie an meine Frau ran?

Ich stoße Clara von mir, schnappe mir den Zipfel der Bettdecke. Während ich mich auf der Stelle umdrehe, zerre ich die Decke über sie. Dann stürze ich mich mit einem tierischen Schrei auf die Eindringlinge.

Kapitel 27:

Running Up That Hill (Kate Bush)

Clara

Grelle Scheinwerfer blenden mich, im nächsten Augenblick trifft Pauls Ejakulat meinen Bauch. Was ist los? Ich spüre, wie er mich von sich stößt und die Decke über mich zieht.

Das Nächste, was ich höre, ist ein die Nerven erschütternder Kriegsschrei. Als ich meinen Kopf endlich unter der Decke hervor geschafft habe, werde ich Zeuge, wie Paul mit dem Mut der Verzweiflung auf fünf oder sechs Typen in nachtschwarzen, modernen Ritterrüstungen losgeht.

Ist er wahnsinnig geworden? Wie will er gegen diese Übermacht ankommen?

Mit einem erneuten Schrei stürzt er sich auf den Erstbesten. Er packt die Kinnpartie des Integralhelms des Mannes und bringt ihn mit einem Ruck zu Fall. Ohne innezuhalten, geht Paul auf den nächsten los, ringt den auf die gleiche Weise nieder.

Hat er eine Chance, sich gegen die schwarz gekleideten Eindringlinge durchzusetzen?

»Maaaa-maaa!«, kreischt Linas Stimme durch die Wohnung, und ich erstarre.

Haben die Angreifer es nicht nur auf Paul und mich abgesehen? Die Decke um mich gerafft, krabbele ich zum Rand des Bettes, während einer der Fremden sich umdreht und zur Schlafzimmertür schaut. POLIZEI lese ich vom Rücken seiner schusssicheren Weste ab und stöhne. Paul kämpft gegen Ordnungshüter?

»Ihr Schweine!«, schreit er jetzt und rammt sein Knie in den Schritt eines seiner Gegner. »Lasst eure dreckigen Finger von meiner Tochter!«

Um genau das zu verhindern, eile ich zur Tür.

»Clara!«, fleht Paul. »Clara! Bleib liegen! Bleib liegen! Ich schaue nach Lina!«

Obwohl es nicht möglich sein kann, schüttelt er den Griff von gleich zwei Typen ab.

»Maaa-maaa!«, schreit Lina erneut. »Maaa-maaa!«

Am liebsten würde ich losrennen, aber ein Schwarzgekleideter versperrt mir den Weg.

»Lasst mich zu meiner Tochter!«, brüllt Paul. »Verdammt! Ich schwöre: Wenn meine Frau wegen euch unser Kind verliert, bringe ich euch um. Ich bringe euch allesa…«

Als hätten sie nur auf diese Drohung gewartet, stürzen die Polizisten sich zu viert, fünft auf Paul.

Mir wird schlecht, als ich sehen muss, wie sie auf ihn einschlagen, ihn treten.

Aber gleichzeitig schreit Lina erneut in höchster Not nach mir.

Was soll ich tun? Da ich kaum etwas gegen die Übermacht ausrichten kann, renne ich hoch in Linas Zimmer.

»Mama! Mama!« Schluchzend wirft sie sich in meine Arme. »Was machen die fremden Männer hier?«

Ich sehe mit so viel eisiger Verachtung wie möglich zu den beiden Polizisten, die mich und Lina mit rüden Handbewegungen zur Tür hinaus scheuchen. »Das weiß ich nicht«, gestehe ich und raffe die Decke enger um mich, während ich Lina an der Hand auf die Galerie hinausführe.

»Wo ist Paul?«, fragt sie schniefend. »Mein Papa würde die Männer rausschmeißen!«

Leider hat er das probiert.

»Was machen Sie hier oben?« Einer der Polizisten richtet seine Waffe auf uns.

Ich reiße Lina zurück, schiebe sie hinter mich und gebe ihr mit meinem Körper Deckung. »Ihre Männer haben meine Tochter zu Tode erschreckt. Ich musste mich um sie kümmern.«

»Lassen Sie irgendwelche Beweise verschwinden?« Der Beamte macht zwei Schritte auf mich zu, packt mich am Arm und schubst mich grob zur Seite. »Das ist sinnlos! Ihre Wohnung gehört nun uns! Jetzt gehen Sie runter. Los! Dalli!«

Mich immer zwischen ihm und Lina haltend, steige ich langsam die Treppenstufen hinab. »Was machen Sie überhaupt hier?«

»Verdammt, halten Sie den Mund!«, blafft er mich an und versetzt mir immer wieder Stöße in den Rücken, sodass ich mich mit der freien Hand am Geländer festkralle, damit ich ja nicht stürze. »Sie wissen ganz genau, warum wir hier sind!«

Was für ein ungehobelter Idiot! Davon habe ich keinen blassen Schimmer! Ich presse die Lippen aufeinander, um ihm keinen Anlass zu geben, mich genauso grob zu misshandeln wie seine Männer Paul.

»Querdeppen sind solche jämmerlichen Heulsusen«, grummelt er gerade laut genug, dass ich es hören muss. »Sogar ihre ungeimpfte Brut opfert jaulend herum.«

Ich erreiche die vorletzte Stufe, die Wendeltreppe gibt den Blick frei auf das Wohnzimmer und ich erstarre.

Mitten auf der freien Fläche zwischen Sofas und Esstisch kniet Paul. Seine Hände sind auf dem Rücken mit Handschellen gefesselt. Er ist nach wie vor nackt, seine Haut von Rötungen und Abdruckmarken stumpfer Gewalt übersät, von denen einige bereits ins Blau changieren. Sein Kinn ist auf seine Brust gesunken und ein blutiger Speichelfaden tropft hinab auf den cremefarbenen Teppich.

Lina im Schlepptau renne ich auf ihn zu und werde grob umgestoßen. »O mein Gott, Paul!«

»Abstand!«, brüllt mich einer der Polizisten an, und gerade, als er seinen Fuß hebt, um mich zu treten, wirft Lina sich vor mich.

»Nicht meine Mama!«, schreit sie todesmutig. »Nicht meinen Babybruder! Wenn du ihr wehtun willst, musst du erst mich schlagen!«

»Lina, Lina …«, nuschelt Paul undeutlich und ein wahrer Schwall an Blut kommt aus seinem Mund. »Nicht, Lina! Lass ihn!«

Doch Lina reckt die zu Fäusten geballten Hände wie ein winziger Profiboxer. »Auf, komm! Oder traust du dich nicht gegen eine Fünfjährige?«

Gerade, als der Beamte einen Schritt auf sie zu macht, kommt eine streng frisierte Frau im Hosenanzug aus dem Flur, der zum Lift führt. »Was geht hier ab?«, fragt sie mit schneidender Stimme.

»Nichts«, wiegelt der Typ ab. »Nichts. Gar nichts.«

»Prima, dann lasst uns anfangen.« Sie klatscht in die Hände, worauf etliche Streifenpolizisten mit ineinander gestapelten, leeren Wäschekörben herankommen. »Herr Lindt?«, wendet sie sich an Paul und hält ihm ein Blatt Papier hin. »Ich bin Kriminalkommissarin Dommbusch vom polizeilichen Staatsschutz des Landeskriminalamtes Baden-Württemberg. Dies ist der Durchsuchungsbeschluss von Richterin Struck-Morgenthal vom Amtsgericht Mannheim. Sie werden verdächtigt, Impfzertifikate gefälscht zu haben und, beziehungsweise oder, gefälschte Impfzertifikate verwendet zu haben.«

Fast acht Stunden später ziehen die Beamten ab, ihre Wäschekörbe gefüllt mit Büchern, Zeitschriften, Linas Bilderbüchern und ähnlich sinnlosen Sachen. Außerdem haben sie Pauls Notebook eingepackt sowie unsere beiden Handys.

Immerhin bekam die Kommissarin irgendwann so etwas wie Mitleid, denn sie ließ einen Arzt kommen, der Paul untersuchte – und ihm Blut abnahm, anhand dessen festgestellt werden soll, ob er die Impfung erhalten hat. Oder nicht.

Die Wohnung sieht aus, als ob ein Hurrikan hindurch gerauscht wäre. Alles ist aus den Schränken gerissen und auf dem Boden verstreut.

Ich glaube nicht, dass es dazu diente, Beweismaterial zu finden. Nein. Dadurch sollten wir eingeschüchtert werden und entmutigt.

Während Lina und ich uns anziehen, schleppt Paul sich in die Dusche. Ich bringe ihm Kleider, obwohl er mich schimpft, dass ich im Bett bleiben soll. Mir kommen Tränen, weil ich ohne Handy nicht einmal bei Mama anrufen kann. Obwohl ich unsere Nummer von früher noch auswendig weiß: In Pauls Wohnung gibt es kein Festnetztelefon. Wozu auch? Man hat doch ständig sein Handy bei sich!

Bis ein Rollkommando über einen hergefallen ist.

»Kommt«, sagt Paul wortkarg, als er angezogen aus dem Bad kommt. Mit zitternden Händen streicht er Lina übers Haar, küsst mich dann sacht. »Lasst uns hier verschwinden.«

Weglaufen? Ich zögere nur kurz. Dann wird mir klar, was er meint: Die Wohnung, unser Nest, unser Rückzugsort hat jedes Gefühl der Sicherheit verloren.

»Hallo! Hallo!« Schwungvoll öffnet Mama die Wohnungstür und breitet die Arme aus, um Lina aufzufangen, die zu ihr rennt. »Womit verdiene ich die Ehre von eurem Überraschungsbesu…« Bleich im Gesicht verschluckt sie den Rest ihres Satzes. »O mein Gott, Paul!« Sie schlägt sich die freie Hand vor den Mund. »Was ist mit dir passiert? Wurdest du überfallen?«

Paul schiebt mich in die Wohnung hinein, schließt die Tür und hängt die Sicherungskette vor. »So ungefähr.«

»Aber wieso habt ihr nicht angerufen?« Mama lässt Lina runterrutschen, die in Richtung Wohnzimmer losrennt.

»Das ist einer der Gründe, warum wir hier sind.« Paul presst sich die Hand auf die Nierengegend und verzieht schmerzvoll das Gesicht. »Kann ich an deinen Rechner, Nicole? Und euer Telefon müsste ich auch benutzen.«

Kurze Zeit später, Paul hat mit Steiger telefoniert und zwei Handys mit Express-Lieferung bestellt, nimmt er dankbar das Wasserglas und die zwei Schmerztabletten entgegen, die ich ihm hinhalte. »Jetzt brauchen wir nur noch SIM-Karten«, sagt er mehr zu sich selbst. »Wo kriegt man die, wenn man weder in einen Elektronikmarkt darf noch in einen Telekommunikationsladen?«

»Meine SIM-Karte hatte ich vom Discounter«, erkläre ich einen Fakt, der Paul die Augenbrauen hochziehen lässt. »Soll ich uns welche besorgen?«

»Auf gar keinen Fall!« Paul setzt sich auf. »Es ist ein Wunder, dass du nach dem ganzen Drama und Rumgerenne keine erneuten Blutungen erlitten hast! Ich gehe!«

»Du?« Ich schnaube. »Hast du dich schon im Spiegel angeschaut?« Seine linke Gesichtshälfte ist stark geschwollen, an seinem Hals leuchten blutige Würgemale und unter den Augen hat er tief violett angelaufene Streifen, die an das *Eye Black* eines American-Football-Spielers erinnern.

»Streitet euch nicht«, mischt Mama sich ein. »Lina und ich müssen eh einkaufen. Da bringen wir das mit.«

Die nächsten Tage verkriechen wir uns bei Mama in der Wohnung.

Als Paul den Concierge gefragt hat, wen er für das Aufräumen empfehlen kann, hat Niklas angeboten, das in seiner Freizeit zusammen mit seiner Freundin und seiner Schwester zu übernehmen.

Mama hält ein Auge auf die Arbeiten.

Mich lassen sie und Paul ja nicht vom Sofa aufstehen.

Und Paul selbst? Er ist regelrecht traumatisiert und erst einmal krankgeschrieben, was ihn aber nicht daran hindert, mit Mama lauter geheimnisvolle Termine wahrzunehmen.

Wenn ich ihn darauf anspreche, reagiert er gereizt und ablehnend, sodass ich ihn lieber in Ruhe lasse. Außerdem habe ich genügend damit zu tun, meine diversen Passwörter neu zu vergeben. Als Erinnerungsstütze hatte ich so ein praktisches Dokument auf meinem Handy angelegt. Das ist jetzt ebenso weg wie die ganzen Erinnerungsfotos.

»Magst du auch einen Kaffee?«, fragt Paul mich jetzt. Sein Gesichtsausdruck – die Blutergüsse sind ein wenig verblasst – bittet mich um Nachsicht für seine schlechte Laune in den letzten Tagen.

»Klar«, antworte ich. »Danke, dass du fragst.«

Er kommt herüber, streicht mir über das unter einer Fleecedecke steckende Knie. »Mit extra viel Milchschaum, richtig?«

»Richtig«, nehme ich sein Friedensangebot an. Ich hebe den Kopf leicht zu ihm, und er steigt sofort darauf ein, küsst mich erst sacht, dann immer wilder.

»Ich liebe dich, Clara«, sagt er, als wir uns geraume Zeit später voneinander lösen. »Ich liebe dich so sehr. Und ich könnte mich ohrfeigen dafür, was ich dir zugemutet habe.«

»Nee, lass mal.« Vorsichtig streiche ich ihm über die immer noch geschwollene Wange. »Ohrfeigen hast du für den Rest deines Lebens genug bekommen.«

Er schnaubt ein Lachen heraus, verzieht dann das Gesicht. »Du darfst mich doch nicht zum Lachen bringen. Autsch.« Nach einem letzten kleinen Kuss steht er auf. »Ich mach' dann mal den Kaffee …«

Das Kinn auf die Hand aufgestützt, sehe ich hinter ihm her, und Wärme umfängt mich beim Gedanken, wie viel Glück ich habe, ihn gefunden zu haben.

In der Küchentür bleibt er stehen, zwinkert mir kurz zu, ehe er aus meinem Sichtfeld verschwindet.

Ich höre das Schlagen der Kühlschranktür, das Laufen von Wasser und das Kleppern von Geschirr. Dann einen Handy-Klingelton.

»Was gibt's, Steiger?«, höre ich ihn fragen.

Dann ganz lange nichts mehr. Viel zu lange, als dass es ein gutes Zeichen sein könnte.

Schließlich sind Pauls tiefe Atemzüge überlaut wahrzunehmen. »Dass sie mich aus der Nationalmannschaft werfen, damit hab' ich, ehrlich gesagt, gerechnet. Aber dass die EINTRACHT mich feuert? Fristlos, haben Sie gesagt? Mann.«

Die EINTRACHT? Fristlos? Ich schlage mir die Hand vor den Mund. Und jetzt?

»… klar, dass andere Clubs sich jetzt nicht gerade um mich reißen.« Paul lacht bitter. »Darauf müssen Sie mich nicht hinweisen.«

Oh Scheiße! Am liebsten würde ich die Decke über meinen Kopf ziehen und alles ausblenden. Wieso ist die Welt völlig verrückt geworden?

»… haben was?«, da Pauls Stimme sich fast überschlägt, höre ich genauer hin. »Widerstand gegen Vollstreckungsbeamte in einem besonders schweren Fall, weil ich die Beamten in Todesgefahr gebracht haben soll? Was rauchen die bei der Staatsanwaltschaft? Ich war allein, nackt und unbewaffnet gegen eine Überzahl von fünf bis an die Zähne bewaffnete Beamte in Vollschutz!«

Mit zitternden Fingern gebe ich WIDERSTAND GEGEN VOLLSTRECKUNGSBEAMTE in das Suchfeld des Browsers ein. Bruchteile von Sekunden später erscheint § 113 StGB und mit fieberhafter Eile lese ich das Strafmaß ab: IN BESONDERS SCHWEREN FÄLLEN FREIHEITSSTRAFE VON SECHS MONATEN BIS ZU FÜNF JAHREN. Mindestens sechs Monate? Mir wird schlecht.

»Unbefugtes Ausstellen von Gesundheitszeugnissen?« Paul schnaubt. »Wie kommen sie auf den Scheiß?« Eine kurze Pause entsteht, in der er Steiger zuzuhören scheint. »Wegen dem Pseudo-Maskenattest für Clara auf meinem Notebook?«

Es rumst, als ob er die Faust gegen die Kühlschranktür gedonnert hätte. »Verdammt! Das haben Sie und Nicole zusammengebastelt. Nicht ich!«

O mein Gott! Werden sie Mama verhaften?

»… nicht blöd, Steiger!«, grollt Paul jetzt. »Natürlich ist mir klar, dass die es weder Ihnen noch meiner Schwiegermutter abkaufen würden, wenn Sie es wahrheitsgemäß auf Ihre Kappe nehmen.«

Uff. Erleichterung breitet sich in mir aus.

»In der Kombination strafverschärfend, meint Ihr *Whistleblower* bei der Staatsanwaltschaft? Und dass sie an mir ein Exempel statuieren wollen?« Paul stöhnt. »Ehrlich, wenn Sie das jetzt nicht erwähnt hätten, wäre ich nie und nimmer darauf gekommen«, fügt er mit höhnischem Tonfall hinzu.

Bitte, Paul!, flehe ich still. Verscherze es dir jetzt nicht auch noch mit Steiger!

Aber er scheint seine Überspitzung selbst bemerkt zu haben. »Sorry, Steiger«, höre ich ihn sagen. »Mir fliegt hier nur gerade alles um die Ohren.«

Puh. Ich entspanne mich und horche konzentriert, weil Paul jetzt leiser weiterredet.

»Worüber debattieren die im Bundestag? Nein, ich hatte anderes im Kopf. Und diese allgemeine Impfpflicht wollen die echt beschließen? Ab Achtzehn?« Paul ächzt. »Sind die Abgeordneten alle wahnsinnig geworden?« Dann lacht er, wenngleich nicht besonders erheitert. »Ja, es ist mir durchaus klar, dass ich meine Frau nicht schützen kann, wenn ich im Knast sitze. … Ausreiseverbot? … Geht sowas? … Während des Verfahrens? … Okay, wenn dem so ist. … Ja, ich vertraue Ihnen, Steiger! Ich weiß das sehr zu schätzen. Danke. … Bis bald.«

Mucksmäuschenstill verharre ich auf dem Sofa und lausche weiter. Pauls Gespräch mit Steiger ist allem Anschein nach beendet. Aber warum kommt er nicht, um mit mir über die Inhalte zu sprechen? Sie betreffen ja auch mich! Stattdessen ergeht er sich, dem Klappern von Geschirr nach zu schließen, in geradezu epischen Vorbereitungen zum Kaffeekochen.

Meine Geduld ist fast am Ende und ich kurz davor, aufzuspringen, als er endlich kommt. Erwartungsvoll sehe ich ihn an.

»Sorry«, sagt er und vermeidet den Augenkontakt. »Ich hab' mir einen Wolf gesucht nach einem Tablett.« Er stellt es auf dem Couchtisch ab und reicht mir eine Tasse. »Hier, bitte.«

»Danke schön.« Ich nehme sie entgegen und puste vorsichtig auf den Milchschaum. Schaue ihn weiterhin an, bis er endlich meinen Blick sucht.

»Es tut mir leid.« Seine Schultern fallen so mutlos herab, dass ich ihn am liebsten trösten würde wie Lina, wenn die sich das Knie aufgeschlagen hat.

»Es ist in Ordnung«, sage ich und nehme seine Hand. »Du hast dich nur für einen anderen Weg entschieden, unser Ziel war dasselbe.«

»Keine Versuchskaninchen zu sein?« Er zieht den Mundwinkel hoch. »Es … Ich weiß nicht, wie ich es ausdrücken soll. Aber … Als Profisportler ist mein Körper mein Kapital. Wenn der nicht mehr funktioniert … oder die erforderlichen Höchstleistungen nicht mehr vollumfänglich abliefern kann. Dann ist meine Karriere im Arsch. Und ich habe so lange auf so viel verzichtet, um dorthin zu kommen, wo ich jetzt bin. Es ist …« Er sieht mich traurig an.

»Es ist nicht fair«, vollende ich seinen Satz. »Ganz abgesehen von deiner Situation als Fußballer: Die Entscheidung, was mit dem eigenen Körper geschieht, steht jedem Menschen zu. Oder?«

»Das nennt sich Grundrecht auf körperliche Unversehrtheit.« Paul schnaubt. »Und steht in unserer Verfassung.«

»Wieso interessiert das niemanden mehr, Paul?« Ich nehme einen großen Schluck Cappuccino, weil mir der Hals eng wird. »Ich bin sogar der Meinung, wenn die Leute sich das Zeug injizieren lassen wollen, dann sollen sie das gerne tun. Aber warum gestehen sie uns diese Entscheidung nicht zu?«

»Frag mich was Leichteres.« Paul zuckt die Achseln. »Apropos fragen.« Er holt tief Luft. »Hast du einen Reisepass für dich und Lina?«

Also habe ich mich doch nicht verhört. Er hat mit Steiger über ein Ausreiseverbot gesprochen. Mir wird ganz flau. »Ja, zufälligerweise haben wir das. Ich hatte für den April 2020 zwei Wochen Türkei mit Lina gebucht. Unseren ersten Urlaub ohne meine Eltern und unsere erste Flugreise. Und …« Es handelte sich um eine total schicke Anlage direkt am Meer, mit top Bewertungen. Super kinderfreundlich. Und alles andere als billig.

»Und?«, fragt Paul. »Du hast nicht weitergesprochen.«

»Und war futsch«, erkläre ich. »Trotz Reiserücktrittversicherung habe ich keinen Cent erstattet bekommen. Höhere Gewalt. Oder wie auch immer sie den staatlich angeordneten Lockdown nannten.« Ich schüttele den Kopf, um die Erinnerung an eine Zeit zu verdrängen, die keine zwei Jahre zurückliegt, doch sich in einem anderen Leben abgespielt haben muss. »Jedenfalls: Ja. Papa hatte darauf bestanden, dass wir sicherheitshalber Reisepässe beantragen, obwohl man auch mit dem Perso in die Türkei einreisen kann.«

»Gut.« Paul klopft mit den Knöcheln auf den Couchtisch. »Dann lass uns packen.«

»Packen?« Will er etwa auf der Stelle los? Und wohin?

Ein wenig wird Paul dann doch wegen der Planungen ausgebremst. Denn Personen, die kein Impfzertifikat vorweisen können, dürfen in Deutschland kein Flugzeug besteigen. Paul ist ziemlich stolz darauf, ohne Steigers Hilfe herauszufinden, dass es sich im angrenzenden Ausland anders verhält.

Aber dort müssen wir erst einmal hinkommen.

Nach längeren Debatten kommen wir überein, dass Mama und Papa Urlaub nehmen und uns nach Amsterdam fahren. Dort werden sie einen Kurzurlaub in einer Ferienwohnung verbringen und im Anschluss Pauls Auto zurück nach Mannheim bringen. Da Paul Mama Generalvollmacht erteilt hat, kann sie seine Wohnung und den Mercedes verkaufen und das Geld mit Hilfe von Steiger auf ein Nummernkonto überweisen. Papa hat den Job übernommen, die *Katze* in einem Container verschiffen zu lassen.

Und sobald eine allgemeine Impfpflicht in Kraft tritt, werden meine Eltern ebenfalls in Schiphol ein Flugzeug besteigen und Paul, Lina und mir nach Mexiko folgen.

»Mexiko?«, frage ich, als Paul das Land zur Sprache bringt. »Mehr ab vom Schuss geht wohl nicht?« Ehrlich gesagt, dachte ich eher an eine vorübergehende Auszeit in der Schweiz. Oder meinetwegen in Schweden. Aber Mittelamerika? Auf der anderen Seite des Atlantiks?

»Ich habe keine Ahnung, wie lange wir untertauchen müssen«, erklärt Paul und bei seiner Wortwahl komme ich mir vor wie eine Gangsterbraut. »Steiger hat gewarnt, dass europäische Länder ausliefern könnten.«

»Aber Mexiko?« Wie kommt er ausgerechnet darauf?

»Zur Streuung meines Kapitals habe ich in die verschiedensten Anlagemöglichkeiten investiert. Falls du es noch nicht mitbekommen haben solltest: Ich habe BWL studiert.«

Ich nicke. Wir kennen uns zwar noch nicht besonders lang. Aber das hat Papa erwähnt, als ich mich zum ersten Mal über Paul aufgeregt habe. »Dabei hast du das gelernt. Investieren. Anlagemöglichkeiten.«

»Genau. Dieses Ferienresort auf der Halbinsel Yucatan war einfach nur perfekt für meine Bedürfnisse.« Seine Augen blitzen. »Sechzig Kilometer nordwestlich von Cancún am karibischen Meer gelegen, wird Chiquilá von einer vorgelagerten Insel gegen Hurrikans geschützt. Es ist einerseits abseits genug von den Touristenhochburgen, um Ruhe zu bieten, aber andererseits nur etwas mehr als eine Stunde Fahrt vom internationalen Flughafen entfernt.«

»Aber das ist nicht alles, richtig?« Langsam beginne ich, ihn zu kennen.

»Ich konnte es nicht nur zu einem sensationell günstigen Preis erwerben.« Ein verschmitztes Lächeln zupft an seinen Mundwinkeln. »Es hat sich darüber hinaus zu einem echten Geheimtipp entwickelt und ist nahezu rund ums Jahr ausgebucht.« Jetzt grinst er breit. »Mit einem Wort: Ich verdiene Geld damit. Und zwar nicht zu wenig!«

Schon eine Woche später komme ich der Ansage des Kabinenpersonals nach und schnalle mich an.

Währenddessen diskutiert Paul mit Lina, die nach der langen und ereignislosen Reise über den Atlantik sich nun an den karibischen Inseln und der Küstenlinie nicht sattsehen kann.

Mit der Geduld, die mir nach den ereignisreichen Wochen fehlt, schafft er es, dass sie sich setzt und den Gurt anlegen lässt.

Da ich noch nie zuvor geflogen bin, kralle ich mich unwillkürlich an den Armlehnen fest, als der Flieger merklich Höhe verliert.

Paul nimmt meine Hand, umschließt sie mit seinen warmen Fingern. »Entspanne dich. Gleich sind wir unten.«

Beim Aufsetzen auf die Landebahn macht mein Magen einen kleinen Hopser – den gelassenen Reaktionen der anderen Passagiere nach zu schließen, muss ich mir den Hüpfer des Flugzeugs auf der Landebahn eingebildet haben – dann brandet Applaus auf.

»Typisch Touristenflieger«, raunt Paul mir zu und zwinkert. »Was für Anfänger. Zum Glück bist du ein Pro!«

Wenn er das meint? Gut, dass er meine Hand gehalten hat. Sonst hätte ich mich noch durchs Klatschen blamiert.

Überraschend schnell erhalten wir unsere aufgegebenen Koffer und als wir durch die Schiebetüren vor das Flughafengebäude treten, empfängt uns ein spektakulärer Sonnenuntergang. Und sommerliche Wärme.

Lina reißt sich gleich die Strickjacke vom Leib und kann gar nicht aufhören, alles, was sie sieht, wortreich zu beschreiben.

»Komm, kleine Plaudertasche!« Paul öffnet die rückwärtige Tür eines Taxis, das am Stand wartet, und lässt sie einsteigen. Dann nennt er dem Fahrer, der unser Gepäck in den Kofferraum lädt, die Adresse. Und sonst noch so einiges, denn die beiden scheinen sich prächtig zu amüsieren.

»Seit wann kannst du Spanisch?«, zische ich Paul zu, als er zu uns auf die Rückbank gestiegen ist.

»Langeweile im Trainingslager.« Er zuckt die Achseln, deutet dann auf Lina. »Was ist mit ihr?«

Ich streiche ihr die Locken vorsichtig aus der Stirn. »Endlich eingeschlafen.« Der Flug war zu aufregend. Sie konnte keine Sekunde ein Auge zu tun.

»In gut einer Stunde sind wir da«, sagt Paul. »Mach doch auch ein kleines Nickerchen.«

»Ich?« Lachend gebe ich ihm einen Stoß in die Rippen. »Heiße ich Lina?«

Ziemlich bald muss ich aber dann doch eingeschlafen sein, denn als der Wagen zum Stehen kommt und das Brummen des Motors verstummt, schlage ich blinzelnd die Augen auf und kann mich an keine Minute der Fahrt erinnern.

Paul nimmt die immer noch schlafende Lina auf den Arm und streicht mir das bestimmt total verwuschelte Haar glatt, ehe er seine Finger mit meinen verschränkt und mir aus dem Taxi hilft. »Da sind wir«, sagt er und weist mit dem Kopf auf ein Tor aus weiß gekalkten Pfosten mit einem Dach aus Palmblättern, das von goldenem Licht angestrahlt wird.

Während wir darauf zugehen, öffnet sich einer der Torflügel und ein mittelamerikanisches Paar in seinen Sechzigern tritt hervor. *»Bienvenidos a Chiquilá, Señor Lindt y Señora Lindt«*, rufen sie und breiten die Arme aus.

Während Paul das freundliche Schulterklopfen des Mannes zurückgibt, erhalte ich angedeutete Wangenküsse von der Dame.

Sie drückt mich noch einmal liebevoll, ehe sie sich mit leuchtenden Augen Lina zuwendet, die sich auf Pauls Armen blinzelnd übers Gesicht reibt. »*¡Entonces esa es la señorita!*[6]«

»Ach du grüne Scheiße«, entfährt es mir. »Sprechen die wirklich alle nur Spanisch?« Wie soll ich mich verständigen?

»Natürlich nicht!«, kommentiert zu meiner größten Peinlichkeit der Mann. »Neben Englisch haben meine Frau und ich während unserer jahrzehntelangen Tätigkeit im Tourismus auch Deutsch, Niederländisch, Französisch und Italienisch gelernt.« Er wechselt die Sprache und ruft zwei junge Burschen herbei, die dem Taxifahrer unsere Koffer abnehmen.

Seine Frau wendet sich an Paul. »Was möchten Sie zuerst? Eine Kleinigkeit essen, sich in Ihre Villa zurückziehen oder Ihrer Gattin das Gelände zeigen?«

»Ich hab' Hunger«, stellt Lina fest und gähnt. »Das Zeug im Flugzeug hat nicht geschmeckt.«

»Möchtest du mit *Señora* Martinez gehen?« Paul lässt Lina herab, und nach einem prüfenden Blick auf mich erlaubt sie der Frau, sie an der Hand nehmen. Dann bietet er mir seinen Arm an und wendet sich an den Mann. »Führen Sie uns kurz herum, Martinez. Ich bin selbst gespannt darauf, was sich verändert hat.«

Martinez deutet eine Verbeugung mir gegenüber an, weist dann hinter seiner Frau und Lina her. »Consuela bringt Ihre Tochter zum Restaurant.« Er deutet auf einen langgestreckten, eingeschossigen Bau, dessen weiße Wände und die leuchtend blau gestrichenen Holzteile des Dachstuhls und der Fenster im Licht der Spots Wärme und Behaglichkeit ausstrahlen. »Das Hotel ...« Während wir durch einen mit Palmblättern überdachten Korridor zwischen diesem Gebäude und einem dreigeschossigen auf der linken Seite gehen, zeigt er zum Größeren. »... ist aus feuerpolizeilichen Gründen vom Küchen- und Speisetrakt getrennt.«

»Wow!«, entfährt mir, als wir auf eine offene Fläche hinaustreten. Unter Palmen und umrahmt von gerundeten

[6] Dann ist das die kleine Dame?

Beeten voller exotischer Blumen erstreckt sich eine Landschaft mit … »Wie viele Pools sind das? Fünf oder sechs?«

Paul haucht mir einen Kuss auf die Schläfe. »Glaub mir, Linas Schwimmkurs hat sich gelohnt. Morgen früh probieren wir alle aus, okay?«

Schmunzelnd drücke ich seinen Arm und deute auf niedrige Gebäude, die hinter der Pool-Landschaft zwischen weiteren Palmen und Büschen verstreut sind. »Was ist das? Die Häuschen sind ja witzig. Sehe ich das richtig, dass bei jedem das Holz der Fenster und der Dachbalken in einer anderen Farbe gestrichen ist?«

»Das sind die Bungalows«, erklärt *Señor* Martinez. »Ihr Mann hatte die Idee der Farbgebung. Und ich muss zugeben, es kommt bei den Gästen sehr gut an. Erleichtert die Identifikation der Unterkunft und wird in den Rezensionen wegen der Farbenpracht gelobt.« Lachend wendet er sich an Paul. »In einer der jüngsten Bewertungen hieß es sinngemäß, die Anlage erinnere deshalb an ein impressionistisches Gemälde dieses Franzosen, der auf Tahiti lebte.«

»Gauguin?«, fragt Paul und grinst, als *Señor* Martinez zustimmt. »Genau diese Bilder hatte ich im Kopf, als ich die Farben ausgewählt habe.«

Während des Gesprächs sind wir zwischen den Bungalows weitergelaufen und ich halte inne, als ich ein gleichmäßiges Rauschen wahrnehme.

»Ist das …« Fragend sehe ich zu Paul hoch. »Befindet sich die Anlage etwa direkt am Meer?«

»Hatte ich dir das nicht gesagt?« Paul kratzt sich hinterm Ohr. »Selbstverständlich haben wir einen Privatstrand.«

»Darf ich vorschlagen, dass Sie *Señora* Lindt den Strand morgen zeigen? Er ist unbeleuchtet, weil eine Gästebefragung ergab, dass eine Mehrheit den Naturzustand bevorzugt.« Seine Schritte lenken uns nach rechts, wo mit etwas Abstand zu den übrigen Gebäuden zweigeschossige Bauten aus einem parkähnlichen Bewuchs hervorragen. »Hier ist das Areal mit den Villen. Wir haben Villa *Esmeralda* für Sie hergerichtet. Ist Ihnen das recht? Wir können sie aber auch in Villa *Rubí* oder Villa

Zafiro unterbringen.« Er räuspert sich. »Meine Frau hatte die Idee, die Villen entsprechend ihrer Farbgebung nach Edelsteinen zu benennen.«

»Das ist ja klasse!« Ich überlege kurz. »Esmeralda steht für Smaragd, also grün?«, rate ich, und *Señor* Martinez nickt. »Prima! Ich liebe diese Farbe!« Dann muss ich gähnen. »War's das? Irgendwie bin ich müde.« Unvermittelt knurrt mein Magen.

»Und hungrig auch.« Paul lacht. »Wir gehen gleich zum Restaurant. Aber vorher muss ich dir noch etwas zeigen. *Señor* Martinez?« Er wendet sich an den älteren Mann. »Ist alles bereit?«

»*Enseguida, mi señor.*« Er führt uns zwischen den Villen landeinwärts, während er ein Walkie-Talkie aus der Tasche holt und spanische Anweisungen hineinspricht.

Nach kurzer Wegstrecke treten wir aus dem parkähnlichen Areal heraus und betreten eine Freifläche, die sich eben unter dem klaren Sternenhimmel erstreckt.

Ich will gerade fragen, was das ist, als Flutlicht aufflammt und alles taghell beleuchtet. »Ein Fußballplatz?«

»Exakt.« Paul grinst. »Allerdings nicht irgendein Fußballplatz.« Er weist auf den Rasen. »Darf ich dir vorstellen? Die zukünftige PAUL-LINDT-ACADEMY für Fußballnachwuchs.«

Epilog:
Strangers (Kenya Grace)

Clara

Zwei Jahre später

»Clara?«, ruft Paul quer durch den Raum voller plappernder Frauenstimmen, lärmender Kinder und dem Klappern von Geschirr, und ich hebe die Hand, um auf mich aufmerksam zu machen. »Ach, da steckst du.« Er grinst mich an, als er näherkommt, und ich schüttele den Kopf über mich.

Denn auch nach einem Jahr habe ich mich noch nicht an die Karikatur einer Ritterrüstung gewöhnt, die Paul als *Placekicker* der SAN ANTONIO ARMADILLOS wie die übrigen Spieler der American-Football-Mannschaft trägt. Insbesondere, wenn er wie jetzt keinen Helm trägt, sieht er durch das übergroße Trikot, das über den *Shoulder Pads* spannt und um seinen Bauch und die Hüften schlackert, aus wie Paul Jr., wenn der Knirps sich ein T-Shirt seines Papas überzieht.

»Ziehst du mich gerade in Gedanken aus?«, fragt er spöttisch und weist auf eine überschlanke und hochgewachsene Blondine, die hinter ihm heran humpelt. »Das wäre angesichts meiner Begleitung nicht ganz angebracht, oder?«

Ich ziehe die Nase kraus und deute auf seine weißen Kniehosen, deren Stretchstoff die eingenähten Schutzpolster der *Girdle Pants* genannten Unterhose nachzeichnet. »Solange du in diesen unmöglichen Klamotten herumläufst, muss jede Frau mit einem Hauch von gutem Bekleidungsgeschmack dir dieses Zeug vom Leib reißen wollen.« Lächelnd stehe ich auf und halte der Blonden die Hand hin. »*Good afternoon. I'm Clara Luise Lindt, Paul's wife. How are you doing?*«

Sie zeigt ein Blendax-Lächeln in ihrem fast zum Skelett abgemagerten Gesicht und fasst meine Finger an, als wären die aus zerbrechlichem China-Porzellan. »Hi, ich bin Greta Kloppberger!«

Greta Kloppberger? Die Greta Kloppberger? Möglichst unauffällig mustere ich das Supermodel, das mir von großformatiger Außenwerbung, Reklamespots und Titelblättern von Zeitschriften natürlich ein Begriff ist. Aber die Frau, die jetzt vor mir steht, hat mit der energiegeladenen Schönheit kaum noch etwas gemein.

»... so froh, als ich gehört habe, dass Paul eine deutsche Frau hat.« Greta hat weitergesprochen, während ich in Gedanken war. »Ich wollte dich unbedingt kennenlernen.«

Wollte sie das? Warum? Ich sehe fragend zu Paul hinüber, während ich eine angemessene Antwort zusammenkrame. »Wow, das ehrt mich ungemein. Allerdings fürchte ich, dass ich keine besonders interessanten Gesprächsinhalte bieten kann.« Um dem inhaltsleeren Geplauder zu entkommen, das mir droht, beschließe ich, zum Frontalangriff überzugehen. »Ich bin nämlich nur Hausfrau und Mutter.«

»Nur.« Paul rollt die Augen. »Spinn kein Seemannsgarn, Clara.« Dann wendet er sich an Greta. »Clara ist die witzigste, charmanteste und intelligenteste Frau der Welt. Wäre sie das nicht, hätte ich sie nicht geheiratet.« Er versetzt mir einen Klaps auf den Po, als ich einen Faustschlag auf seinen Brustpanzer lande. »Ihr werdet euch fabelhaft verstehen.«

Werden wir das? Worüber soll ich mit einem Modepüppchen sprechen, das nur dank zentimeterdicker Schichten Schminke nicht aussieht wie der Tod persönlich?

»Ich muss los.« Er deutet hinter sich. »In einer Dreiviertelstunde beginnt das Spiel. Viel Spaß euch beiden!«

»Viel Erfolg, Paul!« Ihre Mittelfinger über die Zeigefinger verschränkt, schüttelt Greta beide Hände in seine Richtung. »Und richte Gary aus, dass ich rasend stolz auf ihn sein möchte.«

Paul salutiert. *»Aye, Ma'am.«* Dann lässt er meinen genervten Blick mit einem Feixen von sich abperlen und bahnt sich durch die wie ein Bienenschwarm summende Menge den Weg zum Ausgang.

»Gary?«, frage ich, als nach seinem Weggang das Schweigen zwischen mir und Greta unangenehm wird. »Es tut mir leid, aber die Mannschaft ist so groß, ich kenne kaum die Hälfte der Spieler. Auf welcher Position spielt dein Mann?«

»Verlobter.« Greta dreht einen ebenso protzigen wie locker sitzenden Diamantring an ihrem Finger. »Gary und ich sind verlobt. Und er spielt als *Long snapper* mit Paul zusammen im *Special team*.«

»*Long snapper*?« Ich grübele kurz. »Ist das derjenige, der Paul das Ei für seinen Kick zuwirft?«

»Ei.« Greta prustet ein Lachen heraus. »Ich weiß schon, warum ich dich unbedingt kennenlernen wollte. Amerikaner wären tödlich beleidigt wegen der Verunglimpfung ihres Nationalsports.«

Ich muss in ihre Heiterkeit einstimmen. Doch dann fällt mir etwas auf. »Ich dachte eigentlich, der *Long snapper* hieße Goga und nicht Gary.«

Greta rollt mit den Augen. »Sein lächerlicher Spitzname noch aus College-Zeiten.« Dann weist sie auf das an der Rückwand des Raumes aufgebaute Buffet. »Lass uns anstoßen auf unser Kennenlernen! Prosecco oder Sekt? Was darf es für dich sein?«

»Ähm.« Ich zögere. »Nee, lass mal.«

»Sekt-Orange?« Greta zeigt die Füllmenge des jeweiligen Bestandteils mit zwei Fingern an, Sekt höchstens ein Drittel von Orange.

»Für mich nur puren Saft.« Seufzend schüttele ich den Kopf und streiche mir über den Bauch.

Sie folgt meiner Bewegung und schaut mich dann aus weit aufgerissenen Augen an. »Du bist schwanger?« Das Lächeln, das sie sich aufs Gesicht zwingt, ist von solch herber Traurigkeit getränkt, dass ich mich ohrfeigen könnte. »Das ist ja wundervoll! Ich … Ich … Ich gehe mich nur kurz frisch machen, dann bringe ich uns die Getränke.«

Während Greta auf der Toilette war, ist Lina vorüber geflattert und hat Paul Jr. bei mir abgeladen. Mit ihren Freundinnen unter den Töchtern von Pauls Teamkollegen will sie sich die besten Plätze auf der Tribüne vor dem V.I.P.-Raum für die Angehörigen der Spieler sichern.

Ich beneide meine Tochter. Sie hat vorletztes Jahr binnen weniger Monate fließend Spanisch gelernt und jetzt parliert sie ohne Punkt und Komma mit ihren amerikanischen Freundinnen. Was gäbe ich für solch ein Sprachtalent!

»Da bin ich wieder!« Greta reicht mir ein Glas mit Orangensaft und setzt sich neben mich. »Hallo! Ich bin Greta!« Sie hält Paul Jr. ihre Hand hin. »Wer bist du?«

Mein Sohn verbirgt sein Gesicht an meiner Brust, und gerade, als ich erklärend einspringen will, überwindet er seine Schüchternheit. »Ich bin Dschu-nie-ohr.«

›Wie süß!‹, formuliert Greta nur mit den Lippen an mich gewandt, ehe sie weiter mit Paul Jr. spricht. »Junior! Das ist ein toller Name! Und, was magst du werden, wenn du groß bist?«

Junior reibt sich die Nase. Er überlegt endlos lange, ehe er antwortet. »Lesen. Ich will lesen. Wie Lina.« Dann rutscht er von meinem Schoß und deutet auf die Duplo-Ecke keine drei Meter von uns. »Darf ich Lego, Mama?«

»Klar darfst du Lego spielen«, korrigiere ich ihn behutsam und schaue ihm hinterher, als er losrennt.

»Unglaublich niedlich«, stellt Greta fest und nimmt einen großen Schluck von ihrem Sekt. »Ihr habt solch ein Glück!« Mit einem zweiten Schluck leert sie fast das ganze Glas. »Ich hatte jetzt vier Fehlgeburten hintereinander«, wechselt sie abrupt das Thema. »Die Ärzte befürchten langsam, dass ich gar keine Kinder bekommen kann.«

»Oh.« Mir fehlen die Worte. Wie lange kenne ich Greta jetzt? Eine Viertelstunde? Und sie spricht solch ein intimes Thema an? »Als ich mit Junior schwanger war, hatte ich so starke Blutungen, dass ich zuerst gedacht habe, ich hätte das Baby verloren«, erläutere ich. »Ich kann mir vorstellen, wie schlimm das sein muss, wenn das wirklich eintritt. Alleine die Vorstellung hat mir schier den Verstand geraubt.«

»Ihr habt solch ein Glück«, wiederholt Greta. Da sie das Sektglas inzwischen geleert hat, winkt sie eine Servicekraft herbei und greift sich gleich zwei Gläser von deren Tablett. »Ich wünschte, ich hätte nur einen Fingerhut davon.« Sie lacht bitter und weist mit einer abfälligen Handbewegung auf sich. »Schau mich an. Ich bin nur noch ein Schatten meiner selbst. In dem Zustand bucht mich keiner und um Hausfrau und Mutter zu sein wie du, müsste ich ein Kind bekommen. Ganz abgesehen davon, dass ein *Long snapper* wie Gary nicht gerade Millionen verdient.« Sie kippt das zweite Glas Sekt bis zur Hälfte ab. »Wie kommt ihr über die Runden? Ein *Placekicker* wird nur ein bisschen besser bezahlt. Und dann demnächst drei Kinder? Hat Paul so viel auf der hohen Kante? Er war doch der Stürmerstar der Bundesliga. Wieso hat er eigentlich aufgehört?«

Ich beuge mich vor und nehme das dritte Sektglas an mich, um zu verhindern, dass sie sich komplett betrinkt. »Wo soll ich anfangen? Was die SAN ANTONIO ARMADILLOS Paul zahlen, ist nur ein Zubrot zu dem, was wir mit EL JOYERO einnehmen.«

Gretas Interesse scheint geweckt, denn sie nippt nicht einmal mehr am Sekt. »*El joyero*? Das Schmuckkästchen? Das klingt niedlich. Was ist das?«

Stolz durchfließt mich, denn der Name ist mir eingefallen wegen der Edelsteine, nach denen die Villen und inzwischen auch die Bungalows benannt sind. »Eine kleine, aber sehr feine

Ferienanlage auf der mexikanischen Halbinsel Yucatan. Paul betreibt dort die PAUL-LINDT-ACADEMY für Fußballnachwuchs.«

»Und das lastet ihn nicht aus?« Greta lacht.

Ich seufze. »Nun, zum einen hat ihm der Profisport unglaublich gefehlt, zum anderen gibt es keine bessere Werbung für die Akademie als die Steigerung von Pauls Bekanntheitsgrad in den Staaten, von wo die meisten unserer Gäste stammen. Als Craig Armstrong vorletztes Jahr zufälligerweise bei uns Urlaub machte, weil seine *Soccer*-verrückten Teenietöchter die Akademie im Internet gefunden hatten, fiel Paul aus allen Wolken über seinen Vorschlag.«

»Der *Head trainer* der SAN ANTONIO ARMADILLOS selbst hat Paul entdeckt? Das ist ja ein Ding! Aber trotzdem. Ich verstehe nicht, wieso Paul alle Brücken nach Deutschland und in die Bundesli…«

»Mama, Mama, komm schnell!«, unterbricht Lina Greta. »Papa wird eingewechselt! Er soll ein *Field goal* versuchen!«

»Das darf ich keinesfalls verpassen!« Ich stehe auf und schnappe mir Paul Jr. aus der Spielecke. »Mist, vor lauter Quatschen hatte ich gar nicht mitbekommen, dass das Spiel schon angefangen hat.«

»Ich sollte besser auch zuschauen.« Greta erhebt sich ebenfalls und hinkt neben mir her. Bei einem *Field goal*-Versuch kommt Gary ebenfalls auf den Platz.«

»Ich bin so aufgeregt!«, zwitschert Lina, die zwischen uns hüpft. »Papas erstes *Field goal* beim *Super Bowl*!«

Greta lacht. »Nun, noch hat er den Ball nicht durch das Torgestänge am Ende des Spielfelds getreten!«

Lina zuckt die Achseln und sieht das Supermodel abschätzig an. »Mein Papa trifft immer.«

Da wir inzwischen die Tribüne erreicht haben, rennt sie los und quetscht sich in der ersten Reihe zwischen ihre Freundinnen.

»Deine Kleine hat ja größte Zuversicht bezüglich des Könnens ihres Vaters.« Greta schnaubt erheitert, und ich verkneife mir die Bemerkung, dass Paul natürlich alle *Field goal*-Versuche der laufenden Saison gemeistert hat.

Stattdessen beobachte ich das Schauspiel auf dem Rasen: Jeweils ungefähr zehn in ihre modernen ›Rüstungen‹ gehüllte Spieler der beiden Mannschaften stehen sich gegenüber. Was heißt ›stehen‹? Die gebeugten Beine gegrätscht und die Hände auf dem Rasen abgestützt, erinnern sie eher an kampfbereite Frösche. Hinter der Formation der gegnerischen Spieler in weißen Trikots stehen zwei weitere ihrer Feldspieler und der Schiedsrichter. Auf der Seite der SAN ANTONIO ARMADILLOS in ihren Oberteilen in klassischem *Racing green* kniet mit sieben, acht Metern Abstand der *Holder*, schräg links versetzt zu ihm hat Paul Aufstellung genommen.

Greta legt die Hand an die Stirn, um ihre Augen zu beschatten. »Gleich geht's los. Siehst du, wie Gary mit dem Ei auf den Boden klopft? Vor jedem Spielzug verabreden sie neu, wie oft er das macht, bevor er wirft.«

Ich nehme Gary genauer in Augenschein, während in mir die Aufregung zunimmt.

Um mich abzulenken, vergrabe ich die Nase in Paul Jr.s hellblondem Haar und sauge seinen beruhigenden, süßen Duft ein.

Gary verharrt weiter mit breit gegrätschten Beinen ungefähr in der Mitte der Aufstellung und hält den Ball mit beiden Händen. Er dopst das Ei gerade erneut auf, im nächsten Augenblick wirft er es unter seinen Beinen durch nach hinten.

Der *Holder* greift sich den Ball aus der Luft und in dem Moment, wo er ihn auf den nicht vorhandenen Elfmeterpunkt legt, ist Paul schon losgelaufen und kickt.

Paul! Wird er es schaffen? Ein *Field goal* beim *Super Bowl* würde seinen Bekanntheitsgrad vervielfachen! Ich spüre, wie trotz der trockenen Wüstenluft von Las Vegas Gänsehaut meine Glieder überzieht.

Da alle kreischend aufspringen, bekomme ich den Flug des Eis nicht mit, doch der Jubel, der das Stadion in seinen

Grundfesten erzittern lässt, beweist mir, dass mein Mann erfolgreich war.

»*Yeah!*« Greta wendet sich zu mir und hält mir ihre geballte Faust entgegen. »Sind unsere Männer nicht ein fabelhaftes Team?«

Ich starre ihre Hand an, schaue dann in ihr Gesicht. Ist das ihr Ernst mit dieser völlig überkommenen Corona-Geste? Ich seufze. »Wir schreiben 2024 und nicht 2020, Greta. Wenn du magst, können wir abklatschen oder uns umarmen. Aber bitte: Lass diesen Quatsch.«

Sie nimmt die Faust runter und lacht verunsichert. »Meinst du? Ja?« Den Kopf krampfhaft zur Seite gewandt, breitet sie ihre Arme aus und zieht mich mitsamt Paul Jr. auf meinem Arm in eine steife Umarmung.

Kaum, dass wir uns voneinander gelöst haben, kommt Lina angerannt.

Jubelnd tanzt sie um uns herum. »*My daddy is the best daddy in the world. Isn't he, Mama?*«

»*He is*«, bestätige ich und sehe ihr lächelnd hinterher, während sie zurück zu ihren Freundinnen hopst. Dann wende ich mich an Greta. »Wollen wir wieder reingehen? Es ist heiß und ich habe Durst.«

Greta nickt nur und geht mir voran.

Der Raum ist fast ganz leer, alle drängen sich jetzt draußen auf der Tribüne.

»Wir haben das ganze Buffet für uns.« Während ich Paul Jr. einen *Corndog* reiche, zwinkere ich Greta zu. »Das Zeug ist so ungesund wie lecker. Aber man muss auch mal über die Stränge schlagen, nicht wahr?« Besonders sie, wenn ich sie so ansehe.

Nachdem wir uns mit gefüllten Tellern und Gläsern auf eine Couch neben der Lego-Ecke gesetzt haben, die Paul Jr. sofort mit Beschlag belegt, bringt Greta wieder das Gespräch auf Pauls Karriereende.

»Ich verstehe das wirklich nicht, Clara! Dass ihr so ein entzückendes Liebesnest in Mexiko habt, er eine Fußballschule leitet und in der NFL spielt: Das ist doch alles nichts gegen die Möglichkeiten, die ihm offen gestanden sind! Wieso hat er das weggeworfen? Die Nationalmannschaft und die Aussicht auf einen Wechsel nach England?«

»Weggeworfen?« Ich schnaube und schüttele den Kopf. »Paul hat nichts weggeworfen. Du hast das wirklich nicht mitbekommen?« Und dann erzähle ich ihr die ganze Geschichte, nur unterbrochen von den beiden weiteren Malen, in denen wir unsere Männer bei der Ausführung eines *Field goal*-Versuchs bewundern. Natürlich erfolgreich. Was soll ich sagen? Paul ist einfach der Knaller!

»O mein Gott! O mein Gott!« Greta schlägt die Hand vor den Mund, als ich Stunden später meinen Bericht beendet habe. »Das ist ja furchtbar, was man euch angetan hat!« Ganz ohne die Berührungsängste von zu Beginn drückt sie meine Hand. »Mir ist das total peinlich, dass ich das nicht mitbekommen habe.«

»Schon gut, daran sind wir schon gewöhnt.« Ich deute auf die anderen Spielerfrauen, die ihre Kinder einsammeln und zum Ausgang streben. »Sollten wir auch mal zusammenpacken?«

»Du meinst wegen der Pressekonferenz?«, fragt Greta? »Ich fürchte, angesichts des dreifach gebrochenen *Super-Bowl*-Rekords von deinem Paul wird der Raum aus allen Nähten platzen. Lass sie uns lieber von hier schauen.« Sie zeigt zu dem riesigen Fernseher an der Wand, auf dem wir das Spiel beiläufig verfolgt haben. »Völlig irre!« Ein Giggeln perlt aus ihr heraus, während sie mich mit dem Ellenbogen anstößt. »Wir sind Zeugen eines historischen Ereignisses, Clara! Noch nie in der Geschichte des Endspiels wurden von einem Spieler drei *Field goals* erzielt. Und dann hat dein Paul ganz nebenbei auch noch zweimal den Weitenrekord gebrochen. Erst hat er einen

55-*yard*-Kick erzielt und keine halbe Stunde später einen über sensationelle 57 *yards*!«

»Ist das wirklich so außergewöhnlich?« Egal, was Paul mit dem Ball macht, es sieht immer so spielerisch leicht aus.

»Klar, hör zu, was der Kommentator berichtet!« Sie weist mit dem Kopf auf den Bildschirm, und ich konzentriere mich, um dem Wust der englischen Begriffe zu folgen.

»Der bisherige Rekord wurde vor drei Jahrzehnten aufgestellt?« Ich kann nicht glauben, was ich meine, verstanden zu haben.

»Doch, doch!« Greta nippt von ihrem Sekt. »Steve Christie von den Buffalo Bills erzielte im *Super Bowl XXVIII* einen 54-*yarder*.«

»Und Paul hat jetzt erst einen und dann nochmals zwei *yards* weiter geschafft.« Ich schüttele den Kopf. »Was ist daran so besonders? Während der regulären Saison hat er mehrere Male über sechzig *yards* geschafft.«

»Das kannst du doch nicht vergleichen!« Greta reißt die Augen auf. »Das hier ist der *Super Bowl*. In Las Vegas! Angesichts des ausverkauften Stadions, angesichts des Millionenpublikums vor den Bildschirmen und der Tatsache, dass Paul noch ein *Rookie* ist, drehen die jetzt alle durch.« Sie schüttelt den Kopf. »Bist du sicher, dass du keinen Alkohol trinkst? Heute Nacht wird der Champagner in Strömen fließen!«

Ich komme nicht dazu, ihr zu antworten, denn auf dem Fernseher wird jetzt Paul eingeblendet, der sich auf dem Weg zum Pressekonferenzraum lächelnd und Autogramme gebend einen Weg durch die Fans bahnen muss.

Wie gelöst und glücklich er aussieht.

Als mir bewusst wird, dass ich dieses Strahlen von innen heraus schon viel zu lange vermissen musste, versetzt es mir einen Stich.

Das hier ist der natürliche Lebensraum von Paul. Der Rasen, das Stadion, die Mannschaft und die Fans. Und kein noch so hübsches Schmuckkästchen an der mexikanischen Karibikküste und mittelprächtig begabte Nachwuchsfußballer.

»He, he, schon gut.« Erst als Greta mir über den Arm streicht, nehme ich wahr, dass ich meine Hände unwillkürlich zu Fäusten geballt habe. »Er macht das wundervoll.«

»Danke«, flüstere ich, doch dann wird meine Aufmerksamkeit von einem Mann in Anspruch genommen, der sich zwischen den Fans rüde vordrängt und Paul ein Mikrofon vors Gesicht hält. »Das da …« Ich deute auf ihn und sehe Greta fragend an. »Ist das nicht dieser Knorrer?«

»Knorrer?« Greta zuckt die Achseln. »Wer soll das sein?«

Da dem Filmteam, das Pauls Bad in der Menge aufnimmt, der Typ ebenfalls aufgefallen ist, wird er herangezoomt. Kurz taucht ein Mikrofon an einem Galgen auf, dann hört man die Stimme des Mannes, die mir nach all der Zeit immer noch einen Schauder über den Rücken hinabjagt.

»Joachim Knorrer vom AKTUELLEN SPORTREPORT für das deutsche Fernsehen«, stellt er sich schnarrend vor. »Darf ich Ihnen ein paar Fragen stellen, Herr Lindt?«

Paul schenkt ihm nur einen kurzen Seitenblick, unterschreibt weiter Autogrammkarten und Trikots, schüttelt Hände und wuschelt Kindern durchs Haar.

»Herr Lindt?«, bringt der Sportmoderator sich in Erinnerung.

»Ja, das ist mein Name.« Paul lächelt ihn nieder, plaudert dann auf Englisch mit einem Mädchen, das im Rollstuhl sitzt.

»Ich würde Ihnen gerne ein paar Fragen stellen«, wiederholt Knorrer. »Für Ihre Fans zu Hause in Deutschland.«

»Für Fragen von Journalisten gibt es die Pressekonferenz.« Paul betrachtet den Moderator kühl von oben herab. »Ich bin mir sicher, dass man Ihnen gern den Weg zeigt, falls Sie ihn nicht selbst finden.«

»Pressekonferenz.« Knorrers professionelle Fassade bröckelt kurz, als er schnaubt. Dann richtet er sich gerader auf. »Sie wissen genauso gut wie ich, dass Sie bei sämtlichen

Pressekonferenzen die Fragen von mir und meinen deutschen Kollegen ignorieren.«

Paul hält beim Signieren eines Trikots inne und mustert den Journalisten von Kopf bis Fuß. »Ja.«

»Ja?«, blafft Knorrer. »Sie geben es also zu?«

Paul antwortet nichts, sondern scherzt mit dem Besitzer des Trikots.

»Das geht so nicht, Lindt!«, schnarrt der Journalist. »Die deutsche Öffentlichkeit hat ein Anrecht darauf, Antworten von Ihnen zu bekommen! Sie sind uns Aufmerksamkeit schuldig!«

Eine Bewegung geht durch Paul. Er schließt ganz kurz die Augen, ehe er sie mit stechendem Blick auf Knorrer richtet. »Ein Anrecht?«, fragt er. »Ein Anrecht? Weshalb sollte die deutsche Öffentlichkeit ein Anrecht auf meine Aufmerksamkeit haben?«

»Sie sind schließlich ehemaliger Nationalspieler!«

»Ehemaliger.« Paul lacht bitter, ehe er sich wieder dem Schütteln von Händen widmet. »Ehemaliger Nationalspieler. Das sollte ausgerechnet Ihnen nicht entgangen sein. Sie haben mehr als genug dazu beigetragen, dass ich aus der Nationalmannschaft geworfen wurde.«

»Weil Sie sich einen gefälschten Impfausweis besorgt hatten!«

»... für eine sogenannte Impfung, die niemals gegen Übertragung schützte, wie wir heute wissen.«

»Wie wir heute wissen!«, triumphiert Knorrer. »Damals war das doch nicht bekannt!«

»Vielleicht Ihnen nicht«, antwortet Paul in mitleidigem Tonfall. »Aber jedem, der sich darüber und über die massiven Nebenwirkungen informiert hat. Doch was entscheidend ist: Beide Fakten waren den Politikern bereits längst bekannt, als sie 2G angeordnet haben und eine allgemeine Impfpflicht einführen wollten. Ich sage nur: RKI-files.«

»Aber ... aber ... das hat doch nichts mit Sport zu tun!«, stammelt der Moderator. »Das können Sie doch nicht in meiner Übertragung zur Sprache bringen!«

»Ach, es hat nichts mit Sport zu tun, dass unzählige Sportler seit Verabreichen der sogenannten Impfung kollabiert sind, Herzschäden erlitten haben oder gar zu Tode gekommen sind? Ich erinnere Sie nur an Krummnagel.« Paul lässt seinen Blick abschätzig von oben nach unten über Knorrer gleiten. »Und es hat auch nichts mit Sport zu tun, dass Sie, der Top-Sportjournalist Deutschlands, nach dem Erhalt Ihres Boosters monatelang nicht arbeitsfähig waren und auch heute noch nach einer 90-Minuten-Sendung erschöpft zusammenbrechen?«

»Das … Das ist LongCovid!« Der Journalist wird bleich. »Ich hatte Corona!«

»Ja, und?« Paul schnaubt. »Ich hatte Corona, mehrmals. Meine Frau hatte Corona. Sogar während der Schwangerschaft. Unsere Tochter hatte Corona. Schauen Sie uns an: alle gesund. Nein, es war die Spritze, die für Ihre Beschwerden verantwortlich ist. Wie bei so vielen. Die Spritze, die Sie meiner schwangeren Frau aufzwingen wollten. Erinnern Sie sich?«

»Zwingen …« Knorrer fühlt sich sichtbar unwohl. »So wie Sie das ausdrücken, hört sich das furchtbar an. So war das doch nicht!«

»War es nicht?« Paul hebt die Augenbrauen. »Ich glaube, von einem unabhängigen Standpunkt aus wird das anders wahrgenommen.«

»Und jetzt?«, blafft der Moderator, der seine Strategie geändert zu haben scheint. »Fühlen Sie jetzt Genugtuung, weil ich krank bin? Da ich für die Solidarität gekämpft habe?«

»Genugtuung?« Paul spuckt das Wort förmlich aus. »Schwachsinn. Die einzige Genugtuung, die ich empfinde, ist die, dass ich den Mut hatte, alles zu opfern, damit meine Familie und ich gesund und in Sicherheit leben können.« Er atmet schwer. »Unser Sohn wurde gesund geboren. Etwas, das anderen aufgrund der Spritze verwehrt ist. Wir mussten aus anderen Gründen eine Zeitlang befürchten, dass Clara eine Fehlgeburt erleidet. Ich kann Ihnen nur sagen: Ich fühle tief mit allen, die das erleben mussten und müssen.«

»Also hassen Sie mich?«, fordert Knorrer ihn heraus.

Paul lacht schallend. »Hass? Hören Sie sich eigentlich manchmal selbst zu? Sie machen sich völlig lächerlich. Ich hasse Sie nicht, verachte Sie höchstens. Und bemitleide Sie. Denn im Gegensatz zu mir haben Sie die falsche Entscheidung getroffen. Und jetzt lassen Sie mich durch. Dort drüben im Pressekonferenzraum warten richtige Journalisten auf mich.«

Ende

LIEBE LESERIN, LIEBER LESER ...

... falls ›Stürmer mit Superzahl‹ nicht die Geschichte war, die Sie erwartet haben, möchte ich mit dem Buchtitel des ehemaligen Bundesgesundheitsministers Jens Spahn um Entschuldigung bitten: ›Wir werden einander viel zu verzeihen haben‹.

Gerade, wenn Sie zu der großen Menge an Menschen gehören, die nicht auf die Impfung erpicht waren, dachten Sie beim Lesen vielleicht spontan: »Damals wurde solch ein Aufhebens gemacht, jetzt interessiert es keinen mehr, wer geimpft ist und wer nicht.«

Das stimmt.

Etwas anderes sollte uns alle, unabhängig von unserem Impfstatus, jedoch brennend interessieren:

Wie konnte es dazu kommen, dass so vielen Menschen mit Zuckerbrot und Peitsche die ›nebenwirkungsfreie Impfung‹ aufgedrängt wurde? Als seien sie keine mündigen Bürger, sondern Kinder wie Lina, die in der Kita den gelinde gesagt seltsamen Prinzipien einer Erzieherin ausgesetzt sind?

Wie konnte es dazu kommen, dass Leute vor unmenschliche Entscheidungen gestellt wurden? Ohne Spritze keine Krebstherapie, kein Besuch beim lebensbedrohlich erkrankten Kind oder beim sterbenden Ehemann? Kein Beistand bei der Entbindung des Erstgeborenen?

Wie konnte es dazu kommen, dass unsere Grundrechte ausgehebelt wurden?

Weshalb es Aufarbeitung braucht, damit sich das alles nicht wiederholt, und wie tiefgreifend die Einschnitte waren, erläutert **Claudio Zanetti vom ZAAVV** in seinem Nachwort, das ich Ihnen an dieser Stelle ans Herz legen möchte.

Wenn Sie sich jetzt fragen, auf welchen wahren Begebenheiten (abgesehen von der Corona-Zeit) die Geschichte um Clara und Paul beruht, wie es im Klappentext versprochen wurde: Davon gibt es etliche.

Zunächst existiert die (stellvertretende) Theaterleiterin eines todschicken Programmkinos wirklich, dessen Eingang schon mehrfach von einem Prominenten mit Wohnsitz im

Penthouse des Gebäudes blockiert wurde. Nur lebt und arbeitet sie in einer ganz anderen Stadt.

Und auch eine ähnliche Geschichte wie die mit dem aggressiven Obdachlosen hat sich dort abgespielt. Nur leider gab es keinen Profisportler, der zu Hilfe eilen konnte. Zum Ausgleich sind aber keine Steine geflogen.

Wie Clara wurde meine Freundin beim Versuch, Winterstiefel für ihre Tochter zu kaufen, wegen der fehlenden Impfung am Eingang zum Schuhladen abgewiesen.

All die bösen Worte, die Clara dort von ihrer (ehemaligen) Lieblingskundin Walli an den Kopf geworfen bekam, sind in der Realität wirklich so geäußert worden. Siehe Anhang.

Onkel Basti hat ein reales Vorbild. Peti ist dieses Buch gewidmet. Und auch die medizinischen Komplikationen von Claras Freundin Judith sind einer jungen Frau in meinem Bekanntenkreis zugestoßen.

Dass ein Fußballer mit Herzstillstand auf dem Rasen zusammengebrochen ist, musste ich 2021 zum ersten Mal in meinem Leben am Bildschirm verfolgen (und ich schaue seit 35 Jahren Fußball zusammen mit meinem sportbegeisterten Ehemann). Siehe Anhang.

Der Umgang mit Joshua Kimmich und Wout Weghorst in Bezug auf ihren Impfstatus bzw. den ihrer Familie regte mich an, die entsprechende Szene mit Paul, dem fiktiven Journalisten und der fiktiven Virologin zu schreiben. Siehe Anhang.

Sowohl der Plazentaabriss, der Clara in die Notaufnahme führt, als auch die ›spezielle‹ Art der Behandlung, die sie dort erfährt, sind hingegen beide autobiografisch. Allerdings durch rund 20 Jahre getrennt. Während der Corona-Jahre wurde ich wegen eines Stromunfalls in die Notaufnahme gebracht.

Für die Szene mit der Hausdurchsuchung bei Paul und Clara ließ ich mich von der Schilderung des Berliner Arztes und Podcasters Paul Brandenburg auf seiner Seite inspirieren. Siehe Anhang.

Die **Kátla-Mortensen-Bücher**, die Clara liest, gibt es übrigens wirklich. Und meine *writing buddy* meint, Paul habe recht. Die Bücher seien »schon ein bisschen« versaut.

›Stürmer mit Superzahl‹ ist ein besonderes Buch für mich und daher ist es eine große Ehre, dass sich der Schweizer Jurist, ehemalige Nationalrat und Geschäftsführer beim ZAAVV Claudio Zanetti bereiterklärt hat, ein Nachwort zu verfassen:

WARUM ES EINE «CORONA-AUFARBEITUNG» BRAUCHT

Irren ist menschlich. Schon die alten Römer kannten die Redewendung «errare humanum est». Menschen sind unvollkommen. Sie machen Fehler. Und, ohne den deutschen Wirtschaftsminister delegitimieren zu wollen, ist festzustellen, dass auch Staaten Fehler machen, denn es sind Menschen, die seinen Willen bilden, und es sind Menschen, die diesem Willen Taten folgen lassen. Das lateinische Sprichwort ist so allerdings nicht vollständig. Weiter heisst es nämlich: «... sed in errare perseverare diabolicum.» – «... doch auf dem Irrtum zu beharren, ist teuflisch.»

Die Vorstellung, der Staat könne keine Fehler machen, weil Politik und Verwaltung stets nach dem Guten und Richtigen strebten, und das Wachstum der Bürokratie deshalb nur eine logische Konsequenz technischer Entwicklungen und neuer Erkenntnisse sei, ist nicht nur unhaltbar, sie führt ins Verderben. Denn die Auffassung gewisser Politiker, sie seien kraft ihres Amtes unfehlbar, und nur sie wüssten, was für alle anderen Menschen gut und richtig ist, ist im Kern totalitär. Es ist ebendiese diese Geisteshaltung, die Führerkulte entstehen lässt und Menschen dazu bringt, Lieder mit dem einprägsamen Refrain «Die Partei, die Partei, die hat immer recht!» zu singen.

Glücklicherweise irren sich Menschen nicht ständig. Nicht jede Wahl muss wiederholt werden, und manche Voranschläge erfüllen die rechtlichen Vorgaben. Und Menschen haben auch die Fähigkeit, aus ihren Fehlern zu lernen, um deren Wiederholung zu vermeiden. Voraussetzung dafür ist allerdings eine Analyse der Ereignisse und Zusammenhänge, die zu dem unliebsamen Ergebnis führten. Je gründlicher und umsichtiger diese ausfällt, desto grösser sind logischerweise die Erfolgschancen. Umgekehrt vergrössern sich Missstände, wenn sie geleugnet werden, oder die Aufarbeitung gar aktiv verhindert wird.

Mit Ende des Mittelalters und dem durch den Humanismus angestossenen Aufbruch in die sogenannte Moderne lösten sich die Menschen, um es mit Immanuel Kant zu sagen, aus ihrer selbstverschuldeten Unmündigkeit. Sie waren immer weniger bereit, Dinge als gottgegeben hinzunehmen und gingen ihnen stattdessen auf den Grund. Sie wollten verstehen.

Der Macht Grenzen setzen

Es gehört zu den wichtigsten Errungenschaften der Aufklärung, dass sich in unserer Zeit auch die Mächtigen erklären und Rechenschaft ablegen müssen. Ihrer zuvor absoluten Macht wurden Grenzen (rote Linien) gesetzt. Die Staatsgewalt wurde aufgeteilt in eine willensbildende und gesetzgebende und in eine vollziehende Einheit und in eine mit der Überwachung betraute, unabhängige Justiz. Keiner dieser drei Staatsgewalten sollte dabei eine dominante Stellung zukommen. Eine Diktatur soll ebenso verhindert werden wie ein Richterstaat. Vielmehr sollten sie sich gegenseitig kontrollieren und hemmen. Aber alle haben sie dem Allgemeinwohl zu dienen.

Mit einem Mal mussten selbst Könige die Gesetze einhalten und konnten diese nicht mehr nach Belieben anpassen oder umgehen. Sie konnten auch nicht mehr in Ketten legen und inhaftieren lassen, wer sich ihnen in den Weg stellte. Die Schuld eines Menschen muss in einem Rechtsstaat vor Gericht bewiesen werden. Und bestraft werden darf nur aufgrund klarer schriftlicher Gesetze, die jedermann zugänglich sind. Darum kommen Minister in Gesellschaften, die das Prädikat «aufgeklärt» verdienen, schon gar nicht erst auf die Idee, auch nur darüber nachzudenken, ein Verhalten «unterhalb der Strafbarkeitsgrenze» zu verfolgen und zu ahnden. In einer freiheitlichen Gesellschaft ist erlaubt, was nicht – ausdrücklich – verboten ist.

Bundeskanzlerin Angela Merkel bezeichnete die Demokratie einmal als die «Staatsform des Vertrauens», womit sie selbstverständlich meinte, man solle ihr vertrauen und ihre

Weisheit nicht infrage stellen. In Wahrheit ist der demokratische Rechtsstaat allerdings Ausdruck des organisierten Misstrauens.

Errungenschaften verteidigen

Im Vorwort zu ihrem grossartigen Buch «Die Torheit der Regierenden» («The March of Folly») schreibt die US-amerikanische Journalistin und Historikerin Barbara Tuchman, in der Regierungskunst, so scheine es, blieben die Leistungen der Menschheit weit hinter dem zurück, was sie auf fast allen anderen Gebieten vollbracht hat. Stimmt. Umso entschlossener müssen wir jene wenigen Errungenschaften, die es dennoch gibt, verteidigen. Aus der Erkenntnis, dass Menschen Fehler machen, und Macht stets den Samen der Korruption enthält, entwickelte die Rechtswissenschaft zahlreiche Sicherungsmechanismen, die den modernen Rechtsstaat erst ausmachen.

Als ebenso simpel wie effizient erwies sich die Einführung von festen Amtszeiten, die von Wahlen eingerahmt werden. Macht wird damit zeitlich begrenzt. Sie ist im Grunde nur geliehen, und gewährt wird sie vom Volk. In Artikel 20 des deutschen Grundgesetzes (GG) heisst es darum: «Alle Staatsgewalt geht vom Volke aus. Sie wird vom Volke in Wahlen und Abstimmungen und durch besondere Organe der Gesetzgebung, der vollziehenden Gewalt und der Rechtsprechung ausgeübt.» Der gleiche Gedanke liegt Artikel 148 der Schweizerischen Bundesverfassung (BV) zugrunde: «Die Bundesversammlung [die beiden gleichberechtigten Parlamentskammern] übt unter Vorbehalt der Rechte von Volk und Ständen die oberste Gewalt im Bund aus.» Das Parlament steht also über Regierung und Verwaltung, aber unter dem Volk, das darum auch «der Souverän» genannt wird.

Das Recht macht den Rechtsstaat

Dass es die Bindung des Staates an das Recht ist, die einen Rechtsstaat ausmacht, liegt auf der Hand. Aus dem erwähnten Artikel 20 GG haben Lehre und Rechtsprechung den Grundsatz des Vorbehaltes des Gesetzes entwickelt, der besagt, dass (belastende) Hoheitsakte, also staatliche Massnahmen, die die Freiheit der Menschen einschränken, nur aufgrund einer gesetzlichen Rechtsgrundlage ergehen dürfen. Artikel 5 BV bringt diesen Gedanken in den beiden folgenden Sätzen zum Ausdruck: «Grundlage und Schranke staatlichen Handelns ist das Recht.» und «Staatliches Handeln muss im öffentlichen Interesse liegen und verhältnismässig sein.»

Da Macht – auch vorübergehende – zu Missbrauch verleitet, haben wir Gerichte, und insbesondere eine Verwaltungsgerichtsbarkeit, die überprüft, ob sich die staatlichen Behörden auch an die Gesetze halten, und ob sie die ihnen durch Grund- und Freiheitsrechte gesetzten Schranken auch beachten. Und weil auch Richter Menschen sind und darum Fehler machen, können Urteile an eine weitere Instanz gezogen werden. Und selbst bei rechtskräftigen Entscheiden ist ein Wiederaufnahmeverfahren möglich, sofern die dafür nötigen, strengen Anforderungen erfüllt sind.

Gerichtsprozesse sind in vielen Fällen geeignete Verfahren zur Aufarbeitung und Sühnung vergangenen Unrechts. Das nach dem Zweiten Weltkrieg einberufene Nürnberger Tribunal ist zwar mit dem Makel der Siegerjustiz behaftet, aber es ist dennoch Ausdruck des lauteren Bestrebens, in einem geregelten und öffentlichen Verfahren mit Anklage und Verteidigung Opfer zu Wort kommen zu lassen und Täter ihrem Verschulden entsprechend zu bestrafen. Die Staatengemeinschaft anerkannte dazu sogar neue Straftatbestände wie «Verbrechen und Verschwörung gegen den Frieden». Es sollte der Welt gezeigt werden, dass Recht stärker ist als Macht.

Justiz als Täter und Retter

Leider kann auch die Justiz irren. Sogar mit verheerenden Folgen. Immer wieder hören und lesen wir sogar von Todesurteilen, bei denen sich erst nach der Vollstreckung herausstellte, dass die hingerichtete Person unschuldig war.

Derzeit läuft auf Netflix die Dokureihe «Der Fall Outreau: Ein französischer Albtraum». Es geht darin um einen spektakulären Justizskandal, der als Missbrauchsfall in einer Familie begann. Ein übereifriger – und vor allem unerfahrener – Untersuchungsrichter, der Ruhm und Ehre witterte, liess sich von der Mutter der ersten Opfer die Existenz eines weitverzweigten Kindesmissbrauch-Rings weismachen. Immer mehr Personen wurden beschuldigt und verhaftet, bis schliesslich 19 Hauptverdächtige wegen Pädophilie, Misshandlungen und Inzest angeklagt und verurteilt wurden.

Angesichts der Schwere der Vorwürfe wurden die Beschuldigten von Beginn an in Untersuchungshaft behalten, Eltern wurden von ihren Kindern getrennt, Pflegefamilien zugewiesen oder in Heime überstellt. Viele der Angeklagten verloren ihren Job. Ehen wurden geschieden. Ein Mann erhängte sich in seiner Zelle. Obwohl die Zweifel zunahmen, beharrte die Justiz (auf Französisch steht «justice» für Recht und Justiz) auf ihrem Pfad aus Indizien und zweifelhaften Expertenmeinungen.

Erst nachdem die intrigante Mutter im Gerichtssaal einknickte und gestand, dass sie eine kranke Lügnerin sei, begann der Fall, in sich zusammenzubrechen. Im Berufungsverfahren entpuppte sich das Ganze als Konstrukt aus Lügen und Fehleinschätzungen. Fast alle Angeklagten wurden freigesprochen und erhielten die höchsten Entschädigungszahlungen, die in Frankreich je entrichtet wurden. Sogar der Präsident der Republik gestand das Versagen der Justiz ein und entschuldigte sich bei den Opfern – eine Ehre, die nicht einmal Alfred Dreyfus zuteilwurde …

Aufarbeitung und Reparationen

Nun gibt es allerdings auch staatliches oder staatlich geduldetes Unrecht, das sich nicht durch ein vorab festgelegtes Verfahren korrigieren lässt. Das kann daran liegen, dass ein bestimmtes Handeln zu lange zurückliegt, und mögliche Klagen längst verjährt sind, oder dass das Ausmass der Vergehen, den Rahmen eines normalen Gerichtsverfahrens sprengen würde. Dazu gehört beispielsweise die Forderung nach «Reparationen» für die Sklaverei. In diesem Zusammenhang werden Geldzahlungen von über 17 Trillionen US-Dollars genannt, wobei nicht klar ist, wer zahlen und wer das Geld erhalten soll. Was die Aufarbeitung angeht, ist sie in erster Linie Aufgabe der Historiker. Die Politik soll vor allem dafür sorgen, dass sich dieses Verbrechen nicht wiederholt.

Um Reparationen geht es auch im Zusammenhang mit der kolonialen Vergangenheit, die gerade Deutschland, das zwischen 1885 und 1919 hinter dem Vereinigten Königreich und Frankreich die drittgrößte europäische Kolonialmacht in Afrika war, einholt: Neben Namibia verlangen auch Tansania und Burundi Reparationen für die begangenen Verbrechen. Zwar hat sich Berlin offiziell für die Gräueltaten der deutschen Kolonialmacht entschuldigt und will sich «seiner politischen und moralischen Verantwortung für die Verbrechen stellen». So sollen unter anderem die Eigentumsrechte an Objekten in deutschen Instituten und Museen erforscht und gegebenenfalls zurückgeführt werden. Doch damit dürfte es nicht getan sein: Eine Expertenkommission des burundischen Senats schlägt den früheren Kolonialmächten Deutschland und Belgien als Vergleichsvorschlag finanzielle Wiedergutmachungen in Höhe von circa 36 Milliarden Euro vor. Es dürfte letzten Endes bei symbolischen Akten bleiben …

Für die Aufarbeitung der SED-Diktatur in der sowjetischen Besatzungszone und in der späteren DDR wurde vom Deutschen Bundestag eigens eine Bundesstiftung ins Leben gerufen. Diese hat den gesetzlichen Auftrag, die umfassende Aufarbeitung der Ursachen, Geschichte und Folgen der Diktatur in SBZ und DDR zu befördern, den Prozess der Deutschen Einheit zu begleiten und an der Aufarbeitung von Diktaturen im internationalen Maßstab mitzuwirken. Auf den Punkt gebracht heisst es auf der Website: «Erinnerung als Auftrag» – ohne Erinnerung ist weder Sühne noch Vergebung möglich.

Wahrheit, Versöhnung – und Geld

Für einen etwas anderen Weg entschied sich Südafrika nach der Überwindung des Apartheid-Systems mit der Einsetzung einer sogenannten «Wahrheits- und Versöhnungskommission». Dies nicht zuletzt deshalb, weil eine gründliche Aufarbeitung der Apartheid-Ära durch Polizei und Justiz als unrealistisch erschien. Die 1998 aufgelöste Kommission untersuchte politisch motivierte Verbrechen, und zwar unabhängig von der Hautfarbe der Täter. Auf diese Weise sollte auch zur Versöhnung beigetragen werden.

Ein – besonders unter Politikern – beliebtes Mittel zur Beseitigung «dunkler Kapitel der Geschichte» ist das Zuschütten mit Geld; mit fremdem Geld, um genauer zu sein. Auf diese Weise wurde beispielsweise in der Schweiz die Praxis der administrativen Versorgung «aufgearbeitet». Es geht dabei um die Zeit zwischen 1930 und 1981, in der unliebsame, «liederlich» oder «arbeitsscheu» gescholtene Menschen systematisch und ohne gerichtliche Urteile aus der Gesellschaft entfernt und «versorgt» wurden. Selbst Kinder wurden bei ihnen völlig fremden Menschen, häufig Bauern, verdingt, wo sie teilweise unter unmenschlichen Bedingungen heranwuchsen. Auch die «Experten» von damals waren überzeugt, im Namen «der Wissenschaft» das Richtige zu tun …

Zwar wurde zur Untersuchung und Dokumentation der Geschichte der administrativen Versorgungen eine Unabhängigen Expertenkommission (UEK) eingesetzt, aber die politische Diskussion drehte sich vor allem um die Höhe der Zahlung an die überlebenden Opfer. Der entsprechende öffentliche Druck wurde mit dem Spielfilm «Der Verdingbub» und einem Volksbegehren aufgebaut. Gefordert wurde, dass der Bund einen Fonds in der Höhe von 500 Millionen Franken einrichtet. Die Regierung wollte den Betrag auf 300 Millionen Franken senken, und schliesslich einigte man sich im Parlament darauf, als «Zeichen der staatlichen Anerkennung des erlittenen Unrechts» eine einmalige Zahlung von 25'000 Franken pro Person zu entrichten.

Wie die Beichte in der römisch-katholischen Kirche ist auch eine Entschuldigung wertlos, wenn sie nicht von aufrichtiger Reue und dem ehrlichen Willen zur Besserung begleitet ist. Eine Geldzahlung mag ein äusseres Zeichen sein, das eine gewisse Linderung schafft, aber die innere Arbeit ist wichtiger.

Damit stellt sich die Frage: Hat ein Staat, der Hunderte von Millionen ausgibt und medienwirksam «Sorry!» sagt, sein Versagen in der gebotenen Tiefe analysiert und seine Lektion gelernt, wenn er nur wenige Jahre später im Zuge einer Pandemie mit einer Überlebenschance von nahezu 100 Prozent, seine Übergriffigkeit ins Kafkaeske steigert?

FREIHEITSRECHTE SIND ABWEHRRECHTE

Der grossartige Denker und Staatstheoretiker John Locke (1632–1704) verlangte vom Staat lediglich, dass er das Leben und die Freiheit der Menschen garantiert und sie ansonsten gemäss eigenem Gutdünken nach ihrem persönlichen Glück streben lässt. Und wie diese Formel Eingang in die amerikanische Unabhängigkeitserklärung fand, hat seine Idee eines Widerstandsrechts, für den Fall, dass er bei der Erfüllung dieser Aufgaben versagt, Ausdruck in Artikel 20 des deutschen Grundgesetzes gefunden: «Gegen jeden, der es unternimmt, diese [freiheitlich-demokratische] Ordnung zu beseitigen, haben alle Deutschen das Recht zum Widerstand, wenn andere Abhilfe nicht möglich ist.»

Damit ist klar: Freiheitsrechte sind Abwehrrechte gegen den Staat. Der Staat wird zu einem Dulden verpflichtet, und zwar muss er Dinge auch dann dulden, wenn sie ihm gegen den Strich gehen.

In ihren Sonntagsreden werden Politiker nicht müde, die Menschenrechte als grösste Errungenschaft der Menschheit zu feiern, sei es die «Bill of Rights», die «Déclaration des droits de l'homme et du citoyen» von 1789, die «Allgemeine Erklärung der Menschenrechte» der Uno (1948) oder die «Europäische Konvention zum Schutze der Menschenrechte und Grundfreiheiten» (Menschenrechtskonvention EMRK von 1953). In all diesen Dokumenten sind wunderbare Freiheiten verbrieft, doch «Corona» hat erschreckend eindrücklich gezeigt, wie leicht es den Regierenden fällt, sie einzuschränken und portionsweise – als seien es Gnadenakte oder Gunsterweise – zurückzugeben. Gleichzeitig werden bereits die nötigen

Vorkehrungen getroffen, um bei der nächsten Gelegenheit noch rascher und wirksamer zuschlagen zu können.

Idee und Realität

Dem wunderbaren Satz der UNO-Menschenrechtserklärung (Artikel 7) «Alle Menschen sind vor dem Gesetz gleich und haben ohne Unterschied Anspruch auf gleichen Schutz durch das Gesetz.» schleuderte ein deutscher Ministerpräsident sein: «Wer nicht spurt, ist raus aus dem gesellschaftlichen Leben.» entgegen. Und sie meinten das ernst!

Obwohl es in Artikel 9 heisst: «Niemand darf willkürlich festgenommen, in Haft gehalten werden.» wurde die Justiz während «Corona» zur politischen Waffe. Und die Justiz liess es mit sich geschehen.

Artikel 12 besagt: «Niemand darf willkürlichen Eingriffen in sein Privatleben, seine Familie, sein Heim oder seinen Briefwechsel noch Angriffen auf seine Ehre und seinen Beruf ausgesetzt werden. Jeder Mensch hat Anspruch auf rechtlichen Schutz gegen derartige Eingriffe oder Anschläge.» Während «Corona» machten die Regierenden diese Bestimmung zur Makulatur. Freien Bürgerinnen und Bürgern wurde vorgeschrieben, wie viele Personen sie in ihren eigenen vier Wänden empfangen durften, wozu eigens das Denunziantentum gefördert wurde. Kindern wurde der Kontakt mit ihren Grosseltern untersagt. Ja, «Ihr tragt Schuld, wenn Oma stirbt.», hiess es. Rechtschaffene Menschen wurden an der Ausübung grundlegender Tätigkeiten gehindert, und wer sich wehrte, wurde Angriffen auf Ehre und Beruf ausgesetzt. Das Arztgeheimnis war nicht mehr sicher, stattdessen musste man sich gegenüber wildfremden Personen ausweisen, dass man gehorsam war. Mit geheimdienstlichen Mitteln wird die private Kommunikation über soziale Medien überwacht.

Selbst Gottesdienste wurden behindert, obwohl Artikel 18 die Gedanken-, Gewissens- und Religionsfreiheit garantiert. Und leider boten die offiziellen Kirchen willfährig Hand dazu.

Artikel 19: «Jeder Mensch hat das Recht auf freie Meinungsäusserung; dieses Recht umfasst die Freiheit, Meinungen unangefochten anzuhängen und Informationen und Ideen mit allen Verständigungsmitteln ohne Rücksicht auf Grenzen zu suchen, zu empfangen und zu verbreiten.» Das wirkt wie Hohn angesichts des Meinungsmonopols und des Wahrheitsanspruchs, die staatliche Institutionen für sich in Anspruch nahmen. Auch in Sozialen Medien wurde genau jene Zensur ausgeübt, die angeblich nicht stattfindet.

Schliesslich garantiert Artikel 20 die Versammlungs- und Vereinigungsfreiheit: «Jeder Mensch hat das Recht auf Versammlungs- und Vereinigungsfreiheit zu friedlichen Zwecken.» Ach, ja? Wie ist das Verbot einer Polizeibehörde zu werten, es sei verboten, während «Corona» auf einer Parkbank ein Buch zu lesen? Was ist davon zu halten, dass ein Jugendlicher mit dem Polizeiauto über grüne Wiesen gejagt wurde, weil er es gewagt hatte, einen Freund zu umarmen? Wie ist die Aussage zu werten, der Spaziergang habe seine Unschuld verloren? Und stellt es einen Angriff auf die freiheitlich-demokratische Grundordnung dar, auf einem öffentlichen Platz das Grundgesetz zu zitieren?

Eine Verfassung/Grundgesetz, und vor allem die darin verbrieften Freiheitsrechte, setzen dem Staat rote Linien, die er – auch in schwierigen Zeiten! – zu beachten hat. Darum war der Satz des deutschen Bundeskanzlers «Es darf keine roten Linien geben, das hat uns diese Pandemie nun wirklich gezeigt», im Grunde das Fanal zu einem Putsch. Wer keine Grenzen anerkennt, ist eine öffentliche Gefahr und ganz sicher eine für die Demokratie – mag er noch so viele Gesetze und Beschlüsse zur Demokratieförderung erlassen.

Ohne Zweifel: «Corona» hat unserer Gesellschaft schwere Wunden zugefügt. Manche werden nie mehr heilen. Aber einige schon – wenn wir die richtigen Lehren aus den schwerwiegenden Vorkommnissen der noch nicht lange zurückliegenden Jahre ziehen. Voraussetzung dazu ist eine gründliche Aufarbeitung sämtlicher Ereignisse und Entscheidungsketten. Die Veröffentlichung wichtiger Berichte, in denen das Wichtigste unter schwarzen Balken versteckt bleibt, ist ein denkbar schlechter Anfang. So schafft man kein Vertrauen, so schürt man Misstrauen.

Bereits fordern Politiker eine «Corona-Amnestie». Sämtliche Untaten und Verbrechen sollen also mit einem Federstrich aus der Welt geschafft werden. Vielleicht würde im einen oder anderen Fall sogar Geld bezahlt, was sich bei näherem Hinsehen als Schweigegeld entpuppen dürfte.

Bevor an ein «Vergeben» auch nur zu denken ist, gehören alle Fakten auf den Tisch. Es geht dabei nicht um Rache. Es geht um Respekt vor den Opfern, um Respekt vor der Freiheit der Andersdenkenden und um die Anerkennung und das Eingeständnis des eigenen Versagens. Nur so können nachher die richtigen Massnahmen erwogen und diskutiert werden, die geeignet sind, eine Wiederholung zu verhindern.

Katlyn S. Coen hat sich zum Ziel gesetzt, ihre Leserinnen und Leser für die Notwendigkeit einer «Corona-Aufarbeitung» zu sensibilisieren. Denn die Politik wird dazu nur Hand bieten, wenn der öffentliche Druck genügend gross ist. Ohne missionarischen Eifer lässt sie die Protagonisten Clara Arnold, ihre Tochter Lina und den Fussballstar Paul Lindt eine Entwicklung durchlaufen. Wiederholt haben Clara und Paul mit den Widerwärtigkeiten ständig ändernder Massnahmen zu kämpfen, und dass eine Top-Virologin der schwangeren Clara auch noch anbietet, ihr medienwirksam vor laufenden Kameras während der Impfung die Hand zu halten, bringt für die beiden das Fass zum Überlaufen. Rechtzeitig vor der drohenden Verabschiedung einer allgemeinen Impfpflicht – einer Verletzung der Menschenwürde! – fliehen die beiden nach Mexiko und schliesslich in die USA, wo sie sich erfolgreich eine neue Existenz aufbauen.

Die einzelnen «Corona-Massnahmen» und deren Auswirkungen auf Millionen von Menschen werden von Katlyn S. Coen im Buch akkurat beschrieben, und die Liebesgeschichte, die sie erzählt, ist gefällig. Es ist nun Aufgabe der Leserinnen und Leser, sich ein Bild über die Berechtigung der Forderung nach einer gründlichen Aufarbeitung zu machen.

Claudio Zanetti

https://www.zanetti.ch/
https://www.zaavv.com/de-de/
(Zentrum zur Aufarbeitung, Aufklärung, juristischen Verfolgung und Verhinderung von Verbrechen gegen die Menschheit aufgrund der Corona-Maßnahmen)

Nachfolgend habe ich noch eine Frage des deutschen Schriftstellers und Journalisten Alexander Wallasch mitgebracht:

WAS IST IHRE LEHRE AUS DEN CORONA-JAHREN?

Bitte schreiben Sie, was oder wer Sie am meisten beeindruckt hat

Ganz gleich, ob Sie geimpft oder ungespritzt sind, jeder hat die Möglichkeit, für sich eine wirkmächtige Lehre aus den Jahren 2020-2023 zu ziehen: Die Herrschenden haben ihre Maske abgenommen und jeder einzelne Bürger bekam Gelegenheit, sich gegenüber seinen Mitbürgern als Mensch zu erweisen.

Ich habe mich neulich endlich bei einer Nachbarin meiner 87-jährigen Mutter entschuldigt, die ebenfalls schon über 80 Jahre alt ist. Und ich bin immer noch ganz platt von der Art und Weise, wie die alte Dame mir die Sache leicht gemacht hat, meine Entschuldigung einfach annahm, die Blumen ins Wasser stellte und meinte, sie könne sich eh kaum noch daran erinnern.

Was war passiert? Ganz zu Beginn der Corona-Hysterie, als das Masketragen angeordnet oder streng empfohlen wurde, besuchte ich – brav maskiert – meine alte Mutter, als die Nachbarin klingelte, ohne Maske in die Wohnung stürmte und obendrein noch die Hände der Mutter ergriff. Ich habe sie sofort lautstark und entrüstet zur Rede gestellt und warf ihr rüde vor, wie leichtsinnig das gewesen sei.

Die über Achtzigjährige musste sich also von mir maßregeln lassen wie eine Grundschülerin nach irgendeinem Regelverstoß. Über ein paar Ecken herum erfuhr ich später, dass die Nachbarin meiner Mutter in ihren eigenen vier Wänden Tränen über diese Erniedrigung vergossen hatte. Meine Entschuldigung kam viel zu spät, ich hatte es vor mich hergeschoben, um so dankbarer war ich ihr jetzt.

Ich habe also selbst auch gewackelt. Und rückblickend staune ich darüber, dass ich diese orchestrierte Panik einen Moment lang an mich herangelassen habe. Für mich ist auch dieser persönliche Tiefpunkt Auftrag geworden, immer wieder auf diese düstere Zeit hinzuweisen.

Es mag banal klingen, aber es sind nicht die Betrügereien, die Lügen rund um dieses Virus, die Vertuschung der Laborthese, die organisierte Bereicherung an den Masken mitten aus dem Bundestag heraus, die mRNA-Impfanschläge, die vergessenen Alten und die traurigen Kinder – natürlich auch diese! – aber auf herausragende Weise entlarvend fand ich diese eine viral gegangene Szene von einem Montagsspaziergang, auf welchem Polizisten mit ausgeklappten Zollstöcken den Abstand der Teilnehmer zueinander überprüften, um bei Unterschreitung einzugreifen.

In dieser eigentlich harmlosen Szene spiegelt sich der ganze Irrsinn der Corona-Jahre und die Wahnhaftigkeit des Corona-Regimes. Wenn Sie mich nach der beeindruckendsten Person dieser Jahre fragen, fallen mir viele Namen ein, von Professor Stefan Homburg, Dr. Gunter Frank bis hin zu Prof. Roland Wiesendanger und vielen mehr, die sich in eingeschrieben haben in das Verzeichnis der Aufrechten.

Aber einer ragt doch heraus für mich. Das ist der Bundestagsabgeordnete Karsten Hilse (AfD), dessen Rede im Deutschen Bundestag am 13. Januar 2022 für mich zum Meilenstein für einen graden Rücken und für Aufrichtigkeit wurde.

Karsten Hilse musste von der Zuschauertribüne aus sprechen. Denn als Ungeimpfter wurde er mit einigen anderen Abgeordneten seiner Fraktion des Plenums verwiesen und dort hin verbannt. Von dort oben herab hielt er eine Rede, die für mich wie keine andere dieser Jahre das Corona-Regimes markiert.

Historiker und zukünftige Schulbuchautoren werden am Vortrag des Bundestagsabgeordneten Hilse aus Hoyerswerda nicht vorbeikommen.

Hilse beendete seine Rede von der Zuschauertribüne herab damals mit dem Worten:

„Irgendwann werden Sie alle sich verantworten müssen für die Verarmung und die Verelendung großer Teile des deutschen Volkes, für die zehntausenden Toten bei einem Blackout und durch die Gentherapieschäden, für die Ebnung des Weges in den Totalitarismus und vor allem für die geschundenen Kinderseelen aufgrund Ihrer menschenverachtenden Coronapolitik, nicht vor einem weltlichen Gericht vielleicht, aber spätestens dann, wenn Sie vor Ihrem Schöpfer stehen. Ich verachte Sie bis auf wenige Ausnahmen zutiefst.“

Auch Karsten Hilse konnte damals die Wirkmacht seiner Worte nur erahnen, einen Monat später begann der Ukrainekrieg und Olaf Scholz hatte die „Zeitenwende“ ausgerufen. Die allerdings begann schon mit dem Corona-Regime unter Angela Merkel oder noch viel früher.

Liebe Leserin, lieber Leser,

Alexander Wallasch freut sich über eine Antwort auf seiner Seite:

https://www.alexander-wallasch.de/gesellschaft/was-ist-ihre-lehre-aus-den-corona-jahren

Anhang

Claras – ehemalige – Freundin und Lieblingskundin Walli hat ihr einige sehr unschöne Dinge an den Kopf geworfen, als sie Clara und Lina am Schuhgeschäft abgewiesen hat.

Clara berichtet in zwei Kapiteln davon.

Die Zitate, die ich Walli in den Mund gelegt habe, sind alle wirklich so gemacht worden. (Allerdings teilweise zu einem späteren Zeitpunkt.)

Aus Kapitel 16:

»Als Ungeimpfte hätte ich ›gefährlicher Sozialschädling‹ halt besser auf die Stiefel aufpassen müssen«, erwidert Clara mit schnappender Betonung.

»Gefährlicher Sozialschädling?« Ich traue meinen Ohren nicht. »Wer sagt sowas?«

»Walli«, stößt Clara hervor. »Beziehungsweise irgend so ein großkopferter FDP-Politiker in seinem Facebook-Beitrag, den Walli gelesen hat.«

> »Kein Impfgegner wird wie ein Staatsfeind behandelt. Er darf nur, hoffentlich bald, nicht mehr unter die Leute gehen, weil er ein gefährlicher Sozialschädling ist.« Rainer Stinner, FDP-Politiker in einem Kommentar am 6. August 2021 auf Facebook laut Bericht auf Report24 https://report24.news/fdp-politiker-gegner-der-corona-impfung-sind-gefaehrliche-sozialschaedlinge/
> [abgerufen am 26.03.2024
> Webarchiv: https://archive.is/vJ9Wd]

»Sowas schreibt ein Politiker?« Ausgerechnet von der liberalen FDP?

»Ja.« Clara presst die Lippen aufeinander, ehe sie weiterspricht. »Aber was kann man schon von einem ›ultra-asozialen Vollidioten‹ wie mir erwarten?«

»Hat das der Typ von der FDP auch gesagt?« Ich bin fassungslos.

»Nee. Das war der Manager von FANTA VIER.« Clara stöhnt und verdreht die Augen. »Wenn ich daran denke, dass ich zuhause die

ganzen CDs von den FANTASTISCHEN VIER habe, wird mir ganz schlecht.«

> »Hat jemand eine Idee, wie wir jemals aus dieser Pandemie kommen sollen, wenn sich Millionen von ultra-asozialen Vollidioten einfach nicht impfen lassen wollen?«
> Andreas Läsker, Manager der Band DIE FANTASTISCHEN VIER in einem Kommentar am 18. Dezember 2021 auf Facebook
> https://www.facebook.com/andreas.laesker/posts/pfbid02tqt8JESmpm4xw8gfc2HoTGx5BPUTwXWvjPnh93KUcTyBKSas62qhLHLJYg83FEALl
> [abgerufen am 26.03.2024
> Webarchiv: https://archive.is/Cg5vY]

»Ach, magst du die auch?« Ich weiß auch nicht, warum mir gerade jetzt der FANTA-VIER-Hit ›Zusammen‹ einfällt.

»Nicht mehr.« Clara knurrt die Silben fast heraus. »Schließlich hat Smudo sich von der Aussage ihres Managers nicht distanziert, sondern gemeint, wer sich nicht impfen lässt, handelt so unverantwortlich wie einer, der im Steilhang das Seil wegwirft.«

> »Wer im Steilhang hängt, wirft doch kein Seil weg.«
> Smudo, Sänger der Band Die Fantastischen Vier in *n-tv.de* am 11. Januar 2022
> https://www.n-tv.de/panorama/Smudo-verteidigt-Luca-App-gegen-Kritiker-article23049337.html
> [abgerufen am 26.03.2024
> Webarchiv: https://archive.is/l3hv5]

»Oh.« Das hatte ich gar nicht mitbekommen.

»Weißt du, was Walli noch gesagt hat?« Mit dem Zeigefinger der Rechten bohrt Clara ein Loch in die Luft. »Dass auf mich die ›die gesamte Republik mit dem Finger zeigen‹ muss!«

> »Ich hingegen möchte an dieser Stelle ausdrücklich um gesellschaftliche Nachteile für all jene ersuchen, die freiwillig auf eine Impfung verzichten. Möge die gesamte Republik mit dem Finger auf sie zeigen.«

Nicolaus Blome, Kolumnist, SPIEGEL online, 7. Dezember 2021
https://www.spiegel.de/politik/deutschland/impfpflicht-was-denn-sonst-a-2846adb0-a468-48a9-8397-ba50fbe08a68
[abgerufen am 26.03.2024
Webarchiv: https://archive.is/BHbCE]

»Stammt diese Aussage auch von einer Band?« Mir ist es ein wenig peinlich, dass ich so wenig mitbekommen habe.

»Nein, das stand dick und fett im SPIEGEL, von dem Walli natürlich ein Abo hat.«

Ich kann immer noch nicht fassen, was Clara da berichtet. »Und diesen ganzen Schietkram hat deine Freundin und Lieblingskundin zu dir gesagt?«

Aus Kapitel 17:

»Ich habe das Bedürfnis, auszugleichen, wie unmöglich deine Freundin dich behandelt hat.«

»Du vergisst das ›ehemalige‹«, stoße ich hervor, bevor ein Kloß im Hals mir die Stimme abschnürt. Wallis hasserfüllte Worte hatte ich gerade erfolgreich verdrängt.

»Sie hat dich verletzt«, stellt er in nüchterner Tonlage fest, was mir überraschend guttut.

»Einen ›Impfverweigerer‹ hat sie mich genannt!« Ich verziehe den Mund bei der schmerzhaften Erinnerung. »Dabei bin ich gegen alles Mögliche geimpft!«

»Impfverweigerer.« Er schüttelt den Kopf. »Gibt es kein Recht auf freie Therapiewahl mehr? Und wo hat diese Walli das wieder aufgeschnappt? Stand das mit dem Verweigern auch in der Zeitung?«

»Nein, das hat Günter Jauch gesagt«, fauche ich. »Mensch! Wenn ich dran denke, wie gerne ich bei ›Wer wird Millionär‹ mitgeraten habe? Wie klug ich den fand?«

»Die Impfverweigerer nehmen eine ganze Gesellschaft in Geiselhaft, denn es ist ja unfassbar, wie viele Tote es gibt, wie unser Gesundheitssystem überfordert wird, wie Leute, die dringend Operationen brauchen, nicht

drankommen. Und ganz wichtig: die ökonomischen Folgen für Millionen Menschen. Mir fehlt jedes Verständnis für Leute, die sich nicht impfen lassen wollen.« Günther Jauch, deutscher TV-Moderator in einem Interview mit der *Neuen Zürcher Zeitung* am 17. Januar 2022 https://www.nzz.ch/feuilleton/interview-doppelseite-guenther-jauch-ld.1664696
[abgerufen am 26.03.2024
Webarchiv: https://archive.is/4YXDq]

Paul sagt nichts, sondern guckt nur komisch.

»Was ist?«, frage ich ihn irritiert.

»Noch eine Gemeinsamkeit«, gibt er zähneknirschend zu. »Neben unserem Faible für Songs von den FANTASTISCHEN VIER. *Ich dachte, dich ausgerechnet jetzt darauf hinzuweisen, käme kaum gut bei dir an.«*

»Quatsch!«, schwindele ich. »Es ist Walli, auf die ich sauer bin!«

»Und das zu Recht.« Paul schenkt mir einen nachdenklichen Blick. »Lass mich raten, das war nicht alles, was sie dir an den Kopf geworfen hat? Sonst wärst du doch nicht dermaßen wütend!«

Wieso errät er, was vorgefallen ist? Ich schnaube unterdrückt. »Sie hat mich noch ganz huldvoll, gnädig und herablassend darüber aufgeklärt, dass einer wie ich, der ›die Gesellschaft in Sippenhaft nimmt‹, schließlich immer noch im Internet bestellen kann!«

»›Ich respektiere, dass sich einer nicht impfen lassen will, aber dann kann er nicht für sein Individualverhalten die Gesellschaft in Sippenhaft nehmen‹, sagte Beucher in einem Interview mit dem Tagesspiegel: ›Dann muss er auch mit den Konsequenzen leben. Da gab es bei uns keine Diskussion. Und auch keinen Aufschrei dieser Sportler.‹« Friedhelm Julius Beucher, Präsident des Deutschen Behindertensportverbands (DBS) in sportschau.de 4. März 2022
https://www.sportschau.de/paralympics/dpa-zwei-deutsche-athleten-wegen-impfstatus-nicht-dabei-story-sp-100.html
[abgerufen am 26.03.24 Archiv: https://archive.is/fAhSd]

»Sippenhaft?« Paul tippt sich mit den Fingern gegen das Ohr. »Ich hör' wohl nicht recht? Ist das nicht ein Begriff aus der NS-Zeit? Wer sagt denn sowas?«

»Einer von euch«, rutscht mir raus, und ich zucke entschuldigend die Achseln, als Paul die Augen aufreißt. »Na ja, der Präsident irgendeines Sportverbands.«

Unter zusammengezogenen Augenbrauen hervor trifft mich Pauls funkelnder Blick. »Spinnt der? Abgesehen davon, dass die Stiefel dann mit viel Glück in drei oder vier Tagen ankommen: Woher solltest du wissen, welche passen? Die Größen fallen unterschiedlich aus!«

»Siehst du! Sogar dir ist das bewusst, obwohl du keinerlei Erfahrung mit Kindern hast!« Ich muss tief durchatmen, um mich zu beruhigen. »Aber zum Schluss hat Walli dann den absoluten Hammer gebracht.« Beim Gedanken daran wird mir ganz übel. Schnell trinke ich einen großen Schluck vom Radler. »Da hat sie mich einen ›Blinddarm der Gesellschaft‹ genannt, der ›für das Überleben des Gesamtkomplexes‹ nicht notwendig sei.«

> »Wäre die Spaltung der Gesellschaft wirklich etwas so Schlimmes? Sie würde ja nicht in der Mitte auseinanderbrechen, sondern ziemlich weit rechts unten. Und so ein Blinddarm ist ja nicht im strengeren Sinne essentiell für das Überleben des Gesamtkomplexes.«
> Sarah Bosetti, ZDF-Komikerin am 3. Dezember 2021 auf Twitter
> https://twitter.com/sarahbosetti/status/1466829037645582341
> [abgerufen am 26.03.2024
> Webarchiv: https://archive.is/tpDRu]

»Ach, du dickes Ei!« Paul rauft sich das perfekt im Short-Shaggy-*Look gestylte Haar. »Blinddarm der Gesellschaft? Mir fehlen die Worte. Sind die alle ins Nazi-Vokabular verfallen? Von wem hat deine Kundin das aufgeschnappt?«*

Erleichtert nehme ich zur Kenntnis, dass er Walli nicht mehr als meine Freundin bezeichnet. »Sarah Bosetti.«

»Sarah Bosetti?« Ihm bleibt der Mund offenstehen. »Die Komikerin? Vom ZDF?«

Verstohlen wische ich mir eine Träne aus dem Augenwinkel. »Die fand ich auch mal total witzig.«

»Die sind alle völlig blöd!« Paul schüttelt den Kopf und verdreht die Augen.

Aus Kapitel 18:

Bei der Europameisterschafts-Begegnung zwischen Finnland und Dänemark am 12. Juni 2021 kollabierte der dänische Spieler Christian Eriksen.
https://www.nzz.ch/sport/daenemark-verliert-partie-gegen-finnland-nach-einem-schockmoment-kollabierter-christian-eriksen-ist-bei-bewusstsein-ld.1630147
[abgerufen am 05.04.2024
Webarchiv: https://archive.is/o1vY6]

Aus Kapitel 21:

»Judith.« Ich nicke, obwohl ich am liebsten den Kopf schütteln würde. Denn von der guten Seele meiner besten Freundin ist scheinbar nichts übriggeblieben.

»Ja, dann …« Meine Begleiterin zuckt die Achseln, dreht sich um und lässt mich stehen.

»Spinnern wie dir sei gesagt: Es wird keine Normalität mehr geben wie vorher«, kreischt Judith, während ich orientierungslos vom Eingang wegstrebe. »Die Mehrheit in unserem Land lässt sich impfen, um sich und andere zu schützen. Diejenigen, die sich nicht impfen lassen, setzen ihre eigene Gesundheit aufs Spiel, und sie gefährden uns alle.«

»All diesen Spinnern und Coronakritikern sei gesagt: Es wird keine Normalität mehr geben wie vorher.« Rainald Becker, Fernsehjournalist, ARD, SWR, Kommentar in den *Tagesthemen*, 6. Mai 2020 laut Bericht im Merkur
https://www.merkur.de/politik/corona-ard-tagesthemen-merkel-kommentar-lockerungen-lockdown-normalitaet-neu-wirtschaft-zr-13753873.html
[abgerufen am 26.03.24 Archiv: https://archive.is/YNqeB]

»Die Mehrheit in unserem Land lässt sich impfen, um sich und andere zu schützen. Diejenigen, die sich nicht

impfen lassen, setzen ihre eigene Gesundheit aufs Spiel, und sie gefährden uns alle.«
Bundespräsident Frank-Walter Steinmeier am 12. November 2021 anlässlich seiner dritten Impfung gegen das Coronavirus,
https://www.bundespraesident.de/SharedDocs/Pressemitteilungen/DE/2021/11/211112-Corona-dritte-Impfung.html
[abgerufen am 26.03.2024
Webarchiv: https://archive.is/Icy2G]

»Ungeimpfte, Ungeimpfte«, raunen die Leute, die gerade noch so erpicht auf Pauls Aufmerksamkeit waren.

Als ich mich der Absperrung nähere, weichen sie zurück.

Aus Kapitel 23 und Kapitel 24:

»Geschwurbel irgendwelcher Fake-News-Verbreiter!« Verärgert winkt der Moderator ab. »Hören Sie, wozu eine echte Expertin rät. Wir haben heute Nachmittag eine Botschaft der Top-Virologin Prof. Dr. Anabel Birkenberger aufgenommen.« Er weist auf die Videoleinwand hinter ihnen.

Dort wird eine schlanke Mittvierzigerin eingeblendet. Das brünette Haar ist geglättet und eine knallrote Hornbrille – passend zu ihrem Lippenstift – auf der Nase. Sie zeigt ein Blendax-Lächeln und gestikuliert in die Kamera. »Also eine Botschaft an Herrn Lindt wäre … ähh … Das wäre das Angebot, dass er gerne mal anrufen kann. Ich glaube, die wichtige Frage ist: Sollten sich Schwangere impfen lassen? Und da ist meine Empfehlung ganz klar: Ja, denn das Risiko für einen schweren Verlauf während der Schwangerschaft ist sehr, sehr hoch für die Mutter.«

Geraune im Publikum. Ich kann die Angst der Zuschauer förmlich greifen.

»Und auch das ungeborene Kind kann, ähh, sterben während einer COVID-19-Infektion. Das Risiko ist wirklich leider sehr stark erhöht.«

»Die Impfung kann das Kind nicht schädigen. Der Impfstoff gelangt nicht über die Plazenta zum Kind. Der verbleibt im Oberarm und kommt da nicht weg und wird auch relativ bald wieder abgebaut.« Die seltsam herumfuchtelnde Virologin holt Luft und legt die Hand auf ihr Herz. »Aber die Impfung kann das Kind schützen, denn wenn die schwangere Mutter nach der Impfung Antikörper gegen das Spike-Protein bildet, dann können diese Antikörper zum Kind gelangen.«

Ach ja? Ich versuche, Augenkontakt mit Knorrer aufzunehmen, um herauszufinden, ob ich eine Zwischenfrage stellen kann.

Er sieht eisern auf den Bildschirm.

Das ist doch ein Widerspruch! Wenn die Plazenta die Antikörper nicht abhalten kann, auf welche Art soll sie das Eindringen des Impfstoffs verhindern? Ganz abgesehen davon, dass der Impfstoff schon in ganz unterschiedlichen Organen gefunden wurde, was bedeutet, dass er eben nicht im Arm verbleibt? Ich sag' nur: Krummnagels Herzstillstand aufgrund Myokarditis.

»Und wenn die Mutter sich während der Schwangerschaft impfen lässt, ist das Kind, das diese Antikörper schon hat, geschützt vor der Infektion. Denn gerade Neugeborene sind häufig sehr anfällig für Infektionen. Und das Sicherheitsprofil dieser Impfstoffe ist fantastisch!«

So ›fantastisch‹, dass ihr die Leute mit 2G zur Spritze erpressen müsst? In mir brodelt es. Ich muss an Claras Verzweiflung denken, als sie Lina in Hausschuhen durch halb Mannheim geschleppt hat. Im Schneetreiben!

»… angesichts von Herrn Lindts Vorbildfunktion, schließlich sind so viele Leute große Fans von ihm …« Die Virologin hat weitergesprochen, während ich in Gedanken war. »… wäre das ein ganz, ganz tolles Zeichen, wenn seine Verlobte sich jetzt impfen lassen würde.« Erneut lässt sie ein Lachen erklingen, das mich irgendwie an das Quietschen von Schulkreide auf der Tafel erinnert. »Und ich kann sie beide beruhigen. Ich bin auch gerne dabei, wenn seine Verlobte sich impfen lässt, wenn sie eine Hand braucht, während sie geimpft wird. Das, ähm, ich würd' mich total freuen.«

Die Top-Virologin namens Prof. Dr. Anabel Birkenberger habe ich erfunden, habe ihr aber einen ›Zusammenschnitt‹ aus den eigenhändigen Transkripten zweier Videos der echten

Top-Virologin Prof. Dr. Melanie Brinkmann in den Mund gelegt:

Video 1

»Also eine Botschaft an Herrn Kimmich wäre … Dann, ähm, ähh … Das wäre das Angebot, dass er gerne mal anrufen kann und wir können über Impfnebenwirkungen sprechen. Ich glaube, die wichtige Botschaft ist, dass Millionen von Menschen, Milliarden bereits geimpft wurden und, ähm, wir keine Spätfolgen der Impfung ähm beobachtet haben, die wirklich viele Monate später noch auftritt. Ähm. Das Sicherheitsprofil dieser Impfstoffe ist fantastisch und ich glaube, in seiner Vorbildfunktion, viele sind große Fans von ihm, wär das ein ganz, ganz tolles Zeichen, wenn er sich jetzt auch jetzt selber impfen lassen würde. Und ich kann ihn beruhigen. Ich bin auch gerne dabei, wenn er sich impfen lässt, wenn er eine Hand braucht während er geimpft wird. Das, ähm, ich würd' mich total freuen.«
Prof. Dr. Melanie Brinkmann am 26. Oktober 2021
https://regionalheute.de/coronaimpfung-virologin-brinkmann-will-joshua-kimmich-die-hand-halten-braunschweig-gifhorn-goslar-harz-helmstedt-peine-salzgitter-wolfenbuettel-wolfsburg-1635261153/
[abgerufen am 26.03.2024
Webarchiv: https://archive.is/Tk5xJ
Sicherung des Videos online: https://katharina-munz.com/melanie-brinkmann-will-kimmich-die-hand-halten-in-regionalheute-am-26-oktober-20_uq1zzqsc/]

Video 2

»Aspekt Nummer zwei ist: Sollten sich Schwangere impfen lassen? Und da ist meine Empfehlung ganz klar: Ja, denn das Risiko für einen schweren Verlauf während der Schwangerschaft ist sehr, sehr hoch für die Mutter und auch das ungeborene Kind kann, ähh, sterben während einer COVID-19-Infektion. Und das Risiko ist wirklich leider sehr stark erhöht. Die Impfung kann das Kind nicht schädigen, aber die Impfung kann das Kind schützen, denn wenn die schwangere Mutter Antikörper bildet gegen das Spike-Protein nach der Impfung, dann können diese Antikörper zum Kind gelangen – das wissen wir schon seit vielen, vielen Jahren, dass Antikörper der Mutter zu dem Kind transportiert werden – und wenn das Kind dann geboren ist, ist das Kind, das diese Antikörper schon hat, geschützt vor der Infektion. Denn gerade Neugeborene sind häufig sehr anfällig für Infektionen. Und da ist es dann ein perfekter Schutz, wenn die Mutter sich während der Schwangerschaft impfen lässt. Und auch hier: Die Impfung gelangt nicht über die Plazenta zum Kind. Der Impfstoff, sag ich mal. Der verbleibt im Oberarm und kommt da nicht weg und wird auch relativ bald wieder abgebaut.“
Prof. Dr. Melanie Brinkmann am 15. November 2021
https://regionalheute.de/sollte-ich-mich-in-der-schwangerschaft-impfen-lassen-1636959603/ ab 1:20 min
[abgerufen am 26.03.2024
Webarchiv: https://archive.is/hL7iE
Sicherung des Videos: https://katharina-munz.com/melanie-brinkmann-uber-impfen-in-der-schwangerschaft-in-regionalheute-am-15-nov_zpwyzrui/]

AUS KAPITEL 25:

Glaubhaftmachung gemäß Corona-Verordnung

https://www.baden-wuerttemberg.de/fileadmin/redaktion/dateien/PDF/Coronainfos/Corona_2022/220127_CoronaVO_konsolidierte_Fassung_ab_220128.pdf
[abgerufen am 26.03.2024
Webarchiv: https://archive.is/hL7iE]

AUS KAPITEL 26 UND 27:

Hausdurchsuchung

https://media.paulbrandenburg.com/texte/politische-verfolgung
[abgerufen am 04.04.2024
Webarchiv: https://archive.is/QnBhf]

Weiterführende Lektüre

Ausgewählte Artikel aus bekannten Zeitungen und Zeitschriften von der Berliner Zeitung über die Neue Zürcher Zeitung bis zu Die Welt auf der Webseite

https://katlyn-s-coen.de/de/hintergruende-zu-stuermer-mit-superzahl/

Sammlung: Die traurigsten Gründe der Menschen, sich „pieksen" zu lassen auf der Webseite

https://katharina-munz.com/sammlung-die-traurigsten-gruende-der-menschen-sich-pieksen-zu-lassen/

Nachgefragt: Das schlimmste Erlebnis wegen 2G auf der Webseite

https://katharina-munz.com/nachgefragt-das-schlimmste-erlebnis-wegen-2g/

Danksagung

Ich danke allen, die in den harten Corona-Jahren zu mir gehalten haben, allen voran mein Ehemann, meine drei Kinder, meine *writing buddy* und treue Alpha-Leserin Sandra del Popolo.

Danke an alle, die zu diesem Buch beigetragen haben:

Kai Lüdders für das erste Kapitel aus Paul Lindts Sicht, das dem Fußballprofi eine ganz eigene Charakteristik gab.

Mathias Priebe und Rudolf Hinterding für ihre konstruktive Kritik.

Michelle Zerwas und Dr. Thomas Bauer für den Feinschliff am Manuskript.

Claudio Zanetti für sein Nachwort und für seinen Kampf für unser aller Grundrechte.

Alexander Wallasch für die Überlassung seines Textes.

Und all jenen, die in dieser dunklen Zeit sich dafür entschieden haben, Menschen zu bleiben.